SANDRA GUGIĆ

ZORN UND STILLE

ROMAN

HOFFMANN UND CAMPE

Die Autorin dankt dem Berliner Senat für Kultur und Europa
für das Arbeitsstipendium 2019, mit dem die Fertigstellung
dieses Romans gefördert wurde.

1. Auflage 2021
Taschenbuchausgabe

Umschlaggestaltung: Rothfos & Gabler, Hamburg
Umschlagabbildung: © plainpicture/Katharina Bauer
www.hoffmann-und-campe.de
Gesetzt aus der Adobe Garamond Pro und Dessau Pro
Satz: Dörlemann Satz, Lemförde
Druck und Bindung: GGP Media GmbH, Pößneck
Printed in Germany
ISBN 978-3-455-01210-1

HOFFMANN
UND CAMPE

Ein Unternehmen der
GANSKE VERLAGSGRUPPE

Die Fotografin Billy Bana ist eine moderne Nomadin, ein rastloser Freigeist. In einem anderen Leben war sie Biljana Banadinovic, die als Gastarbeiterkind in Wien aufwuchs. Aber mit dieser Identität und ihrer Familie hat sie früh gebrochen und von da an immer wieder alles und jeden hinter sich gelassen. Sogar ihren Bruder, dabei waren sie als Kinder unzertrennlich. Die einzige Konstante in ihrem Leben ist Ira Goldfarb, die Vertraute, Mentorin und Geliebte zugleich ist. Als Billy die Nachricht vom Tod ihres Vaters erreicht, holt sie die Vergangenheit jedoch wieder ein, es kommen verdrängte Fragen und alte Schuldgefühle zurück. Allen voran: Wie konnte ihr Bruder bloß spurlos verschwinden? Und was für ein Leben hatten ihre Eltern sich erträumt, als sie Jugoslawien verließen?

Mit präzisem Blick und tiefer Empathie legt Sandra Gugić Schicht für Schicht die Bruchstellen im Leben einer Familie frei. Was bedeuten Freiheit und Verantwortung, Herkunft und Selbstbestimmung? Wie verändern uns Liebe und Verlust? Sind wir frei zu entscheiden, wer wir sein wollen?

Sandra Gugić, geboren 1976 in Wien, ist eine österreichische Autorin serbischer Herkunft. 2009 begann sie zu schreiben. Sie studierte an der Universität für Angewandte Kunst in Wien und am Deutschen Literaturinstitut Leipzig. Für ihre Arbeit wurde sie mehrfach ausgezeichnet. 2012 gewann sie den Open Mike. Ihr erster Roman *Astronauten* (C. H. Beck) erschien 2015 und erhielt den Reinhard-Priessnitz-Preis. 2019 erschien ihr Lyrikdebüt *Protokolle der Gegenwart* im Verlagshaus Berlin. Zuletzt wurden ihr das Stipendium des Berliner Senats und das Heinrich-Heine-Stipendium zugesprochen. Sandra Gugić lebt als freie Autorin mit ihrer Familie in Tel Aviv.

Für meine Komplizen
A. und C.

Überleben (SURVIE) [ist] ein ursprünglicher Begriff, der die Struktur selbst dessen darstellt, was wir Existenz oder DASEIN nennen [...] Wir sind strukturell gesehen Überlebende.

Jacques Derrida

PROLOG

Es geht hier nicht um mich. Es geht um ein Auge. Es ist der Blick, der die Geschichte zusammenhält. Der Standpunkt des Auges ist der Ausgangspunkt der Erzählung.

—

Es war ein Tag mit gutem Licht. Schritte hallten in den leeren Räumen, durch die Fenster drangen die Farben und der Lärm des Draußen, die Geräusche der Stadt als beständiges Summen und Dröhnen, hier drinnen war es still. Sie ging die Zimmer ab und versuchte zu verstehen, was geschehen war, wer sie sein würde, welche Version von sich sie bis zu diesem Augenblick gewesen war. In der Mitte des Wohnzimmers hielt sie einen Moment inne, kratzte mit der Schuhspitze den schmalen Spalt zwischen den Dielen entlang. Kies, Erde und Staub hatten sich darunter gesammelt. Diese Räume hatten einen Teil ihrer Geschichte erzählt. Die Geschehnisse und Begebenheiten, die sich ihren Platz gesucht hatten, befanden sich bereits in der Umerzählung, schon jetzt begann das Möblieren von neuem, das Besetzen, das Zuschreiben. Unten vor dem Fenster trugen fremde Menschen die restlichen Dinge weg, Erinnerungen in verschiedenen Aggregatzuständen, Persönliches, Dinge des Alltags, Souvenirs, nein, *keepsakes,* in Gedanken nahm sie Wörter zurück, um sie gegen geeignetere zu ersetzen, als wäre das Denken die Arbeit an einer Struktur, die wieder und wieder verbessert werden musste, und als läge die Wahrheit im andauernden Verschieben der Perspektive. Die Dinge, die sie freigegeben hatte, wechselten ihre Besitzer, verbanden Fremde für einen Moment miteinander. Wahrscheinlich sind wir alle ebenso verbunden, wie wir voneinander getrennt sind, ob wir es nun anerkennen oder nicht. Sie lehnte sich gegen das Fenster, ihr Blick wanderte über eine überschaubare Menge Vergangenheit, einen Stapel Holzstühle, ein grünes Sofa, einen Tisch mit abgeschlagenen Ecken, klein- und großformatige Bilder, Schuhschachteln voller unbelichteter Filme und Kleinkram, dazwischen bewegten sich die Köpfe der Fremden, wechselten ihre Position, ihre Hände suchten, griffen nach etwas, um es ausgiebig zu begutachten, es zurückzulegen und gegen etwas anderes zu tauschen. Eine Choreographie von Entscheidungen, ausgeführt von Schritten und Händen. All diese Dinge, die sie nicht mehr im Detail beschreiben hätte können, schienen farblos geworden zu sein, hatten ihre Form und alle Besonderheit verloren. Die Kartons, die sie am Gehsteig aufgereiht hatte, leerten sich nach und nach, Menschen trugen ihre neuen Schätze fort, ohne sich nach einer Besitzerin umzusehen. Einen Augenblick lang fror sie die Szenerie ein: Der Mann, der mit beiden Händen in einer Kiste wühlte, und die Frau, die zwei Stühle aufeinandergestapelt hatte, verharrten in ihrer Bewegung, das weiche Licht des Nachmittags zeichnete ihre Gesichter, *freezeframe,* das Bild fügte sich in all die Bilder des Tages, die sie nicht fotografiert hatte. Heute wollte sie keinen Rahmen um die Dinge ziehen, keinen Ausschnitt wählen und damit einen anderen Blickwinkel, eine abweichende Erinnerung ausschließen. Mit jedem Stück, das fortgetragen wurde, verlor sie an Gewicht, wurde leichter. Sie begann, niemand mehr zu sein. Niemand blickte hoch zu den Fenstern, dorthin, wo sie saß und das Schauspiel verfolgte. In der Ecke des Raumes stand das Festnetztelefon, sie hatte es noch nie benutzt, daneben das Kabel, das nicht mehr in der Wand steckte. Sie hatte vergessen, das Gerät an die Telefongesellschaft zurückzuschicken. Hin und wieder zogen Flugzeuge über dem Haus vorbei, stellten die Uhren für einen kurzen Moment auf Echtzeit, bevor sie verschwanden. Sie erinnerte sich an die Anrufe bei ihnen zu Hause, damals, in den Neunzigern, den rasselnden Klingelton, seine Monotonie, sie war noch ein halbes Kind, sie erinnerte sich an die Aufregung der Stimme auf der anderen Seite der Leitung:

– Seid ihr Serben oder Kroaten? Serben oder Kroaten?

Die Wahrheit auf der einen Seite der Leitung und jene auf der anderen markierten zwei simultane Ereignisse, während der eine sprach, raste auf der anderen die Zeit, zwei parallele, sich gegenseitig ebenso verstärkende wie ausschließende Prozesse. Irgendjemand wollte die Wahrheit in Kategorien stecken, Schwarz und Weiß, Gut und Böse, kein Mensch, nur die Wahrheit von irgendjemand hatte bei ihnen angerufen, während ein Flugzeug über diesem Zuhause hinwegdonnerte, das sich weder in Serbien noch in Kroatien befand, sondern in einer Einflugschneise, andernorts, in Europa, in der Pause zwischen zwei Fliegern, in der Stille, die eine Seite der Wahrheit von der anderen trennte.

Sie folgte mit den Augen den Linien der Kondensstreifen, die den Himmel zerschnitten, und war sich gleichzeitig sicher, dass sie bereits in diesem oder dem nächsten Flugzeug saß und einen Plan fasste, was weiter mit ihr geschehen sollte.

I. BILLY, SEPTEMBER 2016

Wenn du mittendrin in einer Geschichte steckst, ist es noch keine Geschichte, mehr ein Getöse, ein Rauschen. Es beginnt erst eine Geschichte zu werden, wenn du sie jemandem erzählst. Zu diesem Zeitpunkt kann ich mich selbst nicht mehr hören. Aber die Erzählerin, das bin immer noch ich.

—

Ich hasste die Routine des Reisens, den Maschinenpark der Flughäfen, den Geräuschteppich in den Hallen, die Verbissenheit der Gehetzten, ich hasste den Urlaubsfluggastenthusiasmus ebenso wie die Vielfliegerbusinessarroganz, jedes Mal beim Betreten eines Flughafens gingen mir die gleichen Zeilen durch den Kopf, *in der Einsamkeit der Flughäfen atme ich auf, ich bin ein Privilegierter, mein Ekel ist ein Privileg,* ein gekipptes Mantra aus dem Zitatwald meines Hirns, die Zuverlässigkeit dieser Erinnerung glich dem Automatismus der sichtbaren und unsichtbaren Abläufe, dem Rhythmus der Gepäckbänder, der Lautlosigkeit der gläsernen Schiebetüren, dem unermüdlichen Öffnen und Schließen der Ein- und Ausgänge. Vor dem Flughafengebäude zählte ich das erste Bild des

Tages, das ich nicht fotografierte: an der Bushaltestelle eine Frau um die sechzig. Blondiert und toupiert. Zu ihren Füßen zwei Reisetaschen, an den Henkeln flatterten pinkfarbene Geschenkbänder. Die Augen geschlossen. Auf dem Gesicht Sonne und scheinbar pures Glück. Ich hasste das Reisen und konnte dennoch nie lange an einem Ort bleiben.
Heute war mir, als bewegte ich mich an der Oberfläche einer dünn gewordenen Außenhaut der Dinge, sie schien sich unter meinem Gewicht, der Last meiner Gedanken weiter zu spannen, bis kurz vor dem Zerreißen. Oder machte ich mir etwas vor, weil ich etwas fühlen wollte, war da gar nichts, setzte ich meine Schritte in einem Vakuum. Ich musste an den Trick mit der Muschel denken, die uns, gegen das eigene Ohr gedrückt, Meeresrauschen hören lässt, dabei ist es nicht einmal das Rauschen unseres eigenen Blutes. Was wir hören, sind die Frequenzen unserer unmittelbaren Umgebung. Sie haben uns reingelegt, als Kinder schon.
Der Pass, den ich über das Pult schob, war mein *guter Pass*, mein *A-Land-Pass*, damit war ich überall willkommen, weitgehend visafrei, und wenn nicht, stellte auch das kein Problem dar, dabei hätte ich diesmal den anderen nehmen können, den ich noch nie verwendet hatte, meinen serbischen Pass. Aus einem diffusen Schuldbewusstsein heraus konnte ich den unnützen Pass nicht seinem Ablaufdatum überlassen, hatte ich ihn trotzdem jedes Mal wieder verlängern lassen. Ich musste an den Konsulatsbeamten denken, der mich auf mein Zögern, eine seiner Fragen zu beantworten – mein Zögern, das nichts weiter war als ein Suchen, ein Tasten nach den richtigen Worten in dieser Sprache, weil ich die Sätze zuerst auf Deutsch dachte, nicht anders denken konnte –, gefragt hatte: Verstehen Sie nicht, oder wollen Sie nicht verstehen? An einem Herbsttag im holzvertäfelten Erdgeschoss der ser-

bischen Botschaft im Grunewald, an den Wänden vergilbte Poster der Tourismuswerbung, die sich an den Ecken widerspenstig aufrollten. Ein Plakat zeigte den Rtanj, eine Gebirgskette aus Kalkstein, Schiefer, Sandstein und Dolomit, umgeben von Tannen, Buchen und Wiesen, der höchste Punkt des Massivs hatte die Form einer dreiseitigen Pyramide. Ich war nie da gewesen, aber Vater hatte mir davon erzählt, *sein* Rtanj, hatte er gesagt, dort war er gewandert als junger Mann, diese Wanderungen waren seine ersten Reisebewegungen gewesen. Mein alter Pass lag auf dem Schreibtisch des Konsulatsbeamten, und während er seiner Kollegin im Nebenzimmer zurief, dass hier vor ihm *Eine von uns* säße, fiel mir das erste Mal auf, dass auf dem Deckel meines blauen, 2005 ausgestellten, 2015 abgelaufenen Passes in kyrillischer Schrift *Savezna Republika Jugoslavija–Bundesrepublik Jugoslawien* stand. Dabei war die Bundesrepublik Jugoslawien 2003 in die Staatenunion Serbien-Montenegro umgewandelt worden, drei Jahre später löste sich die Staatenunion auf, Montenegro wurde unabhängig. Hatten die Mitarbeiter der serbischen Botschaft damals die Überreste des untergegangenen Landes im Passlager kreativ verwertet?

– *Enjoy your flight*, das routinierte Lächeln der Frau hinter dem Schalter, die Stimmen aus den Lautsprechern wiederholten ihr tägliches Mantra: *Dear passengers, please proceed to.* Ich stellte mir vor, wie meine Mutter am Check-in-Schalter in Wien alle fünf Minuten mit nervösen kleinen Bewegungen den Inhalt ihrer Handtasche kontrollierte, sie hatte sich für die Reise zurechtgemacht, aber nichts schien am rechten Platz zu sein, die Frisur war heute morgen nicht in Form zu bringen gewesen, das Make-up war hastig aufgetragen und jetzt schon in die Linien unter ihren Augen und um ihre Mundwinkel verlaufen, ihre Finger glitten über einen raschelnden Teppich aus Bonbonverpackungen, ein Kugelschreiber blutete Farbe in das Innenfutter, etwas Blau blieb an ihrem Zeigefinger haften, dann ertastete sie ihr Ticket und atmete erleichtert aus, während der Sarg meines Vaters in den Bauch eines Flugzeugs glitt. Ich kannte das genaue Prozedere, ich hatte die nötigen Anrufe gemacht, die Richtigkeit aller Abläufe geprüft, aber alles in die Wege geleitet hatte mein Vater selbst, schon vor Jahren war er mit dem Mitarbeiter des Bestattungsunternehmens jede Etappe seiner letzten Reise durchgegangen, er hatte auf einer *Tour* bestanden, von den Arbeitsschritten in der Aufbahrungshalle bis zum Verladevorgang hatten sie alles durchexerziert, Vater wollte genau über diese letzte Reise Bescheid wissen, die ihn an den Ausgangspunkt, den er Heimat nannte, zurückbringen sollte. Es gab sogar ein launiges Video von dieser Tour. Ich weiß nicht, wer hinter der Kamera gestanden hatte. Im Video grinsten er und der junge Bestattungsunternehmer unaufhörlich, Vater strahlte eine kindliche Freude aus, beiden machte die Tour offensichtlich großen Spaß. Wie oft hatte ich ihn so fröhlich gesehen? Mein Vater war sein Leben lang bemüht, sein Gesicht nicht zu verlieren, hatte sich in Zurückhaltung geübt, sein Lachen war meist verhalten, auch sein Zorn war still, nach innen gerichtet, die kindliche Ausgelassenheit, die er auf den Bildern ausstrahlte, war mir fremd.

In der Flughafentoilette schob sich eine Frau umständlich samt ihrem Koffer in eine der Kabinen, ein paar Schritte weiter redete eine junge Mutter durch die Kabinentür schon eine ganze Weile auf ihr Kind ein, das sich auf der anderen Seite mit seinem Stuhlgang abzumühen schien, sie sprach in einem beruhigenden Tonfall, gab anschließend präzise Hygieneanweisungen durch. Vor dem Waschbecken neben mir putzte eine Backpackerin eifrig ihre Zähne, auch sie hörte der Mutter zu, unsere Blicke begegneten einander einen Moment, wir wurden Komplizinnen, sie grinste, grünliche Schaumbläschen zwischen den Lippen. Unsere Gesichter im Spiegel, die Mutter im Hintergrund, das Neonlicht färbte unsere Haut gelb, natürlich hätte ich sie fragen können, zumindest die Backpackerin, wahrscheinlich hätte sie ja gesagt. Ich zählte das zweite Bild des Tages, das ich nicht fotografierte. Der Bewegungsmelder unter dem Wasserhahn wachte geizig über meinen Verbrauch, in mehreren Anläufen kühlte ich mein Gesicht, meinen Nacken, meine Schläfen. Mein Spiegelbild sah mich an: Wenn du an deinen Vater denkst, was ist deine erste Erinnerung? Ich suchte und fand kein Bild, keinen Geruch, keinen Ton, an dem ich mich festhalten konnte, nur eine Leerstelle.

Parfum, Tabak und Schweiß, ich schnupperte an meinem T-Shirt, das war ich, ich musste vergessen haben zu duschen. Als ich frühmorgens das Taxi bestellt hatte, wollte mir meine Adresse im ersten Moment nicht einfallen, ich hielt vor dem Fenster inne, mein Blick verlor sich zwischen den Häusern, fing sich an der Fassade gegenüber an einem Balkon, von dem aus mich eine graue Katze fixierte. Die Stimme am anderen Ende der Leitung änderte ihren Ton von freundlichem Singsang zu Ungeduld, im nächsten Augenblick rollte der Name der Straße wie von selbst über meine Lippen. Ich war erst seit ein paar Wochen in Budapest, hatte mich kurz nach meinem vierzigsten Geburtstag hier verschanzt, um Ruhe zu finden und eine Idee, wie es weitergehen konnte. Meine Arbeit war nur ein Vorwand gewesen, um einmal mehr aufzubrechen, Berlin und eigentlich die Beziehung zu Ira Goldfarb für eine Weile hinter mir zu lassen. Im Gepäck hatte ich nur das

Nötigste, meine Kameratasche, ein Stativ, meinen Laptop und wenige Kleider. Alles in meinem Leben war provisorisch, ich hatte mich in diesem Übergangszustand eingerichtet. Mein Aufbruch war einem vertrauten Muster gefolgt. Wochen davor war ich, wie jedes Mal, unangekündigt vor Iras Tür in Berlin aufgetaucht. Wir waren seit Jahren in das Leben der anderen verstrickt, sie war die Erste gewesen, die an mich geglaubt hatte, sie war es gewesen, die mir meine ersten Ausstellungen ermöglichte. Niemand war mir so nah wie sie, seit unserer ersten Begegnung konnte sie mich lesen. Wir setzten nahtlos dort an, wo wir uns getrennt hatten, verbrachten erst ein paar Tage am Stück gemeinsam, schließlich holte ich meine Sachen aus dem Hotel in ihre Wohnung. Tage und Stunden verschwammen in unserer Blase, wurden zu Wochen, in denen sich unser gemeinsamer Radius verkleinerte. Wir zirkelten von Bett zu Küche, tranken Wein auf dem Wohnzimmerboden, saßen im Restaurant unten an der Ecke, das man von Iras Wohnzimmer aus sehen konnte, hockten stundenlang auf ihrem winzigen Balkon, redeten und rauchten, schmiedeten Pläne, Arme und Beine ineinander verschlungen. Wir schliefen ab und zu miteinander, aber das war nicht mehr so wichtig wie früher und bestimmt nicht das, was uns über die Jahre verbunden gehalten hatte. Nach jeder längeren Trennung erforschte ich Ira Goldfarb aufs Neue, hielt die Veränderung und das Vertraute in meinen Bildern fest, vergrößerte und verkleinerte sie in jeder Perspektive, die ich finden konnte, unsere Gemeinsamkeit war intensiv, symbiotisch, es war, als würde ich meinen eigenen Geruch ablegen. Ich tauchte unter bei Ira, ließ meine Welt angenehm farblos und ruhig werden, sammelte meine Kräfte. Eine Erschöpfung hatte sich in mir breitgemacht und mich an meinen Ausgangspunkt zurückgebracht. Normsehnsüchte drangen in mein Leben ein, nach dem Schutz einer Beziehungsblase, nach Geborgenheit, dem Gefühl von Sicherheit, von außen überfluteten sie das Innen, der Abgrund wurde mir sichtbar, zwischen dem Allgemeinplatz-Glück und dem Ist-Zustand meines Lebens. Aber trotz des Friedens, den ich bei Ira fand, trotz der Klarheit unserer Gespräche, sah ich nicht ein, warum oder wie mein Leben dauerhaft zur Ruhe kommen sollte. Nach einer Weile, wenn ich mich erholt hatte, musste ich weiter, jedes Mal war das so, Ira wusste das, ihr musste ich nichts erklären, weder meine Rückkehr noch meine Abreise. Aus den Augen verloren wir einander trotzdem nie. In letzter Zeit fragte ich mich, ob es mein freier Wille war, der mich in Bewegung hielt, oder ob mein Verhaltensmuster den Zwängen der Vergangenheit wie auch den Erfordernissen des Kommenden geschuldet war. Allein war ich stärker, fiel mir die Gegenwart leichter, blieben alle Möglichkeiten offen. Auf jeden Fall war es an der Zeit, Berlin wieder zu verlassen.

Die beruhigende Fremdheit von Budapest nahm mich zuverlässig wieder auf, ich glitt durch die Tage, verlief mich absichtlich, fand mich als kleinen blauen Punkt auf meinem Display im Netz der Straßen wieder. Bald nach meiner Ankunft begann ich wieder zu arbeiten, an der Fortsetzung einer Serie von Porträts. Bereits im Jahr zuvor hatte ich ein paar Wochen hier verbracht, im Sommer der ersten großen Welle von Geflüchteten, in dem ich Balász und Skip kennenlernte, die sich am Budapester Ostbahnhof um die Menschen kümmerten. Skip war als amerikanischer Tourist in die Stadt gekommen, ein Reiseblogger auf Zwischenstopp, der es gewohnt war, die Welt wie eine Speisekarte zu studieren und zu beschreiben, aber die Szenen am Bahnhof, ein Gefühl von Verantwortung und vor allem die Bewunderung für Balász und dessen leidenschaftliches Engagement hielten ihn in der Stadt fest.

Damals, als Viktor Orbán verkündete: *Es gibt kein Grundrecht auf ein besseres Leben*, und die Bahnverbindungen für die Geflüchteten schloss, dann saßen sie fest an den Bahnhöfen, bis die ersten Gruppen sich sammelten und zu Fuß weiter auf den Weg machten, entlang der Schnellstraßen, der Autobahnen. Ungefähr zu dieser Zeit fanden Balász, Skip und ich einander und wurden eine eingeschworene kleine Gruppe. Unsere Gemeinschaft war auf Zeit, das machte unsere Begegnung direkter, intensiver und gleichzeitig die Nähe leichter zu ertragen. Mir gefiel die Idee, die beiden zu begleiten, um die Gesichter der Gestrandeten und der Durchreisenden festzuhalten. Zum Zeitpunkt meiner Rückkehr, ein Jahr später, war der Strom nahezu verebbt, neue Grenzen waren gezogen worden, und die Geflüchteten mussten neue Routen finden. Skip war gegen alle Erwartungen bei Balász geblieben, und ich fand die beiden ebendort wieder, wo wir uns zuletzt gesehen hatten, beim Mittagstisch in ihrer Stammkneipe. Skip trug eines seiner mit schreienden Imperativen selbstbedruckten T-Shirts: *This is a woman's world*. Dabei ging es ihm vor allem um seinen geschlossenen Mikrokosmos, um seine Sicht der Dinge, jeden Widerspruch, jedes Infragestellen sah er als persönlichen Angriff, aber ich hatte mich entschieden, ihn und sein zerbrechliches Selbstbewusstsein zu mögen. Balász war im Gegensatz dazu bedacht und zurückhaltend in allem, was er tat oder sagte, er verfügte über einen scharfen Verstand, der mit Empathie gepaart war, ich kannte kaum jemanden, der intelligenter und zugleich bescheidener war. Ich nahm mir vor, was ich beim letzten Mal versäumt hatte: ein Paarporträt von ihnen zu machen. Die beiden hatten nach wie vor einen Platz für mich, nicht nur an ihrem Stammtisch, sondern in ihrer Mitte, und ich nahm meine Arbeit unter veränderten Umständen wieder auf.

Als meine Mutter mich anrief, fragte sie, ob ich mich an das Kaninchen erinnern würde. Ich überlegte einen Moment.
– Den Hasen?, fragte ich.
– Nein, das Kaninchen, sagte mein Mutter, unser Kaninchen.
Ich erinnerte mich. Meine Tante war damals Reinigungskraft in einer Tierversuchsklinik. Sie wusste, dass ich mir nichts mehr wünschte als einen kleinen Hund, ich sprach von nichts anderem. Das brachte sie auf die Idee, mir einen weißen Hasen aus der Klinik mitzubringen, ein hochnervöses Tier, das sie, ihren eigenen Angaben nach, gerettet hatte. Das Tier kam in einem Käfig, den wir unter ein Fenster unserer Wohnung stellten, wo der Hase an den Nachmittagen in einem Streifen Sonnenlicht baden konnte. Aber ich ertrug es nicht, den zitternden Hasen in der Enge seines Käfigs sitzen zu sehen, und ließ ihn – entgegen der Anweisung meiner Mutter – in der Wohnung frei, er lief den ganzen Tag wie verrückt die Wände entlang, hinterließ dabei überall Kötel, in den Ecken und unter den Möbeln. Mutter mochte keine Tiere, der Geruch erinnerte sie an den harten Alltag als Bauernkind, doch sie ertrug die beengte Wohnsituation mit dem Hasen erstaunlich lange, bevor sie das Tier fortbrachte. Sie versprach mir, was alle Eltern ihren Kindern versprechen: Der Hase würde es anderswo besser haben, auf dem Land in einem offenen Gehege.
– Das Kaninchen, korrigierte meine Mutter am anderen Ende der Leitung.
– Ja, gut, das Kaninchen, sagte ich.
Sie erzählte mir, dass sie das Kaninchen, das den ganzen Tag unseren Schuhschachtelwohnraum zuschiss, aus einem Aberglauben heraus so lange ertragen hatte. Das Kaninchen hatte eine Erinnerung in ihr wachgerufen. Sie und mein Vater

hatten auf ihrer ersten Reise nach Wien, im Sommer 1977, beinahe einen Unfall, als ihr Wagen auf der Autobahn einen Hasen erfasste. Es gibt ein Foto, auf dem meine Eltern sich umarmen, auf einem Rastplatz irgendwo zwischen Belgrad und Wien, vielleicht in Ungarn. Sie machte eine lange Pause. Dann sagte sie:
– Dein Vater ist tot.

Mein Vater ist tot. Der Satz als Echo in meinem Kopf. Zum ersten Mal aussprechen konnte ich ihn Ira gegenüber. Dann erst wurde er wahr.

Seit ich mit siebzehn Jahren mein Elternhaus verlassen hatte, war ich unterwegs gewesen, hatte vermieden, zu lange irgendwo zu bleiben, dabei war ich eine unaufmerksame Reisende, meine Erinnerung hielt Gesichter, Licht und Landschaft viel eher fest als die Namen der Straßen und Orte. Meine Großeltern hatten ihre Dörfer nie verlassen. Mein Großvater hatte mir als Kind auf meine Frage, ob er niemals Lust gehabt hatte zu verreisen, geantwortet, auch der Wechsel der Jahreszeiten sei eine Reise. Ich habe immer in Städten gelebt und verstand erst spät, dass die Jahreszeiten den Takt seines Lebens bestimmten, seinen Alltag auf dem Hof. Großvater hatte akzeptiert, aber nicht befürwortet, dass meine Mutter nicht nur das Dorf, sondern bald darauf auch das Land hinter sich gelassen hatte, und ich fragte mich, was er zu meinem Leben gesagt hätte. *Peter Pan* nannte mich meine Mutter, eine Touristin auf endloser Vergnügungsreise, eine Getriebene, sie verstehe nicht, was das für ein Leben sein solle, überhaupt für eine Frau. Es gibt nur wenige Fotos von meinem Großvater als jungem Mann, eigentlich ist es eine einzige überbelichtete Serie, die ihn im Sonntagsanzug zeigt, er trägt einen Strohhut mit runder Krempe und breitem Band, der Hemdkragen ist akkurat gestärkt, das dunkle Sakko sieht weich aus, die hellen Augen sind leicht zusammengekniffen, die Kontur der Lippen wirkt ungenau gezeichnet. Auf diesen Aufnahmen gleicht sein Ausdruck dem meinen.

Ich war vielleicht elf Jahre alt, lag auf dem Bauch, flach auf der Erde, die Augen geschlossen, lauschte dem gleichmäßigen Geräusch, dem Rhythmus der Axt auf dem Hackstock. Großmutter hackte Holz vor der Scheune, an ihren Armen zeichneten sich deutlich die Adern ab, jede Sehne schien angespannt, während mein kleiner Bruder über mir hockte,

– Mach die Augen zu! Dreh dich nicht um! Pass auf!,

und mit seinem Finger Buchstaben auf meinen Rücken zeichnete. Wir übten das Alphabet, ich hatte es ihm zu Beginn der Ferien beigebracht, auf der langen Autofahrt von Wien hierher ins Dorf hatten wir geübt. Jeden Sommer verbrachten wir bei den Großeltern. Großmutter mit ihren knapp ein Meter fünfzig und einem Körper, der nur aus Sehnen und Muskeln zu bestehen schien, konnte stundenlang Holz hacken, mühelos mit uns Kindern um die Wette laufen, störrische Schafe einfangen, den betrunkenen Großvater quer über die Wiese vom Hoftor bis vors Haustor schleifen – das war die Vorstellung von ihr in meiner Erinnerung. Wenn ich an Großvater denke, rieche ich Schwarztee, sehe die Handbewegung, mit der er den Bodensatz seiner Tasse, ein Rest Flüssigkeit und Teeblätter, in hohem Bogen auf die Wiese kippt. Eines Tages klagte er über heftige Schmerzen in der Brust, und nach seiner Rückkehr aus dem Krankenhaus in der Stadt, das er nie wieder betrat, saß er nur noch im Hof, trank seinen Schwarztee, drehte Zigaretten, überließ der Großmutter und meinem Onkel alle Aufgaben, wurde langsam weniger, verschwand mit jedem verstreichenden Tag ein bisschen mehr, so hatte es mir meine Mutter erzählt. Die Ankunft im Dorf war für uns jedes Mal wie eine Mondlandung, der Hof der Großeltern ein fremder Planet, den wir Kinder jede Sommerferien aufs Neue staunend entdeckten. Hier herrschten andere Regeln, Gesetzmäßigkeiten und Pflichten, hier tönte alles in einer eigenen Sprache. Ich hatte schon damals keinerlei Erinnerung daran, dass ich meine ersten beiden Lebensjahre auf dem Hof, ohne meine Eltern, verbracht hatte. Hier hatte ich meine ersten Schritte gemacht, meine ersten Worte gesprochen. Die Sprache der Großeltern, unsere Muttersprache, war mir nicht fremd geworden, aber zu Hause benutzten wir sie anders, wie einen Code, ein Kauderwelsch aus Österreichisch und Serbisch, wobei wir nicht Serbisch sagten, sondern *Jugo,* und ins *Jugo* von Mutter und Vater auch die Dialekte und regionalen Unterschiede unseres Familienpuzzles hineinspielten, die deutlich von der standardisierten serbokroatischen Amtssprache abwichen, mit der vor allem die Sprache meines Vaters, sein regionaler Dialekt, zusammengebraut im Dreiländereck von Serbien, Bulgarien und Rumänien, nichts gemein zu haben schien. Den Hof seiner Eltern hatte auch meine Mutter nur ein einziges Mal gesehen. Er hatte den Kontakt zu seinem Vater vor langer Zeit abgebrochen, und so blieb uns auch seine Sprache fremd. Die Amtssprache oder Hochsprache jedes Landes ist immer das Ergebnis von Kompromissen, Zwang und Politik. Bis heute war ich mir nicht sicher, wie meine Muttersprache korrekt zu bezeichnen wäre. Meine Eltern konnten nicht wissen, dass die Amtssprache nach den Kriegen in Vergessenheit geraten musste, die unabhängigen Staaten buchstabierten sich neu, während ich meine sogenannte Muttersprache nur sprechen, aber nicht schreiben gelernt hatte und sie schon bald nur noch mit deutschem Akzent und schiefen Vokalen hervorbrachte, um Worte verlegen war, bevor sie mir nach und nach ganz verloren gingen. Jeden Sommer aufs Neue kostete ich Laute, die ich übers Jahr kaum benutzt hatte, die sich eckig anfühlten, scharfkantig, Papier, das Haut ritzt. Die Kinder aus dem Dorf zeigten mit dem Finger auf meinen Bruder und mich, staunten und lachten gleichermaßen über unsere offensichtliche Andersartigkeit. An manchen Nachmittagen trafen wir im nahegelegenen Wäldchen oder am Fluss aufeinander, um zu spielen oder zu kämpfen, je nach Gruppenzwang und Tagesverfassung. Sie tuschelten miteinander und sagten es gerade laut genug, dass wir es hören konnten:

– Tun die bloß so? Tun die bloß so, als könnten sie nicht ordentlich sprechen?

Zu Hause war damals die Vorstadt von Wien, dieses Zuhause mit seinen strengen Regeln holte uns jedes Jahr nach den Ferien zuverlässig wieder ein. Das oberste Gebot meiner Eltern war das aller braven Migranten: um keinen Preis auffallen oder Aufsehen erregen, unsichtbar und unangreifbar sein vor den Blicken und dem Urteil der Anderen. Sie waren Gastarbeiter, ihr Bleiben war nicht vorgesehen. Wir lebten in einem Häuserkomplex aus roten Backsteinen, in einer Substandardwohnung im zweiten Stock, die aus einem Zimmer und einer Küche bestand. Die Wände waren so dünn, dass man die Nachbarn husten, streiten, lachen und ficken hören konnte, das Gurgeln in den Wasserleitungen, das Klappern in den Küchen, Schritte auf Holzböden, gedämpfter auf Linoleum, manchmal das Trappeln von Pfoten, obwohl das Halten von Hunden nur in Ausnahmefällen erlaubt war. Unter der Spüle in der Küche lagerten wir eine Sitzbadewanne aus Plastik, die Toilette befand sich auf dem Hausflur. Unsere Wohnung war schuhschachtelgroß, aber ich erinnere mich nicht, dass ich Mangel empfunden hätte. Nur wenn andere Kinder zu Besuch kamen, erzählte ich, dass da noch andere Zimmer wären, auf einer anderen Etage des Hauses, verkaufte ihnen unser einziges Zimmer als Wohn- oder Spielzimmer. Ich wusste, dass die anderen in Häusern und großen Wohnungen lebten, ich war dort gewesen, ich wollte nicht, dass sie uns bemitleideten, auf uns herabsahen. Eigentlich war die Geschichte von den verborgenen Zimmern die Wahrheit. Mein Leben bestand aus diesen versteckten Räumen, doppelten Böden und gespiegelten Perspektiven.

Ich erinnere mich an die Angst auf dem Weg zur Toilette. Den schweren Schlüssel in der Faust umklammert, zählte ich meine Schritte und war mir jedes Mal sicher, dass hinter der Tür, auf der anderen Seite des Flurs, der zu den Gemeinschaftstoiletten führte, ein Abgrund sich auftun und ich fallen würde. In vielen Sprachen ist *Enge* der semantische Kern von *Angst*. Jahre später würde ich lernen, dass das Wort *Angst* selbst ein Migrant ist, der sich auch in die englische Sprache eingebürgert hat.
Im gleichen Haus wie wir lebte eine unscheinbare junge Familie, die den Zeugen Jehovas angehörte. Sie hatten einen kleinen Sohn, ein zarter rotblonder Junge, der immer höflich grüßte, weil er musste, so wie auch ich angehalten war, höflich zu sein. Ich bewunderte heimlich die Sommersprossen auf seiner durchscheinenden Haut, manchmal hob sich der Vorhang seiner hellen Wimpern, und unsere Blicke hielten sich im Stiegenhaus aneinander fest, nur für Augenblicke, in denen wir einander als Außenseiter erkannten und vielleicht die Angst des einen im anderen. Dann hielt seine Mutter ihn an zu grüßen, der Klang ihrer Stimme ließ ihn den Blick so-

fort wieder senken, ihre Hand zog ihn weiter, die Treppen hoch, fort von mir.

Den Kleinkrieg der Nachbarn in der Siedlung verfolgte ich wie einen Krimi. Da war der alte Hausmeister, der gern mit nichts als seinen weißen Feinrippunterkleidern und weißen Sportsocken in Plastikbadeschuhen über den Flur zu den Toiletten schlurfte, er führte Krieg gegen eine junge Frau, die allein lebte und gerne bei offenem Fenster vögelte, das Echo ihres Stöhnens hallte im Hof, drang durch die dünne Wand, wir wohnten nebenan. Ich wusste schon ungefähr, was da vor sich ging, und wenn ich mein Ohr an das Mauerwerk legte oder meine Hand, schien es mir, als könnte ich die fremde feuchtgeschwitzte Haut berühren. Die Frau hielt sich zur Empörung des Alten darüber hinaus auch einen kleinen Hund, sein Kläffen hallte durch die Flure, manchmal spätabends oder nachts, vielleicht befeuerte er das Gevögel seiner Besitzerin. *Kurwa,* fluchte der Alte, und ich wusste, was das bedeutete. Dabei störte er sich wahrscheinlich nicht am plakativ hörbaren Sex, sondern an ihrem Hund. Mit einer gewissen Regelmäßigkeit fand sich ein großer Rinderknochen, an dem noch ein paar Fleischfetzen hingen, vor der Tür der jungen Frau. Der Knochen war kein Geschenk – das Schoßhündchen, das von der Frau hauptsächlich getragen wurde, hätte ihn niemals angerührt –, sondern eine Drohung. Einmal, frühmorgens auf dem Weg zur Toilette, ertappte ich den Alten, wie er im Flur stand, vor ihrer Tür, die Unterhose merkwürdig verrutscht, in einer Hand den Rinderknochen, mit der anderen Faust rieb er seinen blassroten, schlaffen Penis. Hinter der Tür das Stöhnen. Er bemerkte nicht, dass ich eine Weile dastand und mich nicht von dem Bild lösen konnte, hin- und hergerissen zwischen Abscheu und Neugier.

Mein Vater achtete darauf, dass der Fernseher immer ganz leise gedreht war, um nur ja die Nachbarn nicht zu stören, er lief nur im Flüsterton, und doch wurden meine Eltern oft laut miteinander, fielen einander ins Wort, schrien und fluchten, und im Chaos unserer Wirklichkeit liebten sie einander ebenso. Der Krieg zwischen meinen Eltern, ihr Kampf zwischen Begehren und Hass war Alltag, das Schreien, Schlagen und Küssen das Modell, nach dem mein Bruder und ich unsere Leben formen sollten. Der Ton zu Hause geriet oft rau, es war keine Zeit anzuhalten, zuzuhören, ich ahnte die Entbehrungen und Kämpfe, die meine Eltern jeden Tag auszuhalten und auszutragen hatten. Sie waren immer auf dem Sprung von einem zum anderen Job, begegneten einander nur kurz, zwischen den Schichtwechseln. Wir Kinder wussten, dass wir brav sein, funktionieren sollten. Aber dennoch war ich Kind, voller Wünsche und Begehrlichkeiten. Ich wollte, dass meine Eltern mich sahen, mich wahrnahmen. Vielleicht sehnte ich mich sogar nach dem Ausbruch ihrer Wut. An anderen Tagen versteckte ich mich in stillem Protest im Kleiderschrank, aber niemand hatte Zeit für meine Spielchen, niemand kam, um mich hervorzulocken. Ich wollte Aufmerksamkeit um jeden Preis und provozierte meine Mutter, bis sie ihrer Sprachlosigkeit, ihrer Überforderung Luft machte, ihr Unverständnis gegenüber einer Welt, die ihr dieses merkwürdige Kind zugedacht hatte.
Die Verfassung meiner Mutter pendelte zwischen Zurückhaltung und unkontrollierten Ausbrüchen. Sie funktionierte Tag für Tag, war liebevoll und umsorgend, dann wieder schrie sie uns unvermittelt an, verteilte im Affekt Ohrfeigen oder führte akribisch und kühl Bestrafungen durch. Im Streit ging sie manchmal mit Fäusten und Gegenständen auf meinen Vater los. Tag für Tag arbeiteten sie ihren Zorn über die Zu-

mutungen ihres Daseins aneinander ab. Ich fror diese Szenen in Gedanken ein, malte sie in grellbunten Comicfarben aus, heftete meinen Eltern Sprechblasen an die Münder. Wir waren anders, wir waren ein Klischee, wahrscheinlich waren wir ganz gewöhnliche Irre. Aber schon früh war ich mir sicher, dass hinter der Fassade aus Ordnung, Zurückhaltung und Bildung in den Familien der anderen dieser Wahnsinn ebenso lauerte. Die Erinnerung verkleinert, vergrößert und verschiebt die Dinge, aber ich erinnere mich nur an eine einzige Ohrfeige meines Vaters, die Zuständigkeiten waren klar verteilt, die Züchtigung und Erziehung fiel in den Bereich meiner Mutter. Ich erinnere mich an das Gesicht meines Vaters, nachdem er zugeschlagen hatte, ein Ausdruck zwischen Entsetzen und Schuld, aber wie immer verlor er kein Wort darüber. Ich weinte nicht, ich will behaupten, ich habe kein einziges Mal geweint.

Der Lärm dieser Tage ließ mich still werden, mein Blick auf meine Umgebung und darüber hinaus jedoch blieb neugierig, hungrig, vergrößerte alles schmerzhaft, zoomte heran, was ich nicht sehen sollte, und ließ mich Dialoge und Momente aufschnappen, die ich nicht hören sollte. Alles war mir zu laut, zu intensiv, gleichzeitig konnte ich nicht genug bekommen, sog alle Eindrücke auf, vergaß nichts. Der Geruch meiner Mutter, ihr warmer bitterer Schweiß, wenn sie von der Arbeit nach Hause kam. Der Trost, den ich als kleines Kind in ihrer Umarmung, gehüllt in die Wärme und den Geruch ihres Körpers, fand. Wann hatten wir aufgehört, einander zu berühren, einander in den Arm zu nehmen? Wann hatte ich aufgehört, Trost bei ihr zu suchen?
Mein Halt war die Zärtlichkeit, mit der mein Bruder und ich einander von Anfang an zugewandt waren. Als wir Kinder

waren, trugen wir Verantwortung, wir gehorchten und fügten uns, um unseren Eltern nicht im Weg zu sein, sondern ihnen beizustehen. Im Spiel schmiedeten wir Pläne davonzulaufen und flüsterten nachts miteinander, wohin wir gehen könnten. Frei waren wir nur bei den Großeltern. Frei von den Gewalten, die meine Eltern voneinander trennten und die es ihnen gleichzeitig unmöglich machten, einander loszulassen. Jeder kennt den Allgemeinplatz: *Sie wussten es nicht besser*. Und wir Kinder wussten noch nicht, dass Lügen und Geheimnisse ebenso viel bedeuten wie Wahrheiten. Eine Wahrheit war, dass die Großeltern nur zu uns so liebevoll waren, ihre eigenen Kinder hatten am Hof schuften müssen, meine Mutter hatten sie in einem Maß gezüchtigt, das uns niemals widerfahren würde. Meinem Vater war es nicht anders ergangen. Sie waren beide einmal Kind gewesen, genauso wie wir, und der Willkür ihrer Umgebung völlig ausgesetzt.

Lange Zeit gehorchte ich meinen Eltern, ich wollte perfekt sein, um sie stolz zu machen. Aber nach und nach wurde mir klar, dass das echte Leben ein anderes sein müsse, das wahrscheinlich parallel zu dem Leben meiner Eltern existierte. Ich ahnte, dass sie nicht immer so gewesen sein konnten, geduckt vor der Welt. Dankbarkeit und Demut wurden Tugenden, die ich mit allen Mitteln loswerden musste, um außerhalb ihrer Wirklichkeit zu bestehen. Der Zorn würde später kommen.

Der Kaffeebecher war heiß, ich drehte ihn nervös in meinen Händen, dabei hatte ich noch Zeit, bevor ich durch die Sicherheitskontrolle musste, ein bisschen zu viel Zeit. Ich schickte Ira ein paar Schnappschüsse, die ich auf der Taxifahrt hierher gemacht hatte.

_Du hast mich geweckt. Warum bist du schon unterwegs? Machst du jetzt Drive-by-Shootings?

07:45

Ich konnte Ira vor mir sehen, ihr zerknautschtes Morgengesicht, ihre kratzige Stimme hören, viel lieber wäre ich jetzt zu ihr geflogen, zurück nach Berlin. Während die Zahlen und Buchstaben auf der Infotafel höher kletterten, rotierten, neue Bedeutungen annahmen, versuchte ich, meine Gedanken zu ordnen, die Ereignisse der letzten Tage festzuhalten, in Worten, alle Teile meiner Erinnerungen neu zu puzzeln, bald würde ich fliegen, weg von hier, aber wohin zurück? Was bedeutete die Rückkehr nach Belgrad für mich? Die Flughafenmenschen, die Reisenden, die Ankommenden, verschiedenste Prototypen meiner Spezies schwirrten um mich, gefangen in der Blase ihrer eigenen Realität bedienten sie Self-Check-in-Maschinen, hatten ihre Habseligkeiten ordentlich im Koffer verstaut, im Handgepäck nur das Nötigste, alles musste seine Ordnung haben, eine unbezwingbare, lebensnotwendige Ordnung. Dinge packen, Dinge zusammenfügen, wie einen Satz, einen Grundsatz, etwas Grundsätzliches, ein Wort finden, eine Wahrheit zwischen den Worten. Ich bewegte mich in traumwandlerischem Automatismus durch die Reisenden, die Transiträume. Ich hätte trauern sollen, an Vater denken, meine Gedanken ordnen, aber alle Dinge schienen gleichzeitig auf mich einzustürmen. Und doch war da auch eine andere Qualität in den Erinnerungsfragmenten, eine Klarheit in den Schnappschüssen, die mein Hirn ausspuckte und neu sortierte, während Gegenwart und Vergangenheit sich wie Folien gegeneinander verschoben. Eine Frau im Businessoutfit links von mir hatte ihre Beine hochgelegt, Kopfhörer aufgesetzt, ihr gegenüber saß ein schmächtiger Backpacker, viel-

leicht ein Blogger, ein Digital Native, der mit rundem Rücken und scheinbar unermüdlichem Wutstakkato Sätze in seinen Laptop hackte.
Der Blick eines Kindes hielt mich fest, es lief an der Hand seiner Mutter, die mit schnellen Schritten vorauseilte, ein Junge, er nahm sich Zeit, um mich neugierig anzusehen, fixierte mich mit großen Augen, als würde er im nächsten Augenblick etwas sagen, während die Mutter sich vorwärtsarbeitete, sie musste das Kind ziehen, das sich jetzt noch etwas schwerer machte, sein Körpergewicht nach hinten auf die Fersen verlagerte und auf dem spiegelglatten Boden entlangzusurfen schien. Der Junge hielt meinen Blick fest, verdrehte seinen Hals nach mir, bis Mutter und Kind am Ende der Halle aus meinem Blickwinkel verschwanden, in den nächsten Gang, den nächsten Raum gesogen und verschluckt wurden. Das dritte Bild dieses Tages, das ich nicht fotografiert hatte. Es hallte nach.
Immer noch sah ich in jedem kleinen Jungen meinen Bruder, sein Kindergesicht, das unter der Oberfläche seines Erwachsenengesichts durchzuschimmern schien. Ich erinnerte mich an die Zeit, als er die Familie mit seinem Lachen aufgeweckt hatte, weil er es unfassbar komisch fand, unsere Eltern schlafen zu sehen. Er saß aufrecht und hellwach im Bett, die Sonne war noch nicht aufgegangen, und lachte, er lachte darüber, dass auch Erwachsene schlafen müssen, nicht nur Kinder. Der Schmerz hat verschiedene Formen und Geschmäcker, aber er würde nicht aufhören, niemals.

Wenn ich nicht zum Boarding erscheinen, sondern einfach verschwinden würde und die Stimme einer Dame vom Bodenpersonal meinen Namen über die Lautsprecher durch die Räume schicken würde, *please proceed to*. Es wäre so einfach, nicht dort aufzutauchen. Vor meinem inneren Auge sah ich meinen Koffer, wie er im Laderaum des Flugzeugs unter all den anderen identifiziert und entfernt werden musste, vielleicht von einem gelangweilten Angestellten in oranger Sicherheitsweste, der letzte Nacht wenig Schlaf gefunden hatte und, während er noch auf der Suche nach dem Koffer war, darüber nachdachte, warum diese Leute nicht einfach pünktlich zum Boarding erscheinen konnten und dass er mal wieder Urlaub machen sollte und wie es ihn eigentlich hierher verschlagen hatte, an diesen Ort in diesen verhassten Job und überhaupt, und plötzlich mitten im Denken hochschreckte und tatsächlich für einen Augenblick nicht mehr wusste, wo er war und warum. Ich dachte an den Sarg meines Vaters, in einer anderen Stadt, in einem anderen Laderaum, und daran, dass er jedes Detail seiner letzten Reise vorbereitet hatte, dabei war er nicht krank gewesen, aber es war ihm wichtig, nichts dem Zufall zu überlassen, er hatte eine schlichte Truhe ausgewählt, Kiefer-Birke furniert mit leichter Profilierung, meine Mutter hatte mir ein Foto geschickt. Ob der junge Mitarbeiter des Bestattungsinstituts heute ebenso gut gelaunt seinen Arbeitstag beging, ob er sich vielleicht einen Augenblick an die Tour mit meinem Vater erinnerte, als dessen Name und Körper den Weg in seine To-do-Liste für den Tag fanden.

– Sitzen Sie auch hier fest?
Es brauchte etwas, bis ich begriff, dass die Stimme mich meinte, das Wort an mich gerichtet war. Ein grau melierter Mann mit schief sitzender Krawatte fixierte mich und kicherte einen Tick zu hoch, zu nervös, sein Blick schien zu flackern. Wie aus einem Reflex heraus lächelte ich zurück, obwohl ich es nicht so meinte. Ich schien sie magisch anzuziehen, die Verwirrten, die Suchenden, die Verzweifelten, die Irren, ich

brauchte keinen Blickkontakt aufzunehmen, meine fremden Gegenüber fanden mich von selbst, sie suchten meinen Blick, als wäre ich ein Spiegel, und begannen im erstbesten Augenblick ihre Gedanken, ihr Herz, ihre Geheimnisse oder ihren Wahnsinn vor mir auszuschütten.

– Der Hannover-Flug? Nein? Die Schrift auf Ihrem Beutel ist deutsch, das habe ich gleich bemerkt, daher dachte ich. Wohin fliegen Sie? Auf jeden Fall: Sie haben unfassbares Glück. Hätte ich den früheren Flug genommen, wäre ich jetzt nicht, aber genau, wenn es zum Lachen wäre, würde ich lachen, aber ich lache ja gar nicht. Ich lache ja gar nicht. Hätte ich den früheren Flug genommen. Wissen Sie, es gibt diese Theorie zur Existenz von Parallelwelten. Schon mal gehört? Nein? Ich erläutere das kurz. Ja? Es ist ungefähr so, dass bestimmte Dinge mehrere Zustände gleichzeitig annehmen können, solange man sie nicht misst. Ein Atom kann gleichzeitig zerfallen sein und ganz bleiben, ein Lichtteilchen kann gleichzeitig horizontal und vertikal schwingen, ein Elektron kann gleichzeitig nach links und nach rechts abbiegen. Erst wenn diese Quantenteilchen in Kontakt mit dem Rest der Welt geraten – etwa bei einer Messung –, wird ihr Zustand festgelegt. Das klingt verrückt, ist aber so. Haben Sie vielleicht eine Münze zur Hand? Ich möchte etwas veranschaulichen, warten Sie, nicht nötig, ich hab ja selbst eine. Also. Sagen wir, das hier ist keine gewöhnliche Münze, sondern eine *Quantenmünze*. Sehen Sie? Kopf oder Zahl. Während eine *gewöhnliche Münze* immer entweder *Kopf* oder *Zahl* zeigt, könnte eine winzige *Quantenmünze* beide Zustände gleichzeitig annehmen. Kopf und Zahl. Wenn man aber genau hinsieht und den Zustand misst, dann ist es mit dieser Doppeldeutigkeit vorbei: Einer der beiden Zustände wird dann zur eindeutigen, gemessenen Wirklichkeit. Völlig spontan und zufällig, auf absolut nicht

vorhersagbare Weise. Die Frage ist: Wer entscheidet, welche der Möglichkeiten zur Wirklichkeit wird? Richtig! Niemand. Bei einer solchen Quantenmessung spaltet sich das Universum in zwei Universen: In einem zeigt die Quantenmünze Kopf, im anderen Zahl. Unser wirkliches Leben könnte also weitergehen, aber gleichzeitig, im Moment der Entscheidung, ein neues Leben sich abspalten in einem Paralleluniversum. In einem Paralleluniversum trinke ich Kaffee in Hannover. Oder in New York. Verstehen Sie? Ja? Ich sehe, dass Sie mich verstehen. Tut mir leid, dass ich Sie so einfach überfalle mit meinem Gerede, keine Sorge, ich bin nicht verrückt, überhaupt nicht, ich bin nur müde. Müde. Und Ihr Beutel ist deutsch. Die Schrift auf Ihrem Beutel. Da dachte ich: Hannover. Nicht? Entschuldigen Sie. Wohin fliegen Sie noch mal?
In einem parallelen Universum hatte ich seine Frage bereits beantwortet, ich lächelte immer noch, und während auf der Infotafel über unseren Köpfen die Zahlen und Buchstaben rotierten, neue Bedeutungen annahmen, stand ich wortlos auf und durchquerte die Halle, bewegte mich in die Richtung, in die der kleine Junge und seine Mutter vorhin verschwunden waren.

Ich war vielleicht vierzehn Jahre alt, wir machten uns zu Fuß auf den Weg zu Großvaters Grab, meine Mutter, mein Bruder und ich. Der Weg war weit und beschwerlich, Vater weigerte sich, wie jedes Mal, mit dem Auto zu fahren, vielleicht weil er es sich hart abgespart hatte, wegen der Schlaglöcher und der Gefahr für die Karosserie, die Reifen, den Lack. Mein Vater, der nie ans Grab mitkam, vielleicht, weil es nicht das Grab seines Vaters war. Der lange Fußmarsch war in der Sommerhitze kaum zu ertragen. Mein Vater, der als Kind noch viel weiter zu Fuß gelaufen war, jeden Tag ins Nachbardorf in die Schule, der sich damals vergeblich ein Fahrrad gewünscht hatte, schwieg sich über die Gründe für seine Verweigerung aus. Alle wussten, das Auto war sein ganzer Stolz. Die ersten Jahre waren wir mit dem Bus oder mit dem Zug in den allsommerlichen Heimaturlaub gefahren, das letzte Stück meist auf der Ladefläche eines Traktoranhängers, weil die Busse nicht bis ins Dorf fuhren. Es war der Sommer, in dem die Dekonstruktion Titos im öffentlichen Raum unübersehbar wurde, Straßen, Plätze und Städte waren umbenannt worden, Titos Mausoleum geschlossen, zehn Jahre nach seinem Tod. Die Luft flirrte vor Hitze, vor uns lief Großmutter, drehte sich kichernd nach mir um, weil sie uns einmal mehr überholt, den Wettlauf gewonnen hatte. Nach Großvaters Tod hatte sie alle Tito-Bilder aus dem Haus entfernt. Als wir vor dem Eingang des Friedhofs Wasserkanister auffüllten, um die Blumen auf dem Grab zu gießen, entdeckte mein Bruder eine Katze, die auf einem Marmorstein in der Sonne thronte, uns träge anblinzelte, mit der Eleganz einer Sphinx, er versuchte, sie mit albernen kleinen Lauten anzulocken, aber sie ließ den Kopf gleichgültig zurück auf ihre Pfoten sinken. Einer der Kanister hatte ein Leck, und auf unserem Weg bis zu Großvaters Grab hinterließen wir eine Spur aus kleinen Wasserpfützen zwischen den Gräbern, Pfützen, die bald in der Sonne verdunsten würden. Am Grab angekommen, setzten wir uns in den Schatten, um zu essen und zu trinken, breiteten seine Leibspeisen aus, Großmutter goss etwas Schnaps zwischen die Blumen vor dem Marmorstein, Mutter rauchte eine Zigarette an und steckte sie dann in die aufgeweichte Erde, fragte, ob ich auch eine wolle, sie wisse doch, dass ich heimlich rauchen würde, dass ich ihre Zigaretten stahl, einzelne nur, aber sie wisse das, also könne ich auch vor ihr rauchen. Sie ignorierte den feindseligen Blick der Großmutter. Seit wir an diesem Tag aufgebrochen waren, hatten die Frauen kein Wort miteinander gewechselt, vielleicht hatten sie morgens gestritten, ich kannte die Großmutter geduldig und liebevoll, aber zwischen ihnen schien alle Tage Schweigen oder Streit zu sein. Ein paar Gräber weiter begann jemand wie aufs Stichwort zu weinen, ein Weinen, das sich in ein leises Jammern und Wehklagen steigerte, ein Singsang fast. Ich nippte an meinem Tee und schwieg. Meine Mutter schickte mich los, nach meinem Bruder zu sehen, der sich auf die Suche nach der Katze gemacht hatte und zwischen den unregelmäßig und windschief aus der Erde ragenden, grasüberwachsenen Reihen der Gräber verschwunden war. Mit einer der Zigaretten für den Großvater in der hohlen Hand ging ich los, um im alten Teil des Friedhofs, der näher am Waldrand lag, die Stille zu suchen. Ich wusste, mein Bruder würde von selbst wieder auftauchen. Die Katze von vorhin kam laut miauend auf mich zugelaufen, ich blieb stehen und ließ sie um meine Beine streifen, erst das rechte, dann das linke, sie stieß mich fordernd mit ihrem knochigen kleinen Schädel, zog kleine Achten, aber ich reagierte nicht, folgte den verdunstenden Wasserspuren, sie erinnerten mich an den Regen bei einem der letzten Besuche. Kurz bevor der Großvater starb, gegen Ende des Sommers, hatte es tagelang geregnet, und der Hof war voller Frösche gewesen, die Kakophonie ihres Quakens begleitete uns die ganze Nacht, einzelne Frösche fanden ihren Weg bis ins Haus.

Mein Bruder brachte tags darauf einen der Frösche herein, den er tot im Hof gefunden hatte, setzte sein Messer unter dem Schädel an, und war in einem Zug, mit einem Schnitt durch die Haut, und ich sah zu, wie das Fleisch nachgab, auf den Längs- folgte ein Querschnitt, ein T in den Leib des Tieres geschlitzt, ein T, das aufklappte und das rote Innere freilegte, das Glitzern der Innereien. Mein Bruder, die ganze

Zeit konzentriert über seine Arbeit gebeugt, seine Wangen vor Anstrengung gerötet, hielt inne und musterte mein Gesicht neugierig, erwartungsvoll. Mein Bruder, der sich im nächsten Augenblick schon wieder geschäftig über das Tier, die sterblichen Überreste beugte, und ich konnte diese Reste riechen, mein Bruder, der den Froschleib auf ein Holzbrett spannte, vier Nägel in den Körper schlug und das Holzbrett an einen Baum. Mein Bruder, der mich ansah und sagte:
– Jetzt du.

Wenn ich an ein Jahr oder an eine bestimmte Beziehung in meinem Leben denke, erinnere ich mich zuerst an die Extreme, die besonders schönen und die tragischen Momente. Dann fügen sich um sie herum kleine Stücke zusammen, als wäre jede Handlung eine Folge von Missverständnissen, jede Begegnung eine Folge von Zufällen. Jonas war der Name, den ich für meinen Bruder ausgesucht hatte.
Den Namen hatte ich in einem Buch gefunden. Mit fünf Jahren war mein dringlichster Wunsch, lesen und schreiben zu lernen, es musste sein, konnte nicht warten. Die Bücher im Kindergarten hatten meine Neugier entfesselt. Ich war mir sicher, dass alles, was ich wissen musste, in Büchern entschlüsselt war, ich musste mir die Sprache zu eigen machen, um die Welt zu lesen, es schien mir die einzige Möglichkeit, in ihr zu bestehen. Einer Erzieherin war mein Interesse aufgefallen, sie brachte mir die ersten Zeichen des Alphabets mit Hilfe eines Lesekastens bei, einer Kartonbox voller Buchstabenkarten, ich war stolz, dass ich ihn zum Üben mit nach Hause nehmen durfte. Aber das reichte mir nicht. Ich bettelte meine Mutter so lange an, bis sie sich an die Schulbehörde wandte, die entschied, mich einer Schulpsychologin vorzusetzen, die über meine frühzeitige Einschulung entscheiden sollte. Eine

schmale, nervöse Frau, ihre Stimme war einen schmerzhaften Ton zu hoch, sie sprach meinen Nachnamen falsch aus, lächelte verkrampft, ich sah den Lippenstift an ihren Zähnen und etwas Zahnfleisch. Ich lächelte nicht zurück. Der Test fand in den Räumlichkeiten der Grundschule statt, in einem Klassenzimmer im zweiten Stock, ich war aufgeregt, endlich durfte ich das Schulhaus von innen sehen. Die Psychologin hatte einen Platz freigeräumt, sie hockte leicht vorgebeugt auf einem kindgerecht kleinen Stuhl mir gegenüber, balancierte ihre Unterlagen auf den Knien.

Rund um uns waren die Stühle auf den Tischen hochgestellt, streckten graue Plastikbeine in die Luft. Meine Finger tasteten zärtlich über die Kerben im Pult, atmeten den fremden Geruch des Raumes ein, ich scannte jedes Detail, die Zeichnungen an den Wänden und Fensterscheiben, unter der Tafel klemmte ein zerfledderter, wahrscheinlich muffiger Schwamm, das Waschbecken hatte einen Sprung, der sich fein verästelte. Über allem wachte ein Jesus am Kreuz, direkt daneben das Foto des Bundespräsidenten, als wären diese beiden Gewalten untrennbar miteinander verbunden. Draußen surrte ein Rasenmäher, es roch nach frisch gemähtem Gras. Hinter der Tür des Klassenzimmers wartete meine Mutter, mit seitlich übereinandergeschlagenen Beinen kauerte sie auf der niedrigen Garderobenbank, in ihrem knappen Zeitfenster zwischen zwei oder drei Jobs, ihre Absätze klapperten ungeduldig gegen den Steinboden, wie immer hatte sie keine Zeit, trotzdem, wie immer, hatte sie Lippenstift und Rouge aufgetragen. Nur ihren Händen sah man den harten Alltag an, ihren abgespannten Zügen. Sie spielte mit dem Medaillon um ihren Hals, zog es an der Kette entlang auf und ab, ließ es immer wieder zuschnappen. Vor einem Jahr, im Mai 1980, kurz vor seinem Geburtstag, war Tito gestorben und mit ihm eine

Idee, vielleicht ahnte sie etwas, spürte den aufkommenden Wind lange vor der Welle. Oder war es ihre Schwangerschaft, die sie beschäftigte, das Kreisen der Gedanken, was zu tun sein würde und wann. Das Kind sollte im Herbst geboren werden. Was auf uns zukommt, erreicht uns mit einem solchen Vorlauf, dass wir seine tatsächliche Dimension nicht ermessen können.

Ich ließ die Psychologin gegen die Wand laufen. Die Aufgaben, die sie mir stellte, waren in Spielsituationen verpackt. Sie bat mich, mir vorzustellen, dass mir ein roter Ball unter den Schrank gerollt sei, so weit, dass ich ihn mit meinen Händen nicht mehr erreichen könne, meine Aufgabe war, mir zu überlegen, wie ich den Ball hervorholen würde. Ich langweilte mich. Was ich wollte, war lesen zu lernen, und das sagte ich auch, während sie mich wiederholt bat, mir die Sache mit dem Ball doch einfach vorzustellen, aber ich verweigerte mich, fragte nach dem Warum, das ging eine ganze Weile hin und her, bis ich trotzig verstummte. Vielleicht war nichts davon Teil meiner Erinnerung, meine Mutter hatte mir diesen Tag erzählt, wahrscheinlich war es ihre Geschichte, die ich in Farben übermalte, in denen ich mich selbst gern sehen wollte. Möglicherweise endete unser Kräftemessen damit, dass mich die Psychologin lange musterte, seufzte, etwas notierte und etwas anderes durchstrich. Auf jeden Fall wurde ich im Herbst eingeschult.

Am Einschulungstag war es in Österreich üblich, mit der Klasse in die Kirche zu gehen und geschlossen in der Messe zu singen. Meine Eltern waren nicht katholisch, was entweder niemanden kümmerte oder wonach uns niemand fragte, also fand ich mich das erste Mal in meinem Leben auf einer Kirchenbank wieder. Das synchrone Blättern in den Büchern, der

Hall des vielstimmigen Gesangs, das Murmeln mir fremder Formeln, die Choreographie des Aufstehens und Setzens, der Rausch aus Farben und entrückten Gesichtsausdrücken auf den Fresken, alles faszinierte mich. In meiner Bank lag neben dem Gotteslob auch eine Kinderbibel. Ein paar Wochen zuvor hatte ich im Radio eine Bibelstunde aufgeschnappt und war mir sicher, dieses abgegriffene kleine Buch musste voller wahnwitziger Märchen sein. Wozu hatte ich seit dem Frühling mit dem Lesekasten geübt? Ich steckte die Bibel heimlich ein und fand darin den Namen Jonas. Das war der Name, den mein Bruder tragen musste. Ich war mir sicher, dass ich einen Bruder bekommen würde, keine Schwester. Mutter hatte einen anderen Namen ausgesucht, aber sie gab meinem Drängen nach, und obwohl bis zu diesem Zeitpunkt niemand in unserer Familie zwei Vornamen getragen hatte, nannte sie ihn: Jonas Neven. Nur ich durfte ihn Jo nennen.

Bei unserem letzten Treffen, als er schon lange nicht mehr Jo genannt werden wollte, und wir beide nicht ahnen konnten, dass wir uns das letzte Mal sehen würden, sagte mein Bruder zu mir:
– Alles, was wir machen, tun wir nur, um glücklicher zu werden. Selbst derjenige, der sich umbringt, tut das, weil er glaubt, im Tod glücklicher zu sein.

In der sich zäh vorwärtsschiebenden Warteschlange vor dem Security-Check starrte ich auf das Display meines Telefons, verschiedene E-Mails wollten ohne Aufschub beantwortet werden, im nächsten Augenblick hatte ich die Nachrichten, die ich eben gelesen hatte, wieder vergessen. Auch Ira hatte geschrieben, ich scrollte nach unten, während der Cursor im Antwortfeld im Sekundentakt blinkte.

_Hast du schon über ein neues Projekt nachgedacht? Du weißt ja. *Keep going. The problem starts, when you stop taking pictures.*

08:15

_Apropos neue Projekte und Updates: Ich frage mich, warum mir Leute auf meinen Accounts folgen. Finden sie gut, was ich mache? Warten sie darauf, mich scheitern zu sehen? Biete ich zu viel Angriffsfläche? Andererseits: Verletzlichkeit zu zeigen ist wichtig. Du solltest es mal ausprobieren.

08:45

_Bin ich taktlos? Du weißt, ich rede über die Arbeit, weil das meine Art ist, komplizierte und unbequeme Gefühle zu verstehen. Bist du o. k.?

08:56

_Ich weiß schon, was du sagen wirst: Jeder Mensch schafft seine eigene Identität. Niemand schaut unter die Oberflächen.

09:00

_Siehst du deinem Vater eigentlich ähnlich?

09:01

_Sorry. Bist du o. k.?

09:10

_Du weißt ja, mein Hirn ist sprunghaft. Mein Herz ist bei dir. Immer.

09:17

The problem starts, when you stop taking pictures. Ich ging in Gedanken die Bilder durch, die ich an diesem Tag nicht fotografiert hatte, suchte einen roten Faden zwischen ihnen. Ein schweres, süßliches Parfum stach mir in die Nase, vor mir war eine ältere Dame an der Reihe, ihr Handgepäck auf dem Band abzulegen, einen Moment betrachtete sie zerstreut die Plastikschalen vor sich, bevor sie umständlich ihre Handtasche darin verstaute, den Gürtel aus den Schlaufen ihres Mantelkleids fädelte, eine bunte Kette mit großen klappernden Gliedern über ihre Frisur hob, sich das Haar glattstrich, tief einatmete und dann ihre Füße, einen nach dem anderen, übertrieben vorsichtig in die Bodenmarkierungen des Bodyscanners stellte. Ich fragte mich, wie meine Mutter allein zurechtkam. Sie fürchtete die kleinen Unsicherheiten, alle unvorhergesehenen Abweichungen im Lauf der Dinge, und vor allem, etwas nicht richtig zu verstehen. Dabei war ihr Deutsch nahezu fehlerfrei, aber sie sprach kaum ein Wort Englisch. Als ich meinen Laptop auf der anderen Seite der Security wieder in meiner Tasche verstaute, tippte mir eine junge Mitarbeiterin auf die Schulter, ging ein paar Schritte voraus, zog mit einem Ratsch einen grauen Plastikvorhang auf, winkte mich heran. Während sie meine Tasche und mich auf Sprengstoff untersuchte, indem sie mit einem Papierstreifen an mir und meinem Handgepäck herumwischte, fragte sie im Plauderton, ob ich Ferien gemacht habe, sie selbst sei in diesem Sommer lieber zu Hause geblieben. Dass sie wie selbstverständlich Englisch sprach, wäre mir sonst nicht aufgefallen. Meine Antwort kam zeitverzögert, aber sie schien ohnehin mehr zu sich selbst als zu mir zu sprechen. Der Hintergrundsound unseres Smalltalks war die Wiederholung der Wiederholung der allgegenwärtigen Gesprächsthemen, das Rauschen der Nachrichten, die Medien hatten in Europa den *Sommer der Angst* ausgerufen.

Die letzten Wochen waren geprägt von Terrormeldungen aus Nizza, Ansbach, München, Reutlingen und Rouen. Die Angst hatte sich an alle Rezeptoren angedockt, fand ein permanentes Echo in den sozialen Netzwerken, wurde Instrument populistischer Reden und Prognosen. Die Sprache an sich war ein Kampfplatz geworden. Oder war das nie anders gewesen, unter der Oberfläche? Wie konnte das Wort *Heimat* meinem Vater so viel bedeuten und mir so wenig?

Die Security-Frau verabschiedete mich mit einem breiten Lächeln. Der Wartebereich vor dem Gate war überfüllt, ich suchte die Sitzreihen nach einem freien Platz ab, schnappte Gesprächsfetzen auf, Worte in einer aufgeräumten, klaren Version meiner Muttersprache, mein Blick blieb an einer Familie haften, der Vater hatte sein kleines Mädchen auf den Knien. Ich sah mich selbst auf dem Schoß meines Vaters sitzen, wir fahren Bus, sitzen in der ersten Reihe hinter dem Fahrer, die lange Strecke ins Dorf der Großeltern, die Landschaft fliegt in Farbflecken vorbei, die ganze Fahrt über spiele ich mit den Händen meines Vaters, vergleiche sie mit meinen, manchmal döse ich weg, wache wieder auf, betrachte seine Hände, meine Finger öffnen die Handflächen, die Landschaften werden, ich fahre entlang der tiefen Linien, sie verwandeln sich in ein Netz aus Straßen, dazwischen Städte und Wälder, Flüsse verästeln sich, ich bin eine Reisende, seine Fingerkuppen sind ein Ende der Welt und tragen die Maserung von Bäumen, ich drücke das Weiß meiner Nägel in die feste Haut, sehe, wie der Abdruck einen Moment bleibt und langsam wieder verblasst.

Das kleine Mädchen auf dem Schoß seines Vaters erwiderte meinen Blick, lächelte, ich schämte mich plötzlich, ich musste das Kind angestarrt haben. Rasch ging ich dazu über zu tun, was so gut wie alle anderen auf dem Gate taten, ich starrte auf mein Telefon. Etwas auf dem Display irritierte mich. Ich brauchte einen Moment, um zu begreifen, was es war, ich musste aus Versehen die Uhrzeitangabe weggeklickt haben. Für einen Moment war mir, als gäbe es keine Zeit. Oder alle Zeit der Welt.

Mein Vater war nicht krank gewesen. Seit meine Eltern einander kannten, schien er niemals krank gewesen zu sein. Vielleicht hie und da eine leichte Erkältung, aber niemals Grippe, manchmal Zahnschmerzen oder kleinere Schrammen, Blessuren von der Gartenarbeit, aus denen er keine große Sache machte, wie er aus kaum etwas eine große Sache machte. An einem Sonntag wie jedem anderen war er nach dem Mittagstisch in einen seiner Gärten gefahren, zu einer Kundin, die gerade in den Ferien war, er wollte die Zeit nutzen, um ungestört den Rasen zu mähen, das Unkraut zwischen den Pflastersteinen in der Auffahrt und in den Beeten zu entfernen, die Hecken nachzustutzen. Vielleicht fühlte er sich nach getaner Arbeit überraschend müde, und entgegen seiner Gewohnheit, sich nie zu lange in einem der Gärten aufzuhalten, holte er einen Liegestuhl aus dem Geräteschuppen, klappte ihn im Schatten auf, streckte sich darauf aus und döste Sekunden später ein. Es war ein warmer Spätsommertag. Neben ihm im Gras lag sein Telefon, das karierte Heft, in dem er die ausgeführten Arbeiten in windschiefen Großbuchstaben fein säuberlich listete, ein paar grüne Gartenhandschuhe, darauf ein Kugelschreiber. Ungefähr eine Stunde später muss der Rasensprenger wie programmiert seine Arbeit aufgenommen haben, feiner Sprühnebel regnete auf die Hecken, rotierte über die Blumenbeete und traf auch meinen Vater, der immer noch auf seiner Liege ruhte, aber nicht aufwachte. Bald darauf begann sein Telefon zu läuten, meine Mutter rief an, sie wartete mit dem Abendessen, sie war ungeduldig geworden. Ich erinnerte mich, dass sie früher oft eifersüchtig gewesen war, sie verdächtigte Vater, dass er mit seinen Kundinnen flirtete oder Affären hatte. Das karierte Heft muss sich schnell mit Wasser vollgesogen haben, die ersten Seiten wellten sich, das Kugelschreiberblau begann auf dem Papier zu verschwimmen, und auch das Telefon lag mittlerweile in einer kleinen Pfütze. Nach dem dritten Versuch wurde das Display dunkel, gab es keinen Laut mehr. So oder so ähnlich kann es gewesen sein – oder auch ganz anders. Aber es war diese Abfolge von Bildern und Geschehnissen, die mein Kopf immer wieder abspulte, die ich mir nach dem knappen Bericht meiner Mutter zusammengepuzzelt hatte.

– Erinnerst du dich an das Kaninchen?
– Dein Vater ist tot.
Meine Mutter zögerte den unvermeidlichen Satz lange hinaus, weil der Satz erst dann wahr sein würde, wenn sie ihn ausgesprochen hatte, und erzählte ausführlich, gleichzeitig etwas wirr und gehetzt, von der Sache mit dem Kaninchen. Ich unterbrach sie kein einziges Mal.

Mein Bruder muss fünf Jahre alt gewesen sein, im Winter hatte er zu husten begonnen, und als sein Husten auch im Frühling nicht besser wurde, beschlossen meine Eltern auf Rat des Hausarztes, mit uns ans Meer zu fahren. Es war derselbe Frühling, in dem *die Wolke* Wien erreichte, ein Tief über dem ukrainischen Tschernobyl und Wind aus Südosten hatten sie erst über Weißrussland und Polen nach Schweden getragen, bis der Wind sich drehte und sie in den Osten Österreichs trug. Die Spielplätze waren verwaist, nur wenige Kinder, darunter auch wir, durften noch draußen spielen. Aber wir mussten unsere Schuhe vor der Wohnungstür im Hausflur stehen lassen, das war ungewohnt, und ich hatte Sorge, dass sie jemand mitnehmen könnte. Meine Mutter hörte auf, Pilze zu kaufen. Der Frühling zog unmerklich vorbei, wie die radioaktive Wolke über Wien, und in den Ferien sahen wir zum ersten Mal das kroatische Meer. Ein Bild hat diesen Sommer und unsere Kindheit gerahmt, ein Bild, das wir zusammen vervollständigen wollten, vielleicht war es das einzige Mal, dass wir drei gemeinsam an etwas gearbeitet hatten: meine Mutter, Jonas Neven und ich. Eine Stickvorlage, die wir auf dem Wochenmarkt in Split gekauft hatten. Meine Mutter liebte die Stickarbeit, und ich war in einer Phase, in der ich ihr nacheiferte, ich probierte ihre Gewohnheiten und Ausdrücke, imitierte ihre Gestik und Mimik, und mein kleiner Bruder tat mir alles gleich. Auf dem Markt in Split durfte sich jeder von uns eine Stickvorlage aussuchen, die Motive waren Variationen von melancholischen Landschaften, die das Meer oder Landleben darstellen sollten, melodramatische Kinderporträts mit kullernden Tränen, satte Stillleben mit Blumenarrangements, Welpen oder Kätzchen, und nicht zu vergessen die Darstellungen der Helden des Volkes und der Arbeit, die für *Bratstvo i Jedinstvo,* Brüderlichkeit und Einheit, stehen sollten. Das in Farben und Menge passende Garn war im Preis inbegriffen und wurde zusammen mit der Vorlage verkauft. Aber nur an einem einzigen Motiv arbeitete sich jeder von uns dreien ab. Auf der Stickvorlage war das Porträt von Tito in ein Netz aus bunten Quadraten aufgelöst, ein analog verpixeltes Bild. Das Bild vervollständigte sich nur langsam, die Nadel rutschte in Mutters verschwitzten Händen, die am Strand im Schatten saß, während mein Bruder und ich uns mühten, unter Vaters Anweisung schwimmen zu lernen. Wieder zu Hause, erschöpft von ihrem gehetzten Alltag, fielen Mutter abends über der Stickarbeit die Augen im Flimmern des Fernsehlichts zu. Ich bat darum, weitermachen zu dürfen, verlor aber nach wenigen Tagen das Interesse, legte das Bild beiseite. Mein Bruder fand es, und in seiner eigenen Interpretation der Aufgabe stickte er wild kreuz und quer, ohne Rücksicht auf die Ordnung der Kästchen und Farben. Mutter trennte das von Jonas Neven verursachte Chaos schließlich wieder auf und begann von neuem, aber nun war nicht mehr ausreichend Garn übrig. Mutter improvisierte, so gut es ging, doch im Hintergrund blieb ein schiefes Rechteck hellblauer Himmel leer, das passende Blau war nirgendwo aufzutreiben, und so landete das Stickbild unvollendet in der hintersten Ecke von Mutters Wandschrank, wo es die Jugoslawienkriege überdauern würde, um danach spurlos zu verschwinden.

Für mich begann es mit den Anrufen. Ich war vielleicht fünfzehn Jahre alt, es war Anfang der Neunziger, als irgendjemand bei uns zu Hause anrief und, ohne sich vorzustellen, Fragen stellte:

– Seid ihr Serben oder Kroaten? Serben oder Kroaten?

Wir waren allein, mein Bruder sah mich fragend an, und ich stand da, hielt den Hörer in der Hand, hörte den Anrufer seine Frage wiederholen, beim zweiten Mal schon drängender, beim dritten Mal zorniger, und ich sah mir selbst zu, wie der Hörer ganz langsam aus meiner Hand zurück auf die Gabel glitt. Das Telefon war ein Insekt, das mich anstarrte. Es begann von neuem zu läuten.

Es würde nicht der einzige Anruf bleiben. Die Jugoslawienkriege begannen in den Köpfen, fremde Stimmen brachten den Krieg in die vier Wände unseres Zuhauses. Für meine Eltern begann es mit den *Anderen*, die eigentlich ihresgleichen waren, Jugoslawinnen und Jugoslawen. Sie waren vor dem Krieg nach Österreich geflohen, und die meisten von ihnen wollten keine Jugoslawen mehr sein. Der Status quo, den sich meine Eltern über die Jahre erarbeitet hatten, schien ihnen von verschiedenen Seiten bedroht, diese *Anderen* brachten den Konflikt und mit ihm die Schuld näher. Der allgemeine Zersetzungsprozess aber begann von innen, nahm seinen Anfang in einer Welle von Hass und Vorurteilen, im Informationskrieg zwischen den verschiedenen Seiten und Republiken, eine Welle, die meine Eltern mit sich nahm, sie waren überzeugt, alles sei Propaganda gegen *unsere Leute.* Ich verstand nicht, wer *unsere Leute* sein sollten, warum wir plötzlich *Serben* waren. Die Berichte waren eine Bedrohung ihres Selbstbilds, eine Bedrohung des Bildes der Heimat, eine Bedrohung des Bildes der unhinterfragten Wirklichkeit, eine Bedrohung der Richtigkeit der Perspektive, es musste an einer Schieflage der Perspektiven liegen, wer für die einen als Nationalheld und für die andern als Volksfeind galt. Ein endloses Ringen um die Wahrheit begann. Ich wollte mich nicht entscheiden, wer *unsere Leute* waren, wen oder was dieser Begriff ein- oder ausschloss, wo ich dazugehören sollte und wo nicht. Ich wurde zwischen den Gewalten zerrieben. Mein Bruder war weiter Kind, er plapperte mir alles nach, er konnte noch nicht erfassen, worum es ging, warum wir täglich, pünktlich nach den Nachrichten, aufeinander losgingen. All die Fragen und Argumente, mit denen ich meine Eltern konfrontierte, schienen kein Gewicht zu haben, sie sahen in mir nur das Kind, dabei hatte ich dieses Kind in meiner Wirklichkeit, die parallel zu ihrer und ohne ihr Wissen zu existieren schien, schon lange hinter mir gelassen.

Wovon hatten meine Eltern geträumt, als sie Jugoslawien verließen? Und mit welchem Recht?

Mein Vater hatte kaum einen Tag bei der Arbeit gefehlt, manchmal sprach er zwar von Ruhestand und Reisen, an anderen Tagen davon, nach Serbien zurückzukehren, aber die Arbeit schien ihm immer das Wichtigste zu sein, eine Art Daseinsberechtigung. Er konnte nicht ahnen, dass er seinen Ruhestand nie erleben würde. Für meine Eltern zählte nur das Neue, und obwohl sie sparsam lebten, war Geld uns Kindern gegenüber niemals Thema. Jeden Sommer fuhren wir zurück in das Dorf meiner Mutter, wo wir Säcke voller Geschenke an die Verwandten verteilten, Kleidung, Schokolade und Kaffee, als müssten meine Eltern wiedergutmachen, dass sie fortgegangen waren. Ich glaube, meine Tante war es, die mir erzählt hatte, dass Marken einem Wunder glichen in dem Dorf, in dem mein Vater und seine Schwestern aufgewachsen waren, und ich verstand, dass Adidas, Bruce Lee oder die Stones Begriffe aus einem fremden Wörterbuch gewesen sein mussten, Begriffe aus einer parallelen Welt, die nach Individualität klangen, nach Freiheit.

Ich war vielleicht sechzehn Jahre alt und hatte keine Ahnung, wer mein Vater war, obwohl wir miteinander lebten. Die Schuhschachtel war ein Hinweis. Natürlich hatte mein Vater ein Leben vor uns gehabt, aber diese Vorstellung und sein Gesicht auf diesen Bildern waren mir so fremd, als hätte ihn jemand in die Szenen hineinretuschiert. Auf anderen Bildern fehlte er, aber es musste sein Auge gewesen sein, das die Szenen festgehalten hatte. Auf der Rückseite der Bilder waren Jahr, Tag und Ort in seiner Handschrift dokumentiert. Der Inhalt der Schachtel musste irgendwann durcheinandergekommen sein, verschiedenste Szenen und Jahre waren darin zusammengewürfelt: Aufnahmen meiner Mutter als junge Frau; wild diskutierende Menschen in einer Kafana, die Luft dick vor Rauchschwaden; Bilder einer Hochzeit auf dem Land, ein Mann, der mit einem Schnapsglas auf dem Kopf tanzte, eine Blaskapelle in der prallen Sonne, das vor Anstrengung rot angelaufene Gesicht eines Trompeters im Close-up; ein verlassener Strand bei Nacht, ein Lagerfeuer; eine Serie von meinem Vater, der in Militärkluft in der Luke eines Panzers posierte. Ich versank in den Bildern, die in meinem Kopf lebendig wurden, hatte sie auf dem Boden in unserem alten Wohnzimmer ausgebreitet, das damals ein brandneues Wohnzimmer war. Seit dem Umzug hatten mein Bruder und ich jeder ein Zimmer für uns allein. Noch schien sich keiner von uns daran gewöhnt zu haben.

Mein Vater stand plötzlich vor mir. Den Rauch meiner Zigarette, der noch in der Luft hing, ignorierte er. Er setzte sich einfach neben mich, als wäre nichts, als würden wir das immer so machen, und zeigte auf eine Aufnahme. Mein Vater als junger Mann am Strand, mit schulterlangen Locken, die meinen glichen, seine Gesichtszüge weich, mein Vater in hautengen Hosen und offenem Hemd, die Hände in den Taschen vergraben, breit grinsend.

– Stell dir vor, Bilja, an diesem Tag hab ich zum ersten Mal das Meer gesehen.

Gedankenverloren tastete ich nach der Kamera in meinem Rucksack. Bald würde ich im Flieger sitzen, eine Stunde lag zwischen Budapest und Wien. Hinter meiner Stirn rauschte es, als müsste ich die Unverhältnismäßigkeit der Dinge ausrechnen, die absurde Reisezeit auf europäischen Flugdistanzen im Verhältnis zu der Entfernung zwischen Wien und mir, die Lebensjahre zwischen mir und Wien im Verhältnis zur Tragfähigkeit der Verbindungen, bevor und nachdem ich sie gekappt, gekittet und erneut abgerissen hatte.

Das kleine Mädchen und sein Vater saßen nicht mehr auf ihren Plätzen, ihr Flug musste aufgerufen worden sein, und ich hatte es nicht bemerkt. Die Sitzreihen um mich waren jetzt leer, das Stimmengewirr war verstummt. Ein fülliger junger Mann mit dem pausbäckigen, flaumbehaarten Gesicht eines zu groß geratenen Kindes wischte mit einem Mopp die Gänge, er ging zügig rückwärts, ohne sich umzusehen. Nein, da war noch jemand. Einige Reihen entfernt entdeckte ich einen distinguierten älteren Herrn in einem augenscheinlich maßgeschneiderten Anzug und einer Krawatte in gedeckten Farben, die er hektisch löste, bevor er begann, hemmungslos eine Jumbogeschenkpackung Flughafenshop-Schokolade in sich hineinzustopfen. Es hatte etwas Rührendes. Ira würde lachen. Ich überlegte, heimlich ein Foto zu schießen und es ihr zu schicken. Aber ich zögerte und verpasste den Augenblick, langsam begannen die Sitzreihen um mich, sich wieder zu füllen.

– Madam?

Der Reinigungsmann mit dem Kindergesicht stand direkt vor mir. Was wollte der denn jetzt, und überhaupt, Madam? Dann sah ich, worauf er deutete. Mein Telefon lag auf dem Boden. Ich schämte mich augenblicklich für meine Arroganz, murmelte ein Danke, er tippte sich an eine unsichtbare Schirmmütze und arbeitete im Rückwärtsgang weiter. Ein Flug wurde aufgerufen, eine Verspätung durchgegeben, in meinem Kopf war das Bild des Schokoladenessers, das ich nicht fotografiert hatte.

Mein Vater schenkte mir seine alte Leica am gleichen Nachmittag, als ich die Schuhschachtel mit seinen Bildern fand. Er dachte wahrscheinlich, dass sie mir Freude machen würde, weil ich versessen auf alte Sachen war, die halbe Einrichtung meines neuen Zimmers hatte ich gegen Mutters Willen auf dem Flohmarkt zusammengekauft, und statt mir neue Kleider

zu kaufen, trug ich lieber Vaters alte Hemden und Gürtel, die ich aus der hintersten Ecke seines Kleiderschranks fischte und neu kombinierte, auch die Musik, die ich hörte, war aus den siebziger Jahren. Erst wusste ich nichts anzufangen mit der Kamera. Dann begann ich, sie überallhin mitzunehmen.
Ich war immer schon eine Einzelgängerin gewesen, und noch mehr seit dem Wechsel aufs Gymnasium. Die Bücher, die ich las, die Musik, die ich hörte, die Filme, die ich sah, meine Kleider, mein Gesicht, mein Geruch – nichts an mir schien richtig zu sein. Auch ich konnte nichts mit meiner neuen Klasse anfangen, und dennoch war da eine heimliche Sehnsucht danach, gleicher zu sein, eine von ihnen. In der Grundschule waren wir Kinder noch unbeschriebener, offener, es galten andere Regeln und Codes, mit denen ich zurechtkam. Dort hatte ich Freunde gehabt. Meine Freundin Anh war mit ihrer Familie aus Vietnam geflüchtet, sie waren *Boat People*, hinter der Tür ihrer Gemeindebauwohnung lag ein für mich unbekannter Planet, Anh reichte mir meine erste Schale roten Reispudding, und ich überwand die Angst davor, das fremde Gericht zu probieren. Am meinem ersten Schultag hatte ich suchend den Raum und die Gesichter darin gescannt, um Anhs offenem Blick zu begegnen, Platz neben ihr zu finden, aber unsere Freundschaft sollte nicht lange halten. Ihre Zensuren reichten nicht fürs Gymnasium, die Stundenpläne an der Hauptschule waren anders strukturiert, ihr Alltag war jetzt ein anderer, und nach ein paar Wochen und wenigen halbherzigen Treffen verloren wir uns aus den Augen.
Nach der Schule, wenn ich nicht auf meinen kleinen Bruder aufpasste, streunte ich mit meiner neuen Kamera durch die Stadt. Früher hatte ich ihn überallhin mitgenommen, jetzt zog ich es immer öfter vor, alleine zu sein. Ich hätte nie zugegeben, dass ich einsam war. An einem dieser Nachmittage,

auf dem Narbengelände eines verlassenen Schlachthofs, fand mich Ira Goldfarb und nahm mich mit in ihre Welt.

Das Vorstellungsvermögen meiner Mutter schien auf Wiederholung programmiert, als sei sie überzeugt, beinahe besessen davon, dass ich die gleichen Fehler wie sie machen würde. Es war mir streng verboten, spätabends auszugehen oder einen Freund zu haben, sie hatte Panik, dass ich schwanger werden könnte, bevor ich ahnte, wen oder was ich überhaupt begehren könnte, ob ich überhaupt so etwas wie *einen Freund* haben wollte. Meine eigene Körperlichkeit schien mir unausgegoren und unkorrekt, sie entsprach den Bildern von Weiblichkeit nicht, die mich umgaben, den Schablonen, die mir vorgehalten wurden. Aber ich ahnte bereits, dass ein ganz anderes Leben möglich war.

Als Ira und ich einander begegneten, wusste ich nicht, dass ich mich in ihrem Vorgarten befand. Ich war schon eine ganze Weile auf dem Gelände, ich hatte noch wenig Übung mit der Kamera, versuchte mich an den Details, der Struktur der Mauern, aber viele Dinge, die ich sah und für interessant befand, ließen sich noch nicht so festhalten, wie ich mir das vorstellte. Eine Stimme holte mich zurück in die Realität.
– Mach mal ein Foto von mir, nicht von der Wand.
– Ich fotografiere keine Leute.
– Was denkst du denn? Ich bin doch nicht irgendwelche *Leute*.
Sie lachte mir mitten ins Gesicht, eine lebendig gewordene Comicfigur, alles an ihr schien ins Extrem verzerrt, ihre knochigen Beine mit den zu großen Knien, die dunkelbraunen Augen, in denen die Pupille kaum auszumachen war, der riesige Mund und dazu die Lücke zwischen ihren Schneide-

zähnen, das wilde Nest ihrer platinblonden Haare, der schiefe Ton ihrer Stimme. Aber das war es nicht, all das war nebensächlich. Wir hätten unterschiedlicher nicht sein können, oberflächlich betrachtet, und doch waren wir gleich, wir kannten uns, ohne Zweifel, ohne viele Worte darüber verlieren zu müssen. Bei unserer ersten Begegnung war davon nicht viel zu spüren, ich war ihr reserviert begegnet, und trotzdem lud sie mich ein wiederzukommen. Ira dachte und handelte schnell und schien dabei dennoch meist richtigzuliegen. Bis dahin hatte es nur Jonas Neven und mich gegeben, niemand war mir wichtiger gewesen als er. Ich liebte meinen kleinen Bruder nach wie vor, ich sorgte mich um ihn, aber ich war älter geworden, der Raum um mich schien zu schrumpfen, ich stieß mich wund an den Decken und Wänden, die immer näher zu kommen schienen, ich konnte kaum atmen in dieser Welt, in der meine Eltern durchdrehten, mehr als sonst, und ihren Nationalstolz entdeckten und mein Bruder, das Kind, trotz allem zufrieden zu sein schien. Ira war drei Jahre älter als ich, sie war klug und kompromisslos, ich war noch niemandem wie ihr begegnet, sie schien so viel freier zu sein und zu denken als alle anderen, für mich war sie die Verkörperung der Möglichkeit eines selbstbestimmten Lebens. Und ich wusste bis zu diesem Zeitpunkt nicht, wie sehr ich zu jemandem gehören wollte.

Obwohl Ira und ich gleich groß waren, hatte ich stets Mühe, Schritt mit ihr zu halten, jedes Mal fiel ich zurück und mein Blick auf den Schriftzug *Wien du tote Stadt*, den sie mit weißer Farbe auf ihre Lederjacke gemalt hatte. Der Satz gefiel mir, dass er nicht ihre Idee war, sondern ein Zitat aus einer anderen Zeit, verstand ich erst später. Ira und ihre Freunde waren Hausbesetzerinnen und gehörten allesamt zur Punkszene oder dem, was davon übrig war. Ira sagte nicht *Freunde*, sondern *Familie.* Ich begann mich an ihnen zu orientieren, ihre Codes, Rituale und Ansichten anzunehmen. Die Verbote meiner Eltern zu umgehen lernte ich schnell, ich trickste sie regelmäßig aus, es war einfach, ich fühlte mich überlegen und spielte mit ihrer Unwissenheit, bis ich keine Lust mehr hatte, diese Umwege auf mich zu nehmen. In meiner imaginären Topographie war die Vorstadt, in der ich mit meiner Familie lebte, vom Tod in all seinen Verkleidungen bevölkert. Nichts fühlte sich lebendig an. Ich begann zu kommen und zu gehen, wie ich wollte, und immer öfter zu verschwinden, erst nur über Nacht, dann für ein paar Tage. Mein kleiner Bruder stand dazwischen, ratlos, ich erinnere mich, wie er sich an mich klammerte, barfuß, in seinem Pyjama, genauso, wie er sich an seine Kindheit zu klammern schien.

Als wir Kinder waren, fanden wir uns geheime Orte. Sie wechselten mit unseren Umzügen, mussten neu gefunden und erobert werden, mit den Jahren wurde unser Wohnraum zwar Stück für Stück größer, aber die Enge blieb die gleiche. Favorit in der Geschichte unserer Fluchten war und blieb das Hausdach, damals, als wir noch alle in einem Zimmer schliefen, aßen, atmeten, in unserer schuhschachtelgroßen Substandardwohnung.
Wenn unsere Eltern arbeiteten und wir ein Zeitfenster lang allein waren, zwischen dem Ende von Vaters Nachmittag in der Fabrik und dem Beginn von Mutters Spätschicht im Gasthaus, schlichen wir uns hinaus und kletterten hoch ins Dachgeschoss, ich besaß einen Schlüssel, den ich vom Bund des Hausmeisters gestohlen hatte. Er hatte ihn eines Morgens unweit der Tür unserer dauervögelnden Nachbarin auf einem Flurfensterbrett vergessen. Ich probierte die Schlüssel durch, befand die meisten für nutzlos, aber behielt diesen einen. Der

Schlüssel verschaffte uns über eine schmale Klapptreppe Zugang zum Dach. Ich trug meinen kleinen Bruder huckepack hoch. Dort folgten wir in der Dämmerung den Lichtern der Flugzeuge, die über das Haus hinwegdonnerten, sahen sie aufsteigen, ganz nah, und weiterziehen. Jonas Neven war sechs Jahre alt, sein Husten war besser geworden, aber er machte sich Sorgen, dass wir im nächsten Sommer nicht noch einmal ans Meer fahren würden. Die ganze Zeit über musste ich seine Hand halten, er hatte Angst, die gleiche Angst, die ihn regelmäßig vor dem Schlafengehen überkam, und ich versprach ihm, dass er nicht fallen würde, ich würde es nicht zulassen.

Mein Bruder, den ich fünf Jahre später auf die Stirn küsste, auf meinen Rücken klettern ließ, als wäre er noch so klein wie damals. Er schlang die Arme um meinen Hals, und ich trug ihn zurück in sein Zimmer. Ich las ihm vor, wartete, bis er eingeschlafen war, dann verließ ich das Haus, anders als versprochen.

Ich hatte für mich entschieden, dass meine Eltern für das richtige Leben ungeeignet waren. Alles, was sie sich aufgebaut hatten, schien mir unerträglich gewöhnlich und stumpf. Alles, was mich bestimmte, alles, was mich umgab, waren Wände, Verbote, Pflichten. Dass meine Teenagersehnsucht nach Intensität um nichts weniger gewöhnlich war, konnte ich noch nicht wissen. Ein neuer Gedanke nahm immer mehr Raum ein: Seine Familie selbst zu wählen war möglich. Niemand sollte festschreiben dürfen, wohin ich gehörte, zu welchem Land, zu welcher Ideologie.
An dem Tag, an dem ich von zu Hause fortging, war nichts Besonderes vorgefallen, meine Schritte waren leicht, ich hatte das Gefühl, einer natürlichen Ordnung zu folgen. Ich packte

nur wenige Kleidungsstücke ein, einen Walkman, meine Kamera. Diesmal kam ich nicht zurück.

Mein Bruder war das Opfer, das ich in Kauf nahm, als ich bei Ira und damit meiner neuen Wahlfamilie einzog und blieb. Wir lebten alle zusammen im Gebäude des ehemaligen Schlachthofs, den sie besetzt hatten, dort, wo Ira und ich einander das erste Mal begegnet waren. Meine Eltern drohten, die Polizei zu rufen, mich gewaltsam zurückzuholen, aber sie schämten sich zu sehr, vor dem Blick, dem Urteil der Nachbarn, der Verwandten, ihrer Freunde. Sie taten nichts. Es war ohnehin nur eine Frage der Zeit, bis ich tun konnte, was ich wollte, ich war siebzehn Jahre alt. In einer einzigen Sache blieb ich die Tochter meiner Eltern, ich ging weiterhin zur Schule. Meine Mutter sah ich nur einmal, vom Fenster aus, unten im Hof vor unserem Haus, sie stand im hohen Gras, zwischen Unkraut und wilden Blumen, starrte auf den abblätternden Putz des Hauses, die *tags* und zugenagelten Fenster im letzten Stock, sie schleppte zwei Plastiksäcke voller Einkäufe. Ich weiß weder, wie sie mich damals gefunden hat, noch, ob sie meine Anwesenheit gespürt hat, meinen Blick. Sie stellte die Einkäufe vor der Eingangstür ab, ohne zu mir hochzublicken, drehte sich um und entfernte sich mit hastigen Schritten. Die Lebensmittelpakete vor unserem Haus tauchten weiter auf, das ging über Wochen und Monate, aber meine Mutter habe ich dort nie wieder gesehen.

In meinem neuen Leben blieb ich in der Rolle der Beobachterin, ich sprach wenig, ich nahm keine Drogen, trank kaum Alkohol, ich war überall mit dabei, aber blieb doch am Rand des Geschehens. Ich war das Auge meiner Kamera, allein meine Aufnahmen sprachen zu den anderen. Hier war ich nicht mehr die große Schwester, sondern die Jüngste im Haus. Die anderen schickten mich niemals vor, ich war es, die sich anbot, loszuziehen und Drogen zu besorgen, ganz egal welche, weil ich ebenso neugierig war wie ruhig und geschickt, ich mochte die Codes, den Nervenkitzel, den bitteren Geschmack von Adrenalin. Wenn das Geld und die Vorräte knapp wurden, war es ein Spiel für mich, im Supermarkt einfach zu nehmen, was wir brauchten, und ich war gut darin, ich wollte meinen Teil beitragen und war mir sicher, dass mein unschuldiges Gesicht mich vor allem schützen würde. Zum ersten Mal in meinem Leben fühlte ich mich lebendig, ich hatte keine Angst mehr davor, was irgendjemand von mir denken könnte. Diese Angst, die meine Eltern mir jeden Tag vorgelebt hatten.

Im Haus sammelten sich Schreibende und Künstlerinnen, Freigeister und Aktivistinnen, wir sahen uns als basisdemokratisches Kollektiv, was jegliche Hierarchie ausschloss. Das Kollektiv waren alle, aber niemand war in irgendeiner Form an das Kollektiv gebunden. *Anomie*, ich denke, es muss Ira gewesen sein, die das Wort bei unserem wöchentlichen Plenum einführte und erklärte, *Anomie* bezeichne einen Zustand fehlender oder schwacher sozialer Normen, Regeln und Ordnung. Das neue Wort sollte uns als anders markieren, da wir eben nicht von *Anarchie* sprachen wie alle anderen. Wir entschieden uns einstimmig dafür. Offiziell gab es keine Regeln, nur Möglichkeiten, sich auszuprobieren. Ira und ich waren eine Einheit und doch kein Paar, eine gewöhnliche Zweierbeziehung entsprach weder unseren Vorstellungen noch den unausgesprochenen Verhaltensregeln im Haus.

Ich erfand mich neu, auch durch die Fotografie. Aber es dauerte lange, bis ich begann, Menschen zu fotografieren, Porträts von den anderen im Haus zu schießen, in meinen ersten Arbeiten hatte ich mich ausschließlich auf leblose Dinge konzentriert, Gegenstände, Details. Mein erstes Motiv, aus dem eine ganze Serie wurde, waren die Lichtstreifen unter verschlossenen Türen.

Dennoch vermisste ich meinen Bruder. Die Zeit verging leichter, schneller, zugleich schmerzhafter, ein Jahr war vorbeigezogen, ohne dass wir uns gesehen hatten. Ich war meinen Vorsätzen treu geblieben, hatte gelernt, mein Schulabschluss stand unmittelbar bevor, bald würde ich volljährig sein. Ich wollte Wien hinter mir lassen, aber davor musste ich Jonas Neven sehen. Es wäre nicht schwer gewesen, ihn abzufangen, aber die Möglichkeit eines Wiedersehens machte mir Angst, ich schob es hinaus, machte mich auf den Weg und drehte wieder um, fand immer etwas, das gerade wichtiger war. Nichts durfte meine neuen Selbstverständlichkeiten erschüttern.
Über die Sommermonate fuhr ich zusammen mit Ira und ein paar Leuten aus dem Haus ans Meer. Es wurde Herbst, ehe Jonas Neven und ich einander zufällig über den Weg liefen. Mein Bruder war mit seiner Schulklasse unterwegs, er war das Schlusslicht der Gruppe. Die Hände in den Hosentaschen, kickte er Kastanien vor sich her. Er war ein Stück in die Höhe geschossen, die Hosenbeine einen Tick zu kurz, dafür trug er seine Haare länger, sie fielen ihm widerspenstig ins Gesicht. Ich holte ihn ein, ging eine ganze Weile neben ihm her, bevor ich nach seiner Hand griff. Er nahm es stumm hin, und es schien, als brauche er einen Moment, um mich zu erkennen, mein Gesicht scharf zu stellen, die Informationen in seinem Kopf zu ordnen. Eine Welle aus Sehnsucht flutete mich, ich spürte erst jetzt, wie sehr er gefehlt hatte. Er machte ein paar Schritte rückwärts, ohne meine Hand loszulassen, sah mich an, ohne ein Wort zu sagen. Dann riss er sich los.

Es war ein paar Wochen darauf, am Tag vor meinem achtzehnten Geburtstag, ich saß in meinem Stammcafé, als mein Vater hereinkam. Ob ich Hunger hätte, er wolle mich einladen, er bestellte, ohne mich zu fragen. Ein zartrosa glasiertes Kuchenstück auf einer weißen Serviette, eine Gabel seitlich daneben auf dem Teller. Zwei Gläser Sekt. Er legte ein Kuvert dazu, auf das er *Alles Gute* geschrieben hatte. Ich starrte auf die nach links geneigten Blockbuchstaben. Das Kratzen meiner Gabel auf dem Teller, hörst du, Biljana, die Zinken der Gabel, die im Kuchen versanken, Bilja, du bist unsere Tochter, die Risse im rosa Zuckerguss, der weiße Teig darunter, sieh mich an, wenn ich mit dir spreche, das zähflüssige Rot der Marmelade, wie eine frische Wunde, du bist ein Teil von uns, erinnerst du dich, die winzigen Bläschen, die in unseren Gläsern aufstiegen, in kerzengeraden Linien, Familie, verstehst du, was das bedeutet, das Quietschen und Scharren der Gabel, ich bitte dich, Biljana, die klebrige Süße im Mund, du bist immer noch meine Tochter, wir sind deine Familie, das Rot der Marmelade, das sich auf dem Teller ausbreitete, ein Bissen, der sich am Gaumen festgesetzt zu haben schien, sich nicht lösen wollte, Bilja, hörst du mich, der Bissen, der festklebte, der Zuckergeschmack, ein klebriger Film auf meinen Zähnen, ein schmerzhaftes Ziehen in meinem Backenzahn. Ich legte die Handflächen auf den Tisch, stellte die Füße fest auf den Boden, machte mich gerade. Ich gab keine Antwort. Ich sah Vater an, ich schwieg. Ich konnte alles aussitzen, ich würde mich nicht bewegen, wenn es sein musste, weder blinzeln noch atmen, ich konnte warten. Und ich wartete, bis er das Café verließ, natürlich nicht ohne vorher die Rechnung zu begleichen. Mein braver Vater wartete, entgegen seiner Sparsamkeit, nicht auf das Wechselgeld, sondern ließ achtlos einen Geldschein auf der Theke liegen, wie im Film. Ich war beinahe beeindruckt. Vor mir auf dem Tisch lag mein Geburtstagskuvert. Die Geldscheine darin waren bestimmt ordentlich sortiert, Kopf an Kopf und Zahl an Zahl. Ich wollte mir eine Zigarette anzünden, aus Nervosität, aus Gewohnheit, und überlegte es mir anders, steckte sie hinters Ohr, ließ mein Feuerzeug auf- und wieder zuschnappen, atmete den Geruch von Benzin. Es ging um meine Freiheit. Ich würde sie nicht mehr aufgeben, weder für die Familie noch für einen wie immer gearteten Kompromiss. Ich wusste genau, was mein Vater mir nicht verzeihen würde, was ich tun musste, um ihn zu demütigen. Und ich tat es.

Wir leben alle in unserer eigenen Version der Wahrheit. Und ich hatte noch nicht gelernt, mit den Lebenslügen der anderen behutsam umzugehen. Meinen Bruder hatte ich in der Wahrheit meiner Eltern zurückgelassen, ich erzählte mir, er würde seine eigene finden, früher oder später. Es gab nichts, womit ich meinen Verrat wiedergutmachen hätte können.

Jonas Neven und ich sahen einander ein letztes Mal, kurz vor meinem Abschied von Wien. In einem Supermarkt, im Neonlicht zwischen den Regalen, er musste mit Mutter unterwegs gewesen sein, die vielleicht an der Kasse wartete, wahrscheinlich war er zurückgelaufen, um etwas zu holen, das sie vergessen hatte. Aber er lief nicht oder nur die ersten Schritte, bis er aus Mutters Blickfeld verschwunden war, dann trödelte er die Regale entlang, schien sich zwischen den Reihen zu verlieren, hielt selbstvergessen inne, machte eine halbe Drehung nach links, unschlüssig zurück nach rechts, einen Schritt nach vorn und blieb schließlich eine Armlänge vor mir stehen. Ich hatte mir keinen Wagen genommen, sondern die Einkäufe auf einer Kiste Bier getürmt, die ich abwechselnd trug und vor mir herschob, sie waren für meine Abschiedsparty im Haus bestimmt. Da waren die Fahrstuhlmusik-Jingles der Werbung, die Durchsagen mit den tagesaktuellen Sonderangeboten, nimm drei zahl zwei und so weiter, dahinter das konstante Summen der Tiefkühltruhen, das kaum hörbare Sirren der Neonlampen, und da waren wir. Mein Bruder schien wieder ein Stück gewachsen zu sein, seine Arme und Beine wirkten schlaksiger als zuvor, oder lag es daran, dass sein Haar jetzt ganz kurz geschoren war, was sein Gesicht schmal und kantig aussehen ließ. Er hatte sich seinen Kapuzenpullover halb über den Kopf gezogen, kaute an einem der Bänder. Wir standen einfach da und starrten einander an, ich glaubte, eine Traurigkeit in seinem Ausdruck zu erkennen, oder war es Gleichgültigkeit. Zwischen uns stand eine Frage, die ich nicht beantworten konnte. Ich wollte seinen Namen sagen. Etwas sagen. Der Turm mit den Einkäufen, den ich eben noch ein Stück vorwärtsgetragen hatte, rutschte mir aus den Händen, das Klirren beim Aufprall auf dem Linoleum, Beutel und Packungen fielen und rollten in alle Richtungen, verteilten sich kreuz und quer über den Gang, scheppernd zerbrach eine der Flaschen, blutete langsam schäumend auf dem Boden zwischen uns aus. Mein Bruder schien einen Augenblick zu lächeln, dann legte er einen Zeigefinger auf die Lippen, machte ein paar Schritte rückwärts, als wollte er im nächsten Moment vor meinen Augen einen Zaubertrick vollführen, und verschwand, immer noch rückwärtsgehend, in den nächsten Gang.

You are delaying the flight. Biljana Banadinović, ob das ich sei. Ob das mein Flug sei. Die Frau vom Bodenpersonal beugte sich zu mir, ich konnte ihr Parfum riechen, Maiglöckchen, ihr

Gesicht dicht vor meinem, der blassrosa geschminkte Mund übertrieben artikulierend,
– Biljana Banadinović?
Einen Moment lang wusste ich nicht, wo ich war und warum. Statt der Frau zu antworten, ging mein Blick an ihr vorbei, scannte ein paar Sekunden lang suchend die Umgebung. Dann erst fand ich zurück. Maiglöckchen, blassrosa Mund. Die Frau schien eher besorgt als verärgert, vielleicht hielt sie mich für schwer von Begriff. Sie mussten mich mehrfach aufgerufen haben, und obwohl ich unweit vom Gate saß, hatte keine der Durchsagen meine Gedanken übertönt. Belgrad, ich war auf dem Weg nach Belgrad. Ich nickte, mehr zu mir selbst, murmelte eine Entschuldigung, schulterte meine Tasche, hielt mein Display über den Ticketscanner. Die automatischen Türen öffneten sich lautlos ins Freie.
Auf meinem Display eine ganze Batterie neuer Nachrichten von Ira, alle unbeantwortet, ich überflog sie, blieb an der letzten hängen.

> _Weißt du noch, was du zu mir gesagt hast, nach deiner ersten Ausstellung, als sich plötzlich alle für dich interessiert haben?
> Du hast gesagt: So alt wie jetzt war ich noch nie, und plötzlich bin ich ein Wunderkind.
> 10:10

Es würde sechs Jahre dauern, bis wir uns wiedersahen, mein kleiner Bruder und ich, dabei hätte keiner von uns gedacht, dass wir ohne einander sein könnten. Sechs Jahre, in denen ich gereist war, fotografiert hatte und von Tag zu Tag gelebt. Die ersten beiden Jahre war ich mit Ira unterwegs gewesen, dann hatten sich unsere Wege getrennt. Das eigentliche Wunder war Ira, was immer sie sich vornahm, sie konnte alles auf die Beine stellen. In einem Abbruchhaus in Ostberlin organisierte sie ihre ersten Ausstellungen, bewies Talent und den richtigen Instinkt, etablierte sich erst mit einer Galerie in Berlin und eröffnete bald darauf eine zweite in Wien. Ira zog mich mit, überredete mich zu einer Berliner Einzelausstellung, plötzlich war ich das Wunderkind, das herumgereicht wurde. Natürlich haute ich ab, sobald ich konnte. Aber als Ira mich nach Wien rief, konnte ich nur ja sagen.

In den letzten Jahren waren auch die Zerfallskriege in Jugoslawien weitergegangen, weiter, als ich jemals gedacht hätte. Der Horror der Massaker in Bosnien, die systematischen Verbrechen an den Frauen, das Dayton-Abkommen als Quadratur des Kreises, das den neuen Staaten keinen dauerhaften Frieden bringen sollte. Der Konflikt um den Kosovo war nicht berücksichtigt worden. Die destruktive Macht des instrumentalisierten Erinnerns erhob den Kosovo zum angeblich unverzichtbaren Herz, zur Identität Serbiens. Die nächste Eskalation kam mit Ansage, die Antwort der NATO blieb diesmal nicht aus. Als 1999 Bomben auf Belgrad fielen, versuchte ich, nicht an meine Familie zu denken. Das alles hatte doch nichts mit mir zu tun. Ich wollte nicht, dass es etwas mit mir zu tun hatte. Ich vergrub mich in meiner Arbeit, tauchte unter bei Ira, ließ die Nachrichtenmeldungen ein Hintergrundrauschen werden. Ira hatte mir einen neuen Namen gegeben, der auf dem Kunstmarkt besser funktionieren würde: Billy Bana. Es war der Beginn der Nullerjahre, eine Stimmung zwischen Aufbruch, Zukunftsgläubigkeit und Apokalypse, 2000, schon die Jahreszahl trug die Prophezeiung von kommendem Zerfall und Neuordnung in sich, auch wenn sich keine der Jahreswechsel-Hiobsbotschaften erfüllt hatte. Die Panik vor dem *Y2K-Bug*, die Angst vor dem Versagen der *internen Echtzeit-*

uhren, vor Systemzusammenbrüchen und Datenverlusten. Letztlich war im Großen und Ganzen nichts weiter passiert. Oder? Zu Beginn des Jahres wurde Wladimir Putin Präsident. Ende des Jahres würde George W. Bush auf Bill Clinton folgen. Die erste Staffel *Big Brother* wurde ausgestrahlt. *National befreite Zone* war das Unwort des Jahres, Medien und Wissenschaft sprachen von rechten *No-go-Areas* oder *Angstzonen*. In Österreich wurde die erste schwarz-blaue Regierung angelobt, die mehr rechts als konservativ war.
Die Eröffnung meiner ersten Einzelausstellung in Wien hatten Ira und ich um ein paar Tage verschoben, um Terminkollisionen mit den Donnerstagsdemos gegen die neue Regierung zu vermeiden.
– Haben wir unsere Idee verkauft?,
hatte ich Ira wenige Stunden vor der Eröffnung gefragt, als wir die große Leuchtschrift mit dem Ausstellungstitel montierten, das Wort *Anomie* in Großbuchstaben, das nicht aufhören wollte zu flackern.
An der Oberfläche beherrschte ich das Gesellschaftsspiel, aber ich litt ebenso darunter, hasste es, Hände zu schütteln und Smalltalk zu führen, Menschen ertrug ich nach wie vor nur in kleinen homöopathischen Dosen, und auch dann nur ausgewählte Exemplare davon. Ira ging auf in ihrer Rolle als Galeristin, sie trug eine Art futuristischen Sari, in dem sie alle Blicke auf sich zog, aber sie sagte, es sei nicht der Space-Sari, sondern ihre neue Spiritualität, ihr inneres Lächeln, das sie gerade entdeckte. Ich erinnere mich nicht, was ich trug, wahrscheinlich war es schwarz, schlicht und hochgeschlossen. Über die Jahre hatte ich zahllose Bilder auf meiner Haut gesammelt wie Notizen, aber ich hatte kein Bedürfnis mehr, sie anderen zu zeigen. Ira, die jedes Motiv auswendig kannte, nannte es meinen informellen Anzug: Nur mein Gesicht und

mein Hals, meine Hände und Füße waren nicht tätowiert. Ira hielt mich an, offen und freundlich zu sein, zumindest etwas mehr als sonst, mehrmals an dem Abend flüsterte sie mir die Sätze ihrer Orgontherapeutin ins Ohr, *breathe and relax your face*, denn das auf meinem Gesicht sei kein Lächeln, sondern eine Grimasse. Meine Reserviertheit verkaufte sie als Haltung, und am Ende des Abends war ein Großteil meiner Arbeiten mit kleinen roten Punkten markiert. Ira war mehr als zufrieden, sie habe es doch gewusst, sie habe es mir doch gesagt, jetzt, nach Berlin, sei auch Wien bereit für mich, für meine Arbeiten. Ich hörte Ira die letzten Gäste verabschieden, danach wollte sie abschließen, ich wartete im kaltweißen Kubus ihres Büroraums, die Stimmen und Gespräche hallten nach, Erschöpfung machte sich breit, mein Körper war schwer und träge, als wäre ich in Winterkleidern in einen Pool gesprungen und versunken. Langsam tauchte ich wieder Richtung Oberfläche. An der Tür hörte ich Ira mit jemandem diskutieren, der verlangte, noch hereingelassen zu werden, um mich zu sprechen. Ich kannte diese Stimme nicht.

Mein Bruder blieb im Eingang des weißen Kubus stehen, hinter ihm leuchtete immer noch das Wort *Anomie*, das Neon sirrte leise, das Flackern hatten wir mittlerweile unter Kontrolle bekommen. Ira stand zwischen uns, einen ebenso ratlosen wie neugierigen Ausdruck auf dem Gesicht. Seit ich seine Stimme gehört hatte, war ich hellwach. Es war nicht mehr seine Kinderstimme, und doch hatte sie etwas Vertrautes. Iras Blick wanderte zwischen uns hin und her, als würde sie ein Tennismatch verfolgen, auf den Aufschlag warten, sie konnte nicht ahnen, wer vor uns stand, sie kannte nur ein Kinderfoto von meinem Bruder und mir, das einzige, das ich von zu Hause mitgenommen hatte. Ich saß tief in dem weichen weißen Fell versunken, das sie über ihren Bürostuhl geworfen hatte, meine Hände hielten die Armlehnen umklammert. Ira fragte ungeduldig, ob ich den Jungen kenne oder ob sie ihn wieder verabschieden dürfe, ob der Junge ein Model von mir sei, und ich glaube, sie sagte nicht Model, sondern Motiv, ob er ein Motiv von mir sei. Sie sah mich an, und dann, plötzlich, veränderte sich ihr Ausdruck, sie verstand, noch bevor ich es aussprach.

– Das ist mein kleiner Bruder Jo.

Er schüttelte den Kopf, lächelte entschuldigend.

– Alle nennen mich Jonas Neven.

Sein Ton war ungewöhnlich förmlich, so hatte ich meinen Bruder noch nie sprechen hören.

– Jo, dieser Kindername …

Er schüttelte wieder den Kopf, sein Blick traf mich, hielt mich fest.

– Und das ist also Billy Banana?

Mein Bruder grinste mich breit an und kam doch keinen Schritt näher. Ebenso wie mir Wien unverändert schien, als wäre ich nie weg gewesen, so war mir auch sein Erwachsenengesicht nicht fremd. Er stand vor mir, jetzt und hier, mitten im Raum, es fühlte sich unwirklich und zugleich vertraut an, zwischen uns die Jahre, ein paar Schritte und eine erstaunte Ira Goldfarb. Das war also aus meinem kleinen Bruder geworden. Dass er hier war, überraschte mich ebenso, wie es mir folgerichtig und ganz *normal* erschien.

– Wir sehen uns zu Hause, ja?

Ich war bei Ira untergekommen, aber egal, wo ich mich aufhielt und wie lange, ich nannte jeden Ort spontan Zuhause. Auch wenn Ira ganz offensichtlich lieber geblieben wäre, um etwas mehr von dieser Geschichte zu erfahren, von der selbst sie nur Bruchstücke kannte, folgte sie meiner knappen Aufforderung, sie las die Bitte darin. Jonas Neven und ich blieben allein zurück.

Wir tranken den Wein, der von der Eröffnung übrig geblieben war. Jonas Neven redete schnell und aufgeregt, fiel zusammenhanglos von einem Thema ins andere, während er immer wieder zwischen Büroraum und Ausstellungsbereich hin und her lief. Seine Fragen prasselten ungefiltert auf mich ein, ich wusste nicht, ob ich lachen durfte.
– Ira Goldfarb, ich meine, hey, die ist verdammt schön. Und was war das für ein Star-Wars-Outfit? Hab noch nie so was gesehen. Und du siehst gut aus, wirklich richtig gut. Aber sag mal, vögelt ihr miteinander? Oder ist das gar nicht wahr? Ich mein, bi, was soll das überhaupt heißen, in echt, so in der Praxis? Oder ist das nur fürs Image? Also, so als Künstlerin, du weißt schon. Wie oft hast du deine Bilder schon gezeigt? Hast du eine Ahnung, wie viele Fotos du schon gemacht hast, insgesamt, bis jetzt? Und Berlin, ich meine *Berlin*, kann dort wirklich jeder machen, was er will? Wie oft bist du dort? Wo lebst du eigentlich? Kann ich dich besuchen kommen? Wenn ich zu dir komme, zeigst du mir alles? Also nicht so wie einem Touristen, verstehst du, sondern richtig. Das echte Berlin. Die wirkliche Wirklichkeit. Komm, erklär mir mal deine Bilder. Das hier. Und das hier, warum hast du das fotografiert? Wo war das? Und wann? Wer ist die?
Er deutete auf das Foto einer jungen Frau, das Gesicht abgewandt, Zigarette hinterm Ohr, auf deren Fingerknöcheln Buchstabe für Buchstabe *homesick* tätowiert war, *home* auf die rechte, *sick* auf die linke Hand, ein kleines Herz als i-Punkt.
– Erinnerst du dich, das Theater, das Drama, als Mutter das erste Tattoo bei dir entdeckt hat? Sechzehn warst du, richtig? So ein hässlicher kleiner Vogel unter deinem Schlüsselbein.

Was das sein soll, hat Mutter geschrien. Mein Geburtstagsgeschenk an mich, hast du ganz ruhig gesagt.
Ich erinnerte mich, natürlich erinnerte ich mich, eine Schwalbe, schlecht gestochen, in dicken, verschwommenen Linien, blau und schwarz, ich hatte sie monatelang vor Mutter versteckt und irgendwann vergessen. Jetzt trug ich sie nicht mehr, ich hatte eine tiefschwarze Fläche darüber stechen lassen, ich knöpfte mein Hemd ein Stück auf, zeigte ihm die Stelle. Jonas Neven strich mit den Fingerspitzen darüber.
– Das wird irgendwann grau, nicht? Und wenn du alt wirst, wie sieht das dann aus? Aber dann ist's auch wieder egal. Eigentlich sogar gut. Und sag, wo warst du schon überall? Und Drogen, was hast du ausprobiert, du musst doch etwas probiert haben, das gehört doch dazu, allgemein, und überhaupt in Berlin, nicht? Was verdienst du mit den Bildern? Da muss ja ein Preis dran sein, nein, ist kein Preis dran. Und diese Punkte da, wofür sind die? Das ist also dein Leben, Billy Banana. Ich glaub ja, du hast alles richtig gemacht. Macht dir das alles Spaß? Bist du glücklich, ich mein, so richtig?

Er gestikulierte, schwenkte sein Weinglas, Rot spritzte über den weißen Betonboden, perlte am Schutzlack der Wand ab, er lachte, entschuldigte sich. Ich sah ihm zu, ließ den endlosen Wortschwall über mich ergehen und wusste nicht, wo anfangen mit den Antworten, ich hatte an dem Abend schon zu viel geredet, und jetzt das, hinter meiner Stirn summte es.
– Ist noch was zu essen da? Lass uns ein Picknick machen. Hier, zwischen den Bildern. Ja?
Ich brachte Käse, Oliven, Brot und was noch an Resten zu finden war, breitete alles auf dem Boden aus. Mein Bruder fand zwei Kissen im Büro, auf die wir uns setzen konnten. Er war entweder sehr hungrig oder sehr nervös, er schlang das

Essen in sich hinein, nahm scheinbar wahllos von allem, ich füllte Wein in unsere Gläser.
– Auf dich.
– Auf uns.
– Auf Billy Bana und Jonas Neven.
Er sprang auf, wies mich an, auch aufzustehen, prostete mir mit vollem Mund zu, das Klirren unserer Gläser, Wein schwappte auf meine Kleider, die Kissen, es machte mir nichts aus, wir tranken. Mein kleiner Jo war also Jonas Neven geworden. Ich erinnerte mich, dass er spät zu sprechen begonnen, ich aber immer verstanden hatte, was er wollte. Jetzt hatte er sich sogar mit diesem eckigen Namen arrangiert, den er als kleines Kind nicht aussprechen konnte, an den er sich Laut für Laut herangetastet hatte, bis er vollständig wurde. Wir hatten einander die ganze Zeit über noch nicht berührt, ich hatte noch kaum ein Wort gesagt, wir betrachteten einander, maßen die Distanz zwischen unseren Körpern, keiner schien es zu wagen, sie als Erster zu überbrücken.
– Mach ein Bild von mir, ein richtig gutes, richtig großes, eines wie die, die hier überall hängen. Ja?
Ich nickte.
– Und ein Bild von uns. Von uns zusammen.
Er grinste mich breit an, bis sein Lächeln plötzlich Risse bekam, er drehte sich weg, stieß dabei die Weinflasche um. Ich sah zu, wie das Rot sich über den Boden ergoss, ohne zu reagieren. Er schlug seine Hände vors Gesicht, ein Zittern erfasste seinen ganzen Körper, schüttelte ihn durch, seine Zähne schlugen gegeneinander. Genau so hatte er als Kind schon geweint, aus Wut, mit dieser tiefen Verzweiflung.
– Schau mich an, sagte ich, um irgendetwas zu sagen.
– Ich schäme mich, flüsterte er, ich schäme mich so.
Ich schlang meine Arme und Beine um den Kokon, den sein

angespannter Körper bildete, drückte Bauch und Gesicht an seinen Rücken, spürte seine Wärme und die Kälte des Bodens unter mir, wir verharrten einen Moment, in Stille umklammert, bis ich begann, ihn vor und zurück zu wiegen, bis er nachgab, in meinen Rhythmus einstimmte, bis wir gemeinsam über den Boden rollten, zwischen Essensresten und Wein, bis wir nicht mehr sagen konnten, ob wir weinten oder lachten.

– *Sweet or salty?*
Der Flugbegleiter schob sein Wägelchen vor sich her, unermüdlich lächelnd wiederholte er seine Frage, verteilte Snacks in Puppengrößen mit einer Grimasse gefrorener Freundlichkeit. Ich schloss die Augen und muss augenblicklich eingeschlafen sein, denn als ich sie gefühlte Sekunden später wieder öffnete, schepperte und rüttelte die Maschine mehrmals hintereinander unangenehm, gefolgt von der Durchsage:
– *Ladies and gentlemen, we are already descending, we want to inform you, that in case of an emergency landing your carry-on luggage must remain on board.*
Die Maschine schepperte erneut. Mein Magen zog sich zusammen. *In case of an emergency.* Vor meinem inneren Auge spielte die Anzeige auf dem Armaturenbrett des Piloten verrückt, ein Triebwerk fiel aus, die Maschine kam ins Trudeln, Stimmen wurden laut, Sauerstoffmasken fielen aus den Ablagen, jemand begann zu schreien, und ganz plötzlich und ohne ersichtlichen Grund explodierte die Maschine in der Luft. Ich suchte und fand das Gesicht des Flugbegleiters, der nicht mehr lächelte, aber gleichgültig wirkte, während er mit ruhigem Schritt den Mittelgang passierte und den Passagieren Reihe für Reihe in den Schoß glotzte, um zu kontrollieren, ob sie den Anschnallzeichen Folge geleistet hatten. Seine Kol-

legin, die bereits auf dem Jumpseat Platz genommen hatte, wirkte ebenso unbeeindruckt. Aus der Reihe hinter mir kam nervöses Kichern, der ältere Mann neben mir lächelte hilfesuchend und krallte sich gleichzeitig an seinen Armlehnen fest. Die Maschine schepperte zweimal, dreimal, viermal, brach endlich durch die Wolkendecke. Der Blick aus dem Fenster zeigte jetzt blauen Himmel. Irgendwo in einer der hinteren Reihen begann ein kleines Kind vor sich hin zu singen, die Stimme hoch und klebrig süß.

– Lass uns ins Kino gehen, wie früher, ja?
Unsere Eltern arbeiteten den ganzen Tag in Schichtwechseln, ich war verantwortlich für meinen Bruder und mich selbst, sie vertrauten mir, weil der Alltag nicht anders zu bewältigen war. Ihre Abwesenheit bedeutete, dass wir tagsüber tun und lassen konnten, was wir wollten. Ich liebte das kleine Vorstadtkino in unserem Viertel, und Jonas Neven liebte alles, was ich liebte: den schweren roten Vorhang, hinter dem sich die Leinwand verbarg, und das Geräusch, wenn er sich öffnete, die kleinen Messingschilder mit den Nummern der Reihen, die Buchten der seitlichen Logen, die nie besetzt waren, darüber runde Lampen, cremefarbene Glasköpfe in Form von Blütenkelchen, das Klackern, wenn unsere Schritte die Metallleisten entlang des roten Teppichs zwischen den Reihen querten, die durchgesessenen Stühle, von denen sich der Staub in kleinen Wölkchen löste, wenn man sie herunterklappte, den Geruch von Popcorn, vergangener Zeit und noch zu erzählenden Geschichten. Wir kamen ohne Schwierigkeiten in jeden Nachmittagsfilm, den wir sehen wollten. Wir waren vielleicht acht und dreizehn Jahre alt, ich wirkte älter, ich erinnere mich nicht, dass jemals jemand meinen Ausweis verlangt hat, und mein Bruder verstand es, schmal und wendig, wie er war, sich

unsichtbar zu machen und bei den Filmen, die ihm noch verboten waren, unbemerkt durch das Foyer und am Kartenabreißer vorbei in den Saal zu huschen. Wir hielten uns für besonders schlau, aber vielleicht war es den Angestellten auch gleich, und sie ließen uns Kinder gewähren, vielleicht freuten sie sich, dass sich noch jemand für das heruntergekommene kleine Kino begeistern konnte. Was ich weiß, ist, dass wir ungeheuer stolz auf uns waren, wir genossen es, in fremde Bilder einzutauchen, die nichts mit unserem Alltag gemein zu haben schienen.

Das Reich der Sonne von Steven Spielberg war der Film, der mir am meisten in Erinnerung geblieben ist, weil er *unser Film* wurde, seine Bilder und Töne begleiteten uns lange Zeit, wie der Klang des Kinderchors in der ersten Szene, der die Geschichte als Thema begleitet. Die Geschichte eines kleinen Jungen, der davon träumt, ein Kampfjetpilot und Held zu sein, ein Junge, mit dem wir uns beide so stark identifizierten wie mit keiner Figur zuvor. Handlungsort war die japanische Invasion in Shanghai 1941, von der mein Bruder und ich bis zu diesem Zeitpunkt keine Ahnung gehabt hatten. Hauptfigur war ein behüteter englischer Junge, als reiche Ausländer lebte die Familie in Shanghai. Das hatte mit unserem Leben nichts gemein, unsere Begeisterung kam daher, dass wir noch nie einen Film gesehen hatten, in dem ein Kind der Held der Geschichte war. Wir waren beide ein bisschen verliebt in den Darsteller, sein unschuldiges Gesicht, in dem wir uns selbst sahen. Wir fieberten mit, wenn er und seine Mutter in der Menschenmenge auseinandergerissen wurden, wir eilten mit ihm zurück nach Hause, wo wir das Ankleidezimmer seiner Mutter über und über mit Talkumpuderschichten bedeckt fanden, eine Landschaft, in der sich Abdrücke von Händen, nackten Füßen und Stiefeln abzeichneten, sahen ihm zu, wie er das Fenster aufriss und den Wind alle Spuren forttragen ließ. Wir durchforsteten das verlassene Haus, plünderten Pralinenschachteln und Vorratsräume, radelten laut klingelnd durch die Zimmer. Unser Held wartete, und wir warteten mit ihm, während seine und damit unsere Vorräte zur Neige gingen. Atemlos staunend folgten wir seiner Odyssee durch Shanghai, dem Leben und Überleben im Kriegsgefangenenlager, seiner Suche und Sehnsucht nach Vorbildern, Vater- und Mutterfiguren, dem Verstreichen der Jahre. In der letzten Szene findet ihn die Kamera sichtlich gealtert, sein schmaler Körper wirkt verloren in einer viel zu großen Fliegerjacke aus schwerem Leder, sein Haar struppig, das Gesicht grau. Selbst noch ein Kind, aber nicht mehr als solches zu erkennen, ein Fremdkörper inmitten einer Gruppe Kinder. Elternpaare sichten die Gruppe, auf der Suche nach ihren im Krieg verlorenen Kindern. Auch seine Eltern sind da. Die Mutter läuft an ihm vorbei, dann erst erkennt sie ihren Sohn, seine Odyssee endet in ihrer Umarmung, sein Blick bleibt entrückt, in die Ferne gerichtet. Wir waren uns sicher, dass er nicht gefunden werden wollte.

Wir hatten einander vor dem Einschlafen immer schon Geschichten erzählt, in denen wir plötzlich Waisenkinder wurden, wir malten uns verschiedenste Unfallszenarien aus, Katastrophen, Apokalypsen, Zombieinvasionen, bei denen unsere Eltern tragisch ums Leben kamen, und wir waren Heldin und Held, die Überlebenden der Geschichte.

– Mach ein Bild von uns. Von uns zusammen.

Ich hielt mein Versprechen. Jonas Neven machte es sichtlich Spaß, von mir fotografiert zu werden. Die Session gab mir den geschützten Raum, mich ihm anzunähern, ihn zu betrachten, hinter dem Schutz meiner Linse zu erkunden, was aus ihm geworden war. Wer war dieser Jonas Neven, der mich ansah, der erst nicht wusste, wohin mit sich, dann übertrieben posierte und endlich vergaß, dass die Kamera da war, dessen Ausdruck sich öffnete. Er konnte es kaum erwarten, die Bilder zu sehen. Warum ich noch nicht vollständig digital arbeiten würde, warum das Analoge, er liebte die Test-Polaroids, aber es kostete ihn zu viel Geduld, auf die Abzüge zu warten, er war aufgeregt und ungeheuer stolz, Gegenstand meiner Arbeit und damit Teil meines Lebens zu werden.

– Willst du nicht wissen, wie es ihnen geht?

Ich hatte diese Frage erwartet, und doch traf sie mich unvermittelt.

– Du könntest sie fotografieren. Ich weiß, dass Vater deine Interviews liest. Sie vermissen dich, sie haben dich immer vermisst, weißt du das? Hast du nie an uns gedacht, an mich, zumindest an mich? Der Krieg ist vorbei, dass weißt du doch auch. Nein, sie haben sich nicht verändert. Aber die Umstände, alles ist anders jetzt. Milošević ist im Oktober gestürzt worden, das hast du doch bestimmt gelesen, du hast doch immer gelesen, alles wissen und verstehen wollen.

Mein Bruder fixierte mich, wartete auf eine Reaktion.

Der Krieg war vorbei, aber der Krieg würde niemals vorbei sein. Nichts war, wie es vor dem Krieg gewesen war. Und nichts war anders. Nichts war unumkehrbar, nichts unvermeidlich gewesen. Ich dachte an all die Dinge, die in unserer Familie passiert waren, die wir einander angetan hatten. Die Enttäuschung als Dauerzustand meiner Mutter, ihre Unzufriedenheit, der Gleichmut meines Vaters, das Schweigen, das Stillhalten. Erlebnisse, Erfahrungen, Erinnerungen, die einander überlagerten, Schicht für Schicht, durchscheinend wie Folien, jeden von uns hatten andere Dinge geprägt, für jeden von uns bedeuteten die Bilder etwas anderes. Es war unmöglich das vollständige, das allgemeingültig richtige Bild darin zu finden. Alles war miteinander verwoben, wie das Mobilisieren und Instrumentalisieren von Menschen, dann von Massen, das Legitimieren von Autoritäten im Wirkungsfeld dieses Krieges und darüber hinaus. Das Wort *Konfliktgeschichte*, das ich als Halbwüchsige im Zusammenhang mit dem Kriegsgeschehen das erste Mal nachgeschlagen hatte. Die Mechanismen, die in die Zukunft und Gegenwart hineinreichten, fehlgeleitete Traditionen, die Struktur und Eigendynamik der Gewalten, die Jugoslawien zerrissen hatten. All das war Teil unserer Familie. Nichts unumkehrbar, nichts unvermeidlich. Wo hatte es angefangen, wann hatten wir angefangen, uns mitreißen zu lassen, wann und wie war der große politische Konflikt in unseren Mikrokosmos gesickert? In jedem Moment der Entwicklung gibt es Entscheidungsspielräume, für jede Entwicklung und jeden Menschen, niemand kann sich so einfach herausreden und von der eigenen Verantwortung ablenken. Auch ich nicht. Aber ich hatte es zugelassen. Und wir, unsere Familie, hatten all das geschehen lassen. Aber das sagte ich meinem Bruder nicht.

– Du stellst dir also vor, dass wir alle wieder zusammenkommen. Ich verstehe dich. Aber das wird nicht passieren. Wir sind in Ordnung, so, wie wir jetzt sind.

– Du willst also gar nichts hören, nichts wissen von ihnen?

Schon lange hatte ich mir abgewöhnt, Fragen zu stellen, stattdessen die Antworten zu mir kommen lassen, die mich finden wollten.

– Sag mir, wer ist Billy Bana?

Ich erinnerte mich, was Ira zu mir gesagt hatte,

– You are what you pretend to be. So be careful what you pretend to be.

Ich musste an die Stickbilder meiner Mutter denken, die Knüpfteppiche der Großmutter. Die oberflächliche Ordnung und Struktur der Dinge. Die sichtbare Realität hat eine Rückseite, an der die Fäden zusammenlaufen und ein ganz anderes Bild ergeben. Weder mein Bruder noch ich – keiner von uns hatte den Krieg erlebt, nur seine Schatten hatten uns gestreift. Und doch hatte er uns alle verändert. Ich war seit meinem sechzehnten Lebensjahr nicht wieder in Jugoslawien gewesen, keine meiner Reisen hatte mich nach Serbien oder in die neuen postjugoslawischen Staaten geführt. Die Geschichte Jugoslawiens hatte ich ebenso hinter mir gelassen wie meine Familie. Die Nachrichtenmeldungen, die Medienberichte, ich hatte sie weiterhin gehört, anfangs noch regelmäßig, aber die Entfernung dazu hatte sich immer weiter vergrößert, als hätte nichts davon mit mir zu tun. Unsere Eltern hatten dafür gesorgt, dass mein Bruder und ich beide Pässe besaßen, einen österreichischen und einen serbischen, damit standen uns Möglichkeiten offen, die anderen verwehrt waren. Die Stimme meiner Mutter meldete sich zuverlässig, wie immer, wenn ich unruhig wurde, ich hatte sie nie ganz loswerden können.

– Du hast kein Talent dafür, dankbar zu sein.

Ich konnte meinem Bruder weder die Antworten geben, die er suchte, noch die Fragen stellen, die er von mir erwartete. Aber dennoch bat ich ihn um etwas.

– Kannst du mir ein Foto von ihnen bringen?

Ich wollte wissen, wie meine Eltern aussahen, wollte ihre Gesichter sehen, ohne ihnen in die Augen sehen zu müssen.

– Du könntest sie selbst fotografieren.

Seit wann bist du feige.

Seit wann.

Vor der Passkontrolle fand ich mich in der Warteschlange für Inländer wieder, ich überlegte, die Reihe wieder zu wechseln, zögerte. Vielleicht war es auch egal. Ich sah mich um, suchte Gemeinsamkeiten zwischen mir und den Wartenden in der Schlange der Inländer und der Ausländer. Der Blick einer jungen Frau streifte mich, Kopfhörer baumelten um ihren Nacken, die Musik lief weiter, ich hörte das leise Murmeln der Sounds. Die Tage vor meiner Abreise hatte ich das Internet durchforstet, um Informationen über die Stimmung im Land zu finden. Ich wusste um das strenge Visaregime Europas, viele junge Serbinnen und Serben hatten ihr Land noch nie verlassen, ihr analoger Erfahrungshorizont endete an der Staatsgrenze. Auch die wieder aufkeimende Tito-Nostalgie war ein Thema, die Sehnsucht nach den guten Seiten des Vergangenen, einer emotionalen Heimat, die romantisierte Erinnerung der Elterngeneration an die Zeiten, als der rote jugoslawische Pass noch alle Schlagbäume öffnete. Ich hatte gelesen, dass Nostalgie auf Griechisch *Schmerz einer alten Wunde* bedeute, wobei sich das Wort Nostalgie aus *néstos,* der Heimkehr, und *álgos,* dem Schmerz, zusammensetzt. Das Wort *Wunde* tauchte nicht auf. *Wunde* heißt im Griechischen *trauma.*

Ich dachte an all die Bilder, die in diesem Augenblick von den verschiedenen Überwachungskameras der Halle aufgenommen wurden, stellte mir einen Raum vor, wo sie auf einem Splitscreen zusammengewürfelt wurden. Die Bezeichnung *Eine von uns* fiel mir ein, eine Redewendung, die mir immer unangenehm gewesen war. Eine von uns. War ich das? Ging es dabei nicht vor allem darum, wen dieses Uns, dieses Wir, ausschloss? Die Reihe war weiter nach vorne gerückt, und ich mechanisch mit ihr, ohne dass ich die Bewegung bewusst wahrgenommen hatte. Der Beamte in seiner Sicherheitsglasbox sah mich erwartungsvoll an, hob eine Braue, da ich immer noch hinter der gelben Linie stand. Hinter mir seufzte jemand ungeduldig. Ich ging rasch vor, schob zerstreut beide Pässe über das Pult, den serbischen und den österreichischen. Der Beamte sprach mich auf Serbisch an. Das meiste verstand ich und versuchte, nicht spontan zu verzweifeln, sondern die Bedeutung der mir unbekannten Worte aus dem Sinnzusammenhang zu raten.

– Guten Tag. Grund der Einreise? Ferien? Geschäftlich?
Ich verwechselte die Worte, merkte es im gleichen Moment und lief rot an. Was ich sagen hatte wollen, war
– Guten Tag,
aber stattdessen sagte ich,
– Willkommen.
Der Beamte wiederholte seine Frage nicht langsamer, sondern lauter.
– FERIEN, Geschäftlich?
– Privat.
– F-E-R-I-E-N?
– Eine Beerdigung.
Der Beamte sah für einen Augenblick auf, senkte im nächsten Moment den Blick wieder, nickte, knallte mechanisch den Stempel in meinen österreichischen Pass, klappte ihn zu, schob mir beide Pässe zurück.
– *Welcome to Serbia.*
Nach einer zerstreuten Atempause korrigierte er seine Verabschiedung
– Mein Beileid.

Die automatischen Türen öffneten sich lautlos ins Freie und spuckten mich auf den Parkplatz vor dem Nikola-Tesla-Flughafen. Es war ungewöhnlich warm für Ende September. Mein Mund war trocken, die Zunge fühlte sich pelzig an. Ich dachte an das Bild meines Vaters, das an dem Tag entstanden war, als er zum ersten Mal das Meer gesehen hatte. Aber wo genau war die Aufnahme entstanden? Vielleicht in Kroatien. Ich stellte mir Jonas Neven an der Stelle meines Vaters vor, im gleichen Bild. Unsere Mutter hatte Jonas Neven damals zum Bahnhof begleitet, tagelang hatte sie versucht, ihn umzustimmen, sie hielt es für keine gute Idee, dass ihr Sohn durch die neuen Länder reiste, mit seinem holprigen Serbokroatisch, dieser Sprache, die aus der Zeit gefallen war in die Unaussprechlichkeit. Jonas Neven hatte es trotzdem geschafft, sie zum Lächeln zu bringen, sie auf Stirn und Augen geküsst, ihr mit Leichtigkeit verziehen oder gar nicht erst darüber nachgedacht, dass sie ihm nichts zutraute. Mutter hatte mir erzählt, dass er ihr nicht erlaubt hatte, ihn zum Bahnsteig zu bringen, sie sah ihm nach, er drehte sich noch einmal um und zwinkerte ihr zu, bevor er zwischen den Reisenden in der Halle des Bahnhofs verschwand.

An diesem Punkt der Geschichte klaffte die Leerstelle. Von hier aus schien Jonas Nevens Abwesenheit stetig zu wachsen und zu wuchern. Von hier aus dachten wir uns wund, spielten alle möglichen Szenarien durch, versuchten zu rekonstruieren, was geschehen sein könnte und warum, ohne echte Anhaltspunkte zu haben.

Ich war ein gutes Geschwisterkind gewesen, ein braves Mädchen, ein ruhiges Mädchen. Ich erfüllte die Erwartungen, die in mich gesetzt wurden. Ganz allein hatte ich auf die Rückkehr meiner Eltern vom Krankenhaus gewartet und auf das neue Kind, dieses fremde Etwas, das mein Bruder sein sollte. Sie legten es neben mich auf das Sofa. Er strampelte die Decke von seinen Beinen, die Arme ruderten ins Leere, und ich wagte erst nicht, ihn zu berühren. Es gab ein Foto von dieser Szene, mein verwunderter Blick auf dieses Kind, das mich ebenso erstaunt anzusehen schien. Das war also mein kleiner Bruder, wir würden ihn langsam kennenlernen, so wie auch er uns kennenlernen würde, diese merkwürdige Familie, in die er geraten war. Keiner von uns konnte ahnen, was auf uns zukommen würde. Aber von diesem Moment an würden wir zusammengehören und würden ihn lieben, so wie er uns, das war schließlich das natürliche Gesetz der Familie.

Ich war noch einmal zurück ins Flughafengebäude gegangen, um mir eine Flasche Wasser zu kaufen. Der Ton des Kassierers war frostig, als er den Preis ein zweites Mal nennen musste, und ein drittes Mal, weil ich nicht reagierte. Da war ich, zwischen all diesen Menschen, die in Eile ihre Besorgungen machten, oder, erfasst von Shoppinghypnose, sich vielleicht einen Augenblick mehr Zeit nahmen, um ein Geschenk zu finden, die Angebote zu vergleichen, Inhaltsangaben auf den Verpackungen zu studieren, ein neues Parfum auf einem Streifen Papier zu testen. Wie unerträglich banal und gleichzeitig unfassbar grausam dieses Leben war. Wie stur ich mein Leben trotz allem weitergelebt hatte, bis zum heutigen Tag.

Eine dunkelhaarige Frau in grellen Stiefeln schob ihren mit Koffern und Taschen beladenen Reisegepäckwagen an mir vorbei und auf die langen Reihen der wartenden Taxis zu, telefonierte dabei. Auf der unteren Ebene ihres Wagens, über zwei Reisetaschen hingestreckt, lag ein schlafender Junge, sein Kopf war zur Seite gesunken, alle Kraft schien aus dem kleinen Körper gewichen, nur das Plastikschwert in seiner Hand, silbern mit grünen Kunststoffdiamanten besetzt, hielt er auch

im Schlaf fest umklammert. Das Licht war perfekt, aber ich würde nicht fragen, kein Foto machen.
Einen Augenblick blieb ich in der Sonne vor dem Eingang stehen, ließ die Reisenden an mir vorbeifließen, nein, der Tod passte nicht in mein Leben, in dem alles Anfang war, in dem alles jederzeit auf Reset gesetzt werden konnte. Ich nahm ein paar Atemzüge, bevor ich die automatischen Handlungsabläufe ausführte, mein Telefon checkte, nach der Zeit sah, nach neuen Nachrichten. Noch war es ruhig.

– Bleib so. Schau zu mir.
– Schau nicht mich an. Schau in die Kamera.
Während ich fotografierte, erzählte Jonas Neven, dass er die Schule nur mit Mühe geschafft hatte, von meiner Mutter halb hindurchgetragen mit Nachhilfeunterricht, für den sie wieder Überstunden machen musste, das letzte Schuljahr hätte er beinahe wiederholt. Unsere Eltern hätten sich gewünscht, dass er studiert, aber daran war nicht zu denken. Nach dem Abschluss schrieb er halbherzige Bewerbungen, die er nicht verschickte, er setzte auf Mundpropaganda und schlug sich mit Gelegenheitsjobs durch. Er war, was gebraucht wurde. Bühnenarbeiter, Statist, Kellner, Botenfahrer. Meistens mochten ihn die Leute spontan, aber er hielt sich nirgendwo lange. Weil das noch nicht alles sein konnte, es anderswo bestimmt besser sein würde, interessanter, davon war er überzeugt. Und davon, dass er Zeit hatte. Zu Hause küsste er Mutter auf beide Wangen, auf die Augen, wiederholte Ausreden und Entschuldigungen, machte Versprechungen, die er nicht halten würde, und ignorierte die Blicke meines Vaters, der nichts sagte, wie er nie das Wort ergriffen hatte, weder um seinen Kindern zu zeigen, wer er war, noch um ihnen beizubringen, was die Welt ihn selbst gelehrt hatte. Vater, der wortlos Geld

gab und seine Unzufriedenheiten auch mit Mutter nur selten ausdiskutierte.
Vater las also die Artikel, meine Interviews, beschäftigte sich damit. Ich versuchte, ihn mir dabei vorzustellen, sein Gesicht, seine Mimik, vielleicht musste er schon eine Lesebrille tragen, vielleicht gab es noch den alten Fernsehsessel, ich sah ihn darin sitzen, vor dem viel zu leise gestellten Apparat, dessen Gemurmel im Hintergrund lief, sah, wie er den Zeigefinger befeuchtete, um besser umblättern zu können, eine Angewohnheit, die ich nie verstanden hatte. Jonas Neven schien nichts von meiner letzten Begegnung mit Vater und deren Umständen zu wissen, wahrscheinlich hatte auch Mutter keine Ahnung. Vater hatte die Dinge immer mit sich selbst ausgemacht, uns alle dabei auf Abstand gehalten. Der Wunsch zu wissen, wer mein Vater wirklich war, unabhängig von seiner Rolle und Pflicht, die Schichten darunter, der Mensch. Die Dringlichkeit dieses Wunsches wurde mir das erste Mal bewusst, in diesem Moment, in dem mein Bruder mir wieder nah war. Sein Gesicht im Zoom meiner Kamera, seine Fragen, die mich anrührten, meine Handlungen und Entscheidungen in Frage stellten. Das Schweigen meines Vaters verband uns. Das Schweigen der Väter hatte unsere Generation geprägt. Und die vor uns.
– Bleib so. Schau zu mir.
– Schau nicht mich an. Schau in die Kamera.
Ich versteckte mich hinter meinen Anweisungen, hinter Gegenfragen, kippte den Moment zu meinen Gunsten.
– Dreh dich zur Seite.
Mein Bruder drehte den Kopf von mir weg. Ich drückte auf den Auslöser.
Von mir gab es nur wenige Fotos. Da waren die Aufnahmen meines Vaters aus der Zeit, als ich noch ein Kind war, danach

hatte ich es selten zugelassen, fotografiert zu werden. Im Hier und Jetzt hatte sich Jonas Neven ein Porträt von uns beiden gewünscht, also stellte ich Kamera und Licht ein, wechselte die Seite. Diesmal drückte ich ihm den Auslöser in die Hand. Er war aufgeregt und ließ mich nicht von seiner Seite, bis auch ich begann, lockerer zu werden. Während wir uns umarmten und lachten, die Gesichter nah beieinander, Grimassen schnitten und wieder ernst wurden, war ich ganz in diesem Moment, bei meinem Bruder, ohne daran zu denken, was als Nächstes zu passieren hatte, wie ich es sonst immer tat.
– Schau, wie schön wir sind, was für wunderschöne Idioten.

Das Fotografierte, das langsam den Weißraum einnimmt und ihn mit Inhalt füllt, ein Bild, nicht von Hand generiert, sondern durch Auge, Licht und chemische Prozesse. Scheinbar aus dem Nichts nahmen die Züge meines Bruders auf dem Papier Gestalt und Form an, dort, wo Leere gewesen war, zeichnete sich nach und nach sein Gesicht ab, der spöttische Zug um den Mund, sein direkter Blick, der Ausdruck von Verletzlichkeit darin, die Kontur seiner Wangenknochen unter der Haut. Die Entwicklerflüssigkeit schwappte hin und her, in Wellen von links nach rechts und zurück, über dieses Gesicht, das neue alte Linien und Schattierungen zeigte, das so anders aussah und mir doch vertraut war, immer noch waren Spuren seines Kindergesichts zu erkennen, nach all der Zeit, nach allem, was aus uns geworden war. Jonas Neven war in mein Leben zurückgekommen. Und ich wusste nichts damit anzufangen.

– Mach die Augen zu. Ich habe dir etwas mitgebracht. Eine kleine Überraschung. Riech mal. Erkennst du das?
Es war spätabends, Ira und ich wollten ausgehen, und Jonas

Neven war uneingeladen aufgetaucht, er trug einen Kochtopf unter dem Arm. Bevor ich etwas sagen oder protestieren konnte, lüpfte er den Deckel mit einer feierlichen Geste, da schwammen Sarma, Krautrouladen in dickem rotem Saft, zwischen Speck und Lorbeerblättern. Meine Mutter machte sie nur zu besonderen Anlässen. Jonas Neven sagte, er hätte sie darum gebeten, als Geschenk für einen Freund. Er bestand auf seiner Überraschung, und so etwas, das wisse ich, bekomme ich hier in der Stadt nirgendwo, nicht in dieser Qualität. Auch Ira solle bleiben und mit uns essen, aber sie winkte ab, küsste mich auf die Wange, meinen Bruder auf die Stirn wie eine gütige Mutter, und zog alleine los. Während das Geklapper ihrer Absätze noch im Flur hallte, machte sich Jonas Neven schon am Herd zu schaffen, und ich ließ ihn gewähren, obwohl ich nicht wusste, ob ich mich freuen sollte. Mir war es immer so vorgekommen, als wisse meine Mutter letztlich doch über alles Bescheid, als könne niemand etwas vor ihr verbergen, vielleicht ahnte sie etwas. Ich sah Jonas Neven zu, wie er die Sarma in einem Topf wärmte, eine passende Schüssel für den Krautsalat suchte, Weißbrot in dicke Scheiben schnitt, Baklava auf Dessertteller verteilte, sah dabei Mutter vor mir, wie sie ihm alles eingepackt hatte, vorsichtig, damit keine Sauce auslief und die Nachspeise nicht zerdrückt wurde. Mein Bruder entkorkte eine Flasche Plavac, schnupperte am Korken, bei jedem Handgriff, den er tat, ununterbrochen erzählend, den Refrain eines Liedes anstimmend, pfeifend, summend, immer in Bewegung. Er machte alle Lichter aus, tauschte die Glühbirne über dem Esstisch gegen eine matte, die er im Küchenschrank gefunden hatte, weil ihm die Lichtstimmung nicht gefiel.

– Sieht doch viel besser aus, oder?

Wir finden uns wieder am Familientisch, mein Bruder stellt ihn nach, erfindet ihn neu mit alten Dingen, Gewohnheiten und Speisen. Eine Familienaufstellung. Mutter ist die Sarma, Vater der Wein, Jonas Neven vielleicht der Krautsalat, ich das Brot, die Baklava ist staatenlos, ich unterdrücke ein Kichern, in meinem Kopf höre ich die Stimme der Therapeutin, die mich Stühle wie Spielfiguren aufstellen lässt, um deren Aufstellung anschließend zu hinterfragen: Warum haben Sie Ihre Mutter dorthin gestellt? Was wollen Sie Ihrem Vater jetzt sagen? Und ich starrte den Stuhl an, den Tisch, den anderen Stuhl, und mir wollte nichts einfallen. Was würde der Krautsalat zum Brot sagen, die Sarma zum Wein. Die Therapeutin, das war Iras Idee gewesen, als ich einmal mehr bei ihr gestrandet war, in einem akuten Zustand der Erschöpfung, und das Haus nicht mehr verlassen, nicht essen, nicht einmal fotografieren wollte. Nur schlafen, tagelang schlafen. Das Wort *Anpassungsstörung*, das die Therapeutin genannt hatte; noch auf dem Weg von der Praxis nach Hause hatte ich es gegoogelt, eine Bezeichnung, die auch für Babys verwendet wird, die nach der Geburt ihren Weg in die Welt nicht finden können.

Das mechanische Nicken und Lächeln der Therapeutin, etwas Lippenstift auf den Schneidezähnen.
– Alles steht in Beziehung zueinander.
Die Erinnerung an das unkontrollierte Lachen, das plötzlich aus mir herausbrach, sich hochschraubte, nicht aufhören wollte.
– Lachen Sie. Lassen Sie es raus. Bitte. Lassen Sie alles raus.
Was so komisch sei, fragte mein Bruder mit vollem Mund, ich schüttelte den Kopf, sah zu, wie sich ein Stück Weißbrot langsam mit rotem Saft vollsog, schenkte Wein nach.

Wir finden uns zwischen den Fragen wieder, den Dingen, über die wir nicht sprechen. Wir erkennen einander am Geruch und an der Art zu lügen.
Ich betrachtete meinen Bruder, verirrte mich hinter seinen verschiedenen Gesichtern, in seinem verführerischen, ironischen Blick. Was erwartete er von mir. Er hatte unsere gemeinsame Vergangenheit in der Erinnerung konserviert, tischte sie mir aufs Neue auf, die alten Geschichten, das Essen, die Bilder. Die Verletzung, mein Verrat, war schon geschehen und nicht wiedergutzumachen. Damals in unserem Versteck, auf dem abendlichen Dach, als ich seine Hand hielt und log, dass er niemals Angst haben müsse, ich sei da, ich würde niemals zulassen, dass er fällt.

Als wir Kinder waren, waren wir keine Kinder. Nicht so wie alle anderen. Jonas Nevens Rückkehr in mein Leben stellte mich in Frage. Ich hatte früh gelernt, die jeweiligen gesellschaftlichen Codes für mich zu adaptieren, ohne mich wirklich anzupassen, hatte mir angewöhnt, mein Gegenüber auf Distanz zu halten, viel gesprochen hatte ich nie. Und obwohl ich als Kind aufs Lesen versessen war, schrieb ich nie etwas auf, letztlich schien mir die Sprache ungeeignet, ich versuchte, mir die Welt über ihre Bilder zu entschlüsseln.
Ich betrachtete das Gesicht meines Bruders. Seine Züge, seine Gesten waren weder meinem Vater noch meiner Mutter eindeutig zuzuordnen, sie changierten zwischen diesen beiden Menschen. Ich glich eindeutig meinem Vater, der schmale, sehnige Körper, die Struktur meiner Knochen, meines Gesichts, meine schweren Locken. Die Züge meiner Mutter waren weicher, aber dennoch markant, sie hasste den Höcker auf ihrer langen, schmalen Nase, dabei war er wunderschön. Vater, Mutter und ich hatten dunkles Haar und blasse Haut.

Das helle Haar, die wasserblauen Augen und der leicht gelbliche Teint, der im Sommer rasch tiefbraun wurde, waren nur meinem Bruder eigen. Schön war er, ohne Zweifel, auf eine zerbrechliche, beinahe melancholische Art. Ich sah ihn an und war mir sicher, je mehr er unsere gemeinsame Geschichte in der Erinnerung wachrufen und konservieren wollte, desto eher würden wir uns in gegenseitiger Enttäuschung wiederfinden. Die Verbindung zwischen Jonas Neven und mir war nach wie vor stark, aber ebenso gefärbt von den Jahren des Wartens seinerseits und, was mich betraf, des Weitermachens.
Jonas Neven öffnete die nächste Flasche Wein, schenkte nach und erinnerte mich, dass ich ihm seine Frage nicht beantwortet hatte. Seine Stimme klang schwer, verlangsamt, und auch ich spürte jetzt den Wein, der sich als Nebel auf meine Gedanken legte, Hitze in mein Gesicht steigen ließ.
– Bist du glücklich?
Ich weiß nicht mehr, ob ich zögerte oder etwas zu schnell antwortete. Beides waren mögliche Indizien für eine Lüge.
– Vielleicht bin ich immer gerade dort glücklich, wo ich nicht bin.

Seit ich ausgezogen war, hatte Jonas Neven begonnen, Tagebuch zu führen, aber er wehrte sich gegen das Wort *Tagebuch*, das für ihn nach Kitsch und Pubertät klang. Stattdessen nannte er das, was er schrieb, *Protokoll*. Ich erinnerte mich, Aufsätze schreiben war das Einzige, das ihm in der Schule Spaß gemacht hatte, meist sprengte er mit seinen Geschichten den Rahmen der Aufgabe, er präsentierte sie stolz zu Hause, auch wenn das Wort *Themenverfehlung* in Rot und unterstrichen daruntergekritzelt war.
Er wollte mir ein Geheimnis erzählen, etwas, das er noch niemandem erzählt habe. Er sei ungefähr zwölf Jahre alt gewesen,

als ihn ein Mann im Park ansprach, es war Herbst, und er verbrachte jeden Nachmittag nach der Schule dort. Mutter dachte, er würde mit Freunden Hausaufgaben machen, aber er hatte sie angelogen, wollte niemanden sehen, mit niemandem zusammen sein. Ich war fortgegangen und hatte einen Riss in seiner Welt hinterlassen. Der Fremde musste Jonas Neven eine Weile beobachtet haben, vielleicht hatte er seine Einsamkeit erkannt. Ob er sich etwas dazuverdienen wolle. Er brauche keine Angst haben. Es sei einfach, es würde Spaß machen.

– Versprochen?

– Versprochen.

Das Angebot des Mannes schien meinem Bruder auf verschiedenen Ebenen verführerisch. Der Fremde gefiel ihm. Jonas Neven war nicht naiv, er war neugierig. Ein großgewachsener, eleganter Mann mit feinen Gesichtszügen, seine Aufmerksamkeit schmeichelte ihm. Das Geld war nicht der Grund, nur ein kleiner Bonus. Jonas Neven sollte zusehen, nichts weiter. Er folgte ihm ins Pissoir und sah ruhig und ausdruckslos zu, wie der Mann seine Hose öffnete, er ließ sie ein Stück rutschen, entblößte die Linie seiner Hüftknochen. Jonas Neven hatte noch nie den Schwanz eines so schönen Mannes gesehen, der Schwanz war vollkommen, so, wie er sich seinen wünschen würde. Dann befriedigte der Mann sich selbst.

Allein für das Zusehen wurde Jonas Neven bezahlt, und es gefiel ihm. Er erinnerte sich an ein Kribbeln unter der Haut, dass sich die Härchen überall auf seinem Körper aufstellten, seine Hände feucht wurden und sein Schwanz hart, an den schnellen Schlag seines Herzens. Die Treffen wiederholten sich, wurden regelmäßiger, bekamen Routine. Jonas Neven war es, der mehr verlangte, er wollte das schöne Stück Fleisch anfassen, bat den Mann darum, ihn ebenso anzufassen. Jonas

Neven verlangte nichts, aber der Mann gab ihm jedes Mal etwas mehr Geld, manchmal Geschenke. Sie sprachen nur das Nötigste, tauschten Berührungen, rieben sich aneinander, atmeten Schweiß, spritzten ihr Sperma auf den Boden oder in die Hand des anderen. Trennten sich wieder, ohne viel Aufhebens zu machen.
An einem Nachmittag begleitete Jonas Neven Mutter zum Einkaufen, er trug die Einkaufstaschen über den Parkplatz zum Wagen, als er ihn sah. Der Mann sortierte Einkäufe in seinen Kofferraum, eine Frau und Kinder waren bei ihm, ein kleines Mädchen mit rosafarbener Brille, eines ihrer Brillengläser war weiß abgedeckt, die Frau trug ein schläfriges Kleinkind an der Hüfte, dem Rotz aus der Nase lief. Jonas Neven blieb nicht stehen, er beschleunigte seinen Schritt, aber der Mann drehte sich zu ihm, und bevor mein Bruder den Kopf senken konnte, begegneten sich ihre Blicke, sie erkannten einander, rochen das Sperma des anderen, spürten die Kühle der Fliesen unter ihren Handflächen, die Wärme der Haut, hörten den Atem des anderen schneller werden. Jonas Neven dachte an die Schönheit der Hände des Mannes, ihre Struktur, der Fächer der Knochen unter der Haut, die schlanken Finger und etwas breiteren Knöchel, die Linie der Hüftknochen, das dunkle Muttermal knapp über dem Schamhaar. Es waren nur Bruchteile von Sekunden, und der Mann wandte sich wieder ab, die Frau lächelte Jonas Neven freundlich an, ein Lächeln, das ihn kalt erwischte.
Mutter rief nach ihm.
– Neven, träum nicht, komm weiter, wir haben nicht ewig Zeit.
Der Mann musste es gehört haben. Sie hatten einander nie ihre Namen genannt, nie danach gefragt. Jetzt stand der Name zwischen ihnen. Jonas Neven mied den Park über Mo-

nate, vielleicht tat der Mann es ihm gleich, vielleicht wartete er vergeblich an ihrem Treffpunkt. Sie begegneten einander nie wieder.

Jonas Neven erzählte mir, er habe seither keinen Mann mehr angefasst. Vielleicht sei es nicht recht gewesen, aber nicht, weil der Mann so viel älter war, ein Familienvater, und Jonas Neven ein halbes Kind, darüber habe er nicht weiter nachgedacht, damals, warum auch, er habe alles genossen. Es war einfach und gut, solange es dauerte, und nach der Begegnung auf dem Parkplatz löschte er den Mann und seine Berührungen aus seiner Erinnerung und damit auch alle möglichen zukünftigen Berührungen anderer Männer aus seiner Phantasie. Warum sollte er sich das antun, war es nicht genug, dass er ein Niemand war, ein Arbeiterkind, ein Ausländerkind. So könne man nicht leben, das sei doch kein Leben. Jonas Neven starrte mich an.

Ich fühlte mit ihm, ich verstand, gleichzeitig war ich wütend.

– Es gibt kein perfektes Leben. Es gibt nur das Hier und Jetzt. Du entscheidest, wer du sein willst. Kapierst du das?

– Was willst du jetzt von mir hören?

Wir sahen uns an. Ich zuckte mit den Schultern.

– Hast du die Geschichte aufgeschrieben, in deinem Tagebuch?

– Es ist keine Geschichte. Und ich hab doch gesagt, es ist kein *Tagebuch*.

Die zweite Flasche Wein war ausgetrunken. In Wien war um diese Uhrzeit kein Laden mehr offen, Jonas Neven war entschlossen, sein Glück beim Wirtshaus an der Ecke zu versuchen. Er schwankte leicht. Als er aufstand und sich seine Jacke über die Schultern warf, platzte die Glühbirne über dem

Esstisch, der Strom fiel aus. Unser Gelächter im Dunkel hielt an. Ich wollte um den Tisch herum, Richtung Vorraum und Sicherungskasten, Jonas Neven hatte die gleiche Idee, aber wir kamen nicht weit, ich stolperte, stürzte. Es tat so weh, dass ich nach Luft schnappen musste, trotzdem konnte ich nicht aufhören zu lachen.
– Bist du verletzt?
– Ich weiß nicht.
– Soll ich irgendwas machen?
– Warum flüsterst du?
– Keine Ahnung.
– Setz dich zu mir.
Wir blieben einfach auf dem Boden sitzen, ich hielt meinen Knöchel mit beiden Händen fest, der Schmerz hatte eine Farbe, gleißend hell. Langsam gewöhnten sich meine Augen an die Dunkelheit, Jonas Neven kramte Zigaretten aus seiner Jacke. In der Wohnung gegenüber machte jemand das Licht an und gleich wieder aus.
– Erinnerst du dich an den Kleinen, den aus unserem Film?
– Welcher Film?
– *Das Reich der Sonne*?
– Ja, wieso?
– Ist dir aufgefallen, wer das ist? Der gleiche Schauspieler, der jetzt den Irren in *American Psycho* spielt. Regenmantel und Kettensäge. Wrrrrrrm. Schon gesehen? Läuft der schon in Berlin?
– Nein. Ja. Die Vorschau.
– Wrrrrrrrm.
– Komm, hör auf.
– Den schau ich mir bestimmt an. Wrrrrrrrm. Wrrrrrrrrm.
– Bitte.
– Christian Bale.

– Ich war so verschossen in den.
– Glaubst du, ich nicht?
Jonas Neven rauchte, ich lehnte mich an ihn, Wien schlief hinter dem Fenster, der Schmerz wechselte die Farbe, schien etwas nachzulassen. Er atmete tief ein, als würde er Luft für einen Tauchgang sammeln, bevor er zu sprechen begann, Hoffnung und Aufregung lagen in seiner Stimme:
– Wir könnten zusammen wegfahren, du und ich … Du bist doch auch nicht mehr dort gewesen, eigentlich sind wir nie so richtig dort gewesen, in Serbien, Kroatien, Bosnien, im Kosovo, in Montenegro oder Slowenien, und weißt du, was ich unbedingt sehen will, dieses riesige Luxushotel auf Krk, das Haludovo, das in Titos goldenen Zeiten gebaut wurde, dann Pleite machte. Es gibt Geschichten zu dem Hotel, Promis und Politiker haben dort gefeiert, stell dir vor, Saddam Husseins Sohn soll mit einem goldenen Revolver unter dem Kopfkissen geschlafen haben. Ein goldener Revolver! Sag, hast du eigentlich schon mal geschossen? Mit einem Revolver? Oder einem Gewehr? Mit scharfer Munition? Ich hab's ausprobiert, und ich sag dir, es war arg. Und total gut zugleich. Keine Ahnung, woher, aber ich kann das. Einfach so, ich hab Talent. Aber davon erzähl ich dir später. Also, das Haludovo. Das war nach der Pleite ein Flüchtlingslager, gar nicht lang her, während des Krieges. Seither wechseln die Besitzer. Ich glaube, im Moment steht es leer. Was denkst du? Und dann fahren wir nach Rijeka, wo wir als Kinder waren. Da steht Titos Yacht. Die, mit der er zu seinen Staatsbesuchen getuckert ist. Rostet seit Jahren im Hafen vor sich hin. Verstehst du? Wir sammeln *lost places*. Du könntest Fotos machen, das könnte *unser* Projekt werden, eine gemeinsame Sache, wir könnten die Geschichte neu erzählen.
Was sagst du dazu?

Wir hatten uns eine ganze Weile nicht von der Stelle bewegt. Ich versuchte aufzustehen, was im ersten Moment gelang, aber sobald ich Gewicht auf den pochenden Fuß verlagerte, musste ich mich wieder setzen.
– Ich hab Schmerzen.
– Was kann ich machen?
– Mach das Licht an. Bitte.
Über dem Esstisch hing die geplatzte Glühbirne, es hatte Scherben auf unsere Teller geregnet. Jonas Neven blinzelte, sah mich an, ich wusste, dass er sich nicht so einfach abwimmeln lassen würde. Was würde als Nächstes kommen? Ich dachte an sein *Tagebuch*, sein *Protokoll*, würde er es im nächsten Augenblick herauskramen, um all die Dinge, die ich verpasst hatte, weiter vor mir auszubreiten. Nein, er war mir nicht egal, er war mein Bruder, aber vor allem wollte ich, dass er einfach weiter sein Ding machte, ohne mich in seine Geschichte mit hineinzuschreiben, weil es das einzig Richtige war.
Ein Schlüssel drehte sich im Schloss, es war Ira, mit klappernden Absätzen stürmte sie in die Küche, eine Rotweinflasche in ihrer Rechten, eine Zigarette in der Linken, sie schien sich nicht zu wundern, warum ich auf dem Boden saß, sie küsste erst mich auf die Stirn, dann Jonas Neven mitten auf den Mund.
Ira war bekifft und hungrig, sie steckte ihre Nase in den Kochtopf und aß die Reste der Sarma kalt und im Stehen am Herd, schlang gierig, Tomatensaft vermischte sich mit Lippenstiftrot, tropfte über ihr Kinn, blutete aus im Stoff ihres hellen Seidenhemds. Sie war in Hochform und erzählte, bei einem Dinner von ehemaligen Otto-Mühl-Kommunen-Kindern habe sie ihr neues Projekt vorangebracht. Ich kannte diese Dinner, die mehr Happenings waren, und die eingeschweißte Gemeinschaft, die das Trauma verband. Nach dem Dinner hatten sie

gemeinsam eine Party in der Innenstadt gecrasht und dort vielleicht, nein, Ira war sich sogar ziemlich sicher, einen Sponsor für den geplanten Film gefunden, den Ira koproduzieren wollte. Eine Doku über die Kommune, die damit aufräumen sollte, dass Otto Mühl nach wie vor als Künstler in Österreich anerkannt war, und die Geschichte der Kommune und Mühls Diktatur dort noch mal aufrollen würde, diesmal aus der Perspektive der gefickten Kinder, die jetzt gefickte erwachsene Überlebende seien, sagte Ira mit vollem Mund, die Kommune, das sei nichts anderes gewesen als gelebter Faschismus, und nein, man könne Mensch und Werk nicht trennen.
Dann kippte sie ein Glas Rotwein, schnappte sich Jonas Neven und zog ihn hinter sich her in ihr Zimmer. Ich hörte sie eine ganze Weile flüstern und kichern, dann, wie etwas umfiel, vielleicht ein Stuhl, hörte, wie ein Glas über den Boden rollte. Die Uhr in der Küche war stehengeblieben. Ich versuchte aufzustehen, zog mich langsam hoch, wagte es nicht, das Gewicht zu verlagern. Mein Knöchel tat weh.

Jonas Neven begann beinahe täglich in Ira Goldfarbs Atelierwohnung aufzutauchen, immer unangemeldet, verbrachte die Tage und bald darauf auch die Nächte bei uns. Ira zeigte zwar kein Interesse mehr daran, ihn zu vögeln, aber sie akzeptierte seine permanente Anwesenheit, er schien ihr Spaß zu machen. Wir waren eine friedliche kleine Gemeinschaft. Bei unserem Familienaufstellungs-Essen hatte ich mir die Bänder an meinem Knöchel beinahe gerissen, ich musste auf Krücken gehen und stellte mich nicht besonders geschickt dabei an. Die Schwerkraft und Wien arbeiteten gegen mich, wie immer schon. Seit Wochen war ich unruhig, es war längst Zeit weiterzuziehen. Aber mein Aufbruch war fürs Erste auf unbestimmt verschoben. Ich saß fest.

Das Telefon in Iras Atelier hatte an diesem Tag und am Abend davor mehrmals geläutet, ich verbannte es in die hinterste Ecke des Raumes, damit es mich nicht störte, und humpelte zwischen der Dunkelkammer und einer Auswahl von Abzügen, die in meiner Session mit Jonas Neven entstanden waren, hin und her. Ich hatte die Abzüge auf dem Atelierboden ausgelegt wie Puzzleteile, die ich immer neu arrangierte, konzentriert, verlor mich dabei zwischen seinen verschiedenen Gesichtern. Als Ira den Anrufbeantworter endlich abhörte und von Nachricht zu Nachricht weiterklickte, war da plötzlich die Stimme meiner Mutter im Raum. Sie klang so unmittelbar, als lägen zwischen uns nicht all die Jahre, die Zeit und das Schweigen. Ihre Worte waren präzise und knapp, klangen bestimmt und gefasst, als hätte sie diesen Anruf schon lange geübt, sie nannte mich Biljana, mein Name aus einem anderen Leben.

– Guten Tag, Frau Goldfarb. Diese Nachricht ist für meine Tochter, Biljana Banadinović. Biljana, wenn du diese Nachricht hörst. Hier spricht deine Mutter. Ruf mich zu Hause an. Ich will dich gerne sehen. Bitte ruf mich an. Deine Mutter, setzte sie nach, wie die Unterschrift auf einem Brief.

Sie hatte immer noch die Angewohnheit, endlos in ihrem Kaffee zu rühren, das Geräusch von Metall auf Porzellan, das mich wahnsinnig machte, wie auch das nervöse Klimpern ihrer künstlichen Fingernägel auf der Tischplatte. Als ich eintraf, wartete Mutter bereits im Café, an einem Ecktisch am Ende des L-förmigen Raums, unter einem der großen Spiegel, rauchend. Sie war so gepflegt und schön, wie ich sie in Erinnerung hatte, sie schien kaum gealtert, nur ihre Züge waren härter geworden, und ihr Haar war dunkler gefärbt als früher. Ich spürte ihren Blick, während ich mich auf meine Krücken

gestützt Stück für Stück vorwärtsarbeitete, spürte, wie sie mich musterte, wahrscheinlich, ohne eine Miene zu verziehen. Noch bevor ich den Tisch erreichte, war mein Rücken nassgeschwitzt. Unsere Begrüßung fiel aus. Ich ließ mich einfach auf den Platz ihr gegenüber fallen. Wir verharrten eine Weile schweigend. Der Kellner kam an unseren Tisch, ich bestellte eine Melange. Sie deutete auf meine Krücken.
– Was hast du wieder gemacht?
Und nach einer Pause:
– Oder ist das gar nicht echt?
– Es ist echt.
– Ach Kind …
Sie rauchte sich die nächste Zigarette an, obwohl die letzte noch im Aschenbecher glomm, musterte mich.
– Du siehst müde aus.
– Ein kleiner Unfall. Nichts weiter. Es geht mir gut, Mama.
– Ein kleiner Unfall also, sie räusperte sich.
– Uns geht es auch gut. Vater und mir.
– Weiß er, dass du hier bist, mit mir?
Sie schüttelte den Kopf, dann holte sie eine Zeitung aus ihrer Tasche, strich die Seite glatt, schob sie über den Tisch auf mich zu.
– Dein Vater hebt das alles auf. Alles, was mit dir zu tun hat.
Sie lächelte verkrampft, deutete auf ein fett gedrucktes Zitat unter einer meiner Arbeiten.
Wie alle Reisenden habe ich mehr gesehen, als meine Erinnerung fassen kann, und gleichzeitig fasst meine Erinnerung mehr, als ich gesehen habe.
Ich musste lachen. Sie zuckte leicht zusammen, machte ein gekränktes Gesicht.
– Das findest du also komisch?
Ah, die Beleidigung, ich erinnerte mich wieder, immer war

Mutter beleidigt gewesen. Wahrscheinlich lag die Ursache anderswo, und es war gleich, was ich sagte oder tat. Trotzdem bemühte ich mich zu erklären.
– Das habe ich so nie gesagt. Das hat mit mir nichts zu tun. Vielleicht hat der Journalist das Zitat einfach irgendwo anders abgeschrieben. Deshalb lache ich.
Meine Mutter nickte säuerlich, zog ein paarmal hastig an ihrer Zigarette, ließ sie im Aschenbecher weiterglimmen, dann setzte sie von neuem an.
– Es geht um Neven … Du kannst über uns lachen. Wir, du und ich, wir müssen uns nicht vertragen. Es war immer kompliziert zwischen uns. Aber es ist wichtig, dass ihr Kinder euch versteht, dass ihr wieder zusammen seid. Verstehst du? Was ich sagen will: Mach etwas daraus.
Ich sah sie fragend an.
– Kümmer dich um ihn. Auf mich hört er nicht mehr, auf Vater nicht. Er macht, was er will, und das meiste davon ist keine gute Idee. Auf dich hat er immer gehört. Hilf ihm, etwas aus seinem Leben zu machen.
– Ausgerechnet ich? Ist das dein Ernst?
– Dein Bruder liebt dich und braucht dich jetzt.
– Es geht ihm doch gut.
– Das ist doch nicht dein Ernst?
– Woher kommt das, warum denkst du, ich kann das? Oder dass ich das überhaupt will?
– Du warst immer die Stärkere von euch beiden. Du liebst deinen Bruder doch. Er braucht dich, glaub mir.
– Dir gefällt doch nicht etwa auf einmal, was ich aus meinem Leben gemacht habe?
– Darum geht es nicht. Das ist nicht wichtig. Du kennst dich aus in der Welt, und auf dich wird er hören, darum geht es.

– Er ist erwachsen, er passt auf sich selbst auf.
Sie schüttelte den Kopf.
– Ich bitte dich.
– Warum?
– Ein Mal, du kennst mich, ich bitte dich nur ein Mal. Es ist natürlich deine Entscheidung.
Mutters Sätze klangen niemals wie Bitten, sondern hatten den Ton von Drohungen, Klagen, Prophezeiungen. Wir schwiegen eine Weile, draußen ratterte eine rote Straßenbahn vorbei, mir fiel ein, als Kinder hatten wir *Bim* gesagt. Ich konnte sehen, dass meine Mutter verzweifelt war, ihre Verzweiflung war mir vertraut, sie war immer schon ein Teil von ihr gewesen, ich spürte, wie sich mein Magen zusammenzog und dass ich immer noch schwitzte – oder schon wieder. Ich fragte mich, ob ihre Verzweiflung auf mich abfärbte. Warum kam sie damit zu mir, jetzt und hier. Nach allem, was geschehen war, sah ich mich wieder ihrem Blick ausgesetzt und all dem, was ich hinter mir gelassen hatte, ihrem Kontrollwahn, ihrem manipulativen Verhalten. Ich wusste nicht, warum ich überhaupt hierhergekommen war.
– Du könntest ihn mitnehmen, vielleicht auf eine deiner Reisen, es würde ihn auf andere Gedanken bringen, ihm Spaß machen.
– Er ist kein Hund, Mama.
– Er ist mein Sohn. Und es würde ihm Spaß machen,
wiederholte sie trotzig. Mein Blick blieb an dem roten Lippenstiftabdruck auf dem Filter ihrer Zigarette hängen, der sich, scheinbar suchend, in Schattierungen von Kräftig nach Blassrot auch am Rand ihrer Tasse entlangtastete.
– Das macht keinen Sinn, Mama.
Wir schwiegen uns an. Der Kellner kam und fragte, ob wir schon einen Blick in die Kuchenvitrine geworfen hätten. Es

gäbe gerade frischen Apfelstrudel. Auch die Topfengolatschen seien kürzlich vom Bäcker Soundso geliefert worden und ganz vorzüglich. Oder ein knuspriges Buttersemmerl zum Kaffee, die Damen?

Wir winkten ab.

– Es geht um meinen Sohn. Deinen Bruder. Denk darüber nach. Denk zumindest darüber nach.

– Mama, hast du keine Fragen an mich?

Sie stockte einen Moment.

– Was habe ich schon zu fragen?

– Wie es mir geht?

– Du bist jetzt vierundzwanzig. Du bist selbst dafür verantwortlich, was du aus deinem Leben machst. Wie es dir geht.

– Das ist richtig, und es geht mir gut. Sehr gut.

– Ich hatte zwei Kinder, in deinem Alter.

– Ich weiß, Mama.

– Ich hab gelesen, dass du jetzt anscheinend eine Lesbe bist, sagte sie und zog dabei die beiden E übertrieben lang, als würde sie den Namen eines exotischen Gerichts aussprechen. Ich unterdrückte ein Lachen und lächelte sie stattdessen an.

– Was bedeutet das? Ich meine, so willst du leben?

– Es bedeutet, dass ich lebe, Mama. Dass mir egal ist, was irgendjemand dazu sagen könnte, wie ich lebe.

Sie hob die Schultern, atmete tief ein und wieder aus, ließ sie kraftlos wieder fallen, ihr Blick verlor sich für einen Moment, während sie wieder mit dem Löffel in der halbleeren Tasse zu kreisen begann. Das Geräusch kroch mir unter die Haut, ich rieb mir die Hände und Unterarme, um es abzuschütteln. Dann drehte sie sich abrupt zu mir.

– Ich liebe meinen Sohn. Deinen Bruder. Ich will nur das Beste für ihn. Ich hab immer nur das Beste gewollt. Für dich. Für die Familie. Ich bin nicht euer Feind.

Sie wiederholte den Satz, als würde sie zu sich selbst sprechen, wie ein Mantra.
– Ich bin nicht euer Feind.
Der Kellner balancierte ein Silbertablett an uns vorbei, auf dem sich Tassen und Dessertteller türmten, ich stellte mir vor, wie ihm das Tablett entglitt, das Porzellan auf dem Parkett zerschellte und in kleinsten Scherben über den Boden spritzte wie Wasser. Aber nichts passierte. Nur das Gemurmel der Gespräche an den Nebentischen, das Klirren von Besteck, während der Zigarettenrauch Muster in den Raum zwischen uns zeichnete. Alles schien ganz leise gestellt.

Wien gab mir das alte Gefühl zurück, dass mir meine Haut zu groß war, besser gesagt, dass ich darin schrumpfte und mit jeder Stunde, jedem Tag, den ich in dieser Stadt verbrachte, kleiner wurde. Meine Ausstellung war ein Erfolg gewesen, aber das änderte nichts daran. Vielleicht waren es die Enge der Gassen und die beleidigte Grundstimmung dieser Stadt, die immer auf mich herabzublicken schien, wertend, süffisant, die Bussi-Bussi-Begrüßungen und die Abschätzigkeit dahinter, der allgegenwärtige große österreichische Minderwertigkeitskomplex und alles, was er mit sich brachte. In diesen Tagen zeigte sich die Befindlichkeit des Landes, die gute alte österreichische Nazifratze, die Rechten saßen jetzt in der Regierung, alles schien sich zu wiederholen, die Hetze und Angstmache, aber auch die Demonstrationen gegen die Regierung hielten an, waren zum allwöchentlichen Event geworden. Bei einer der ersten Demos, kurz vor meiner Ausstellungseröffnung, war ich in der Menge mitgelaufen, den Getreidemarkt hinunter, in einer der Wohnungen standen die Flügel der Fenster weit offen, und da war ein altes Ehepaar, das Hände voll Blumen in die vorbeiziehende Menge warf. Die Geschichte

war einmal mehr in Vergessenheit geraten. Es würde nicht das letzte Mal sein.
Es roch nach Frühling, und ich erinnerte mich, Mutter hatte mir erzählt, dass Jonas Neven während der Zeitumstellung geboren worden war, genau in dem Moment, als die Zeiger sich auf Winterzeit zurückdrehten. Die Zeitumstellung war ein Relikt aus dem Ersten Weltkrieg, damals war sie eingeführt worden, um Energie zu sparen, und wurde nach Kriegsende wieder abgeschafft. Die Nationalsozialisten waren es, die 1940 die Sommerzeit wieder einführten, nach dem Anschluss galt sie auch für Österreich und wurde nach dem Ende des Zweiten Weltkriegs erneut eingestellt. Mit der Ölkrise, wenige Jahre vor Jonas Nevens Geburt, kam auch die Zeitumstellung wieder zurück und blieb.

Die Tage mit Jonas Neven, der Ira und mir nicht mehr von der Seite wich, flogen dahin, ich staunte über ihn, seine Direktheit rührte mich an, ich genoss unsere gemeinsame Zeit, und ich hatte auch den Eindruck, dass es ihm guttat, gleichzeitig wurde der Drang stärker, wieder abzuhauen. Nur mein Knöchel wollte nicht heilen. Verbissen machte ich jeden Tag die Übungen der Physiotherapeutin, kämpfte darum, endlich wieder ohne Krücken laufen zu können. Fluchte über mein Handicap und jeden schiefen Pflasterstein, jede Gehsteigkante, jede Treppe. Die Begegnung mit meiner Mutter hallte nach, ich hatte mich gelassen und überlegen gezeigt, aber jeder Blick, jede Geste, jedes Wort von ihr arbeitete in mir. Verstehen bedeutet angeblich, *jetzt weiß ich weiter* sagen zu können. Aber ich verstand nicht, ich wusste nicht weiter, alles, was ich wollte, war, mich von meiner Familie und ihren Erwartungen wieder freizumachen, mein Leben zu leben. Ira war, wie immer, unbeeindruckt von meiner Unrast, sie arbeitete an der Auswahl für eine Ausstellung in ihrer Berliner Galerie, sichtete Künstlerportfolios, während Jonas Neven die Bücherregale durchforstete und stundenlang las, zwischendurch auf ihr Geheiß Essen holte oder Kompositionen aus Früchten und Nüssen auf Tabletts für uns zusammenstellte. Seine Lektüre unterbrach er nur, um uns spontan, ohne aufzublicken, und sehr laut Sätze vorzulesen, die ihm besonders gefielen, wie ein Kind, das nicht wartete, gehört zu werden, sondern alle Aufmerksamkeit für sich beanspruchte. Wenn wir ihn zu lange nicht beachteten, tat er alles, um wieder im Mittelpunkt zu stehen, begann im Handstand durch den Raum zu laufen, zu singen, manchmal legte er seinen Kopf in meinen oder Iras Schoß und schnurrte wie eine Katze. Er war dabei unerträglich und unwiderstehlich zugleich.

Egal, wohin ich mich in diesen Tagen drehte und wandte, Jonas Neven stand dicht hinter mir. Wartete, wollte. Aber ich hatte ihm nichts zu geben. Weder ihm noch meiner Mutter. Sie dachten vielleicht, dass sie mich brauchten, aber ich war überzeugt, dass sie ohne mich besser klarkamen, so wie sie es bisher getan hatten.

Sobald mein Fuß wieder halbwegs belastbar war, reiste ich ab, ohne einem von ihnen Bescheid zu geben. Abzüge der Porträts, die ich von Jonas Neven gemacht hatte, darunter auch drei Aufnahmen von uns zusammen, steckte ich in einen schwarzen Schuber, den ich bei Ira für ihn hinterlegte. Die Bilder waren erstaunlich gut geworden. Es waren die besten, die ich seit langer Zeit gemacht hatte. Sogar die Aufnahmen, auf denen wir gemeinsam zu sehen waren, mochte ich, obwohl ich mein Gesicht auf Fotos sonst kaum ertragen konnte. Auf diesen Bildern sah ich anders aus, vielleicht sah ich mir selbst nicht ähnlich.

Zu den Aufnahmen legte ich eine Notiz:

Mach dich auf die Reise, glaub mir, du brauchst mich nicht dafür. Schreib alles für mich auf. Ja? Schreib alles auf.

Ein Jahr später überraschte er mich, obwohl er wusste, wie sehr ich Überraschungen hasste. Mein Bruder suchte und fand mich in Iras Berliner Wohnung, sie hatte ihm verraten, wo ich war. In meinen Ärger mischte sich die Freude darüber, dass er zum ersten Mal allein unterwegs war. Jonas Neven hatte recht, ich hätte ihn niemals nach Berlin eingeladen, und auch ich hatte recht behalten, er brauchte mich nicht, um seine Pläne zu erfüllen. Wir verbrachten ein paar Tage miteinander, die ihm ganz offensichtlich viel bedeutet haben, und wenn ich zurückdenke und ehrlich mit mir bin, ging es mir ebenso. Es gibt keine Aufnahmen von seinem Besuch, obwohl wir Fotos in einem der Schwarzweiß-Automaten für Touristen machten, Jonas Neven überredete mich dazu und fütterte die Maschine mit Münzen, bis ihm das Geld ausging. Wir müssen die Bilder irgendwo verloren haben. Es war Ende August 2001, nur wenige Tage später, bei den Anschlägen vom 11. September in den USA, kamen Tausende Menschen um, während wir alles auf unseren Screens mitverfolgten, die Bilder schienen uns vertraut, wir kannten sie aus unzähligen Katastrophenfilmen, wir konnten nicht glauben, dass sie plötzlich in unserer Realität angekommen waren. An unserem letzten Abend, als wir noch nichts davon ahnen konnten und ebenso wenig wussten, dass wir uns das letzte Mal sehen würden, kamen Jonas Neven und ich von meinem bevorstehenden Geburtstag, den ich, wie immer, nicht feiern würde, zu der Beobachtung, die ich beim Fotografieren auf Friedhöfen gemacht hatte, dass der Todestag oft in den gleichen Monat fällt, in dem ein Mensch geboren wurde. Irgendwo zwischen dem Aufzählen von Promis, die an ihrem

Geburtstag gestorben waren, und dem Aufwärmen der Geschichten über Wiedergänger und Untote, die Großmutter uns Kindern vorm Schlafengehen erzählt hatte, sagte mein Bruder zu mir:
– Alles, was wir machen, absolut alles, tun wir nur, um glücklicher zu werden. Selbst derjenige, der sich umbringt, tut das, weil er glaubt, im Tod glücklicher zu sein.
Oder habe ich das gesagt?

Ich sei also *Eine von uns*, eine Serbin. Der Taxifahrer, ein Riese in einem verwirrenden Outfit, bestehend aus Camouflage-Hosen, gestärktem weißem Hemd und Sakko, hatte sich nach oberflächlichem Sympathiecheck und Frage-Antwort-Spiel spontan dafür entschieden. Eine Serbin, wiederholte er, äußerst zufrieden mit sich und seiner Entscheidung. Am Rückspiegel baumelte ein transparentes Pferdchen, wahrscheinlich aus Plexiglas, das linke Vorderbein war abgebrochen. Während die Außenbezirke von Belgrad an uns vorbeizogen und Turbofolk aus dem Autoradio stampfte, befragte er mich: Ob wir sehr viele hätten, ob sie überall seien, und wie gefährlich sie seien, die Flüchtlinge, und wie schlimm die Lage jetzt sei in Deutschland, da käme ich doch gerade her, oder? Ich wollte antworten, dass es einen Unterschied gab zwischen Angstmache und Berichterstattung, bastelte einen Satz aus serbischen und englischen Fragmenten, flickte das Englische dort ein, wo mir die Worte im Serbischen fehlten. Der Satz wollte nicht funktionieren. Wir hielten an einer Ampel, mein Blick kreuzte den eines Jungen. Als wolle er fragen, ob bei mir alles okay sei, hob er grinsend den Daumen nach oben. Bevor ich seine Geste bestätigen konnte, fuhren wir weiter.
Der Taxifahrer wechselte Thema und Sprache, wahrscheinlich ohne es zu merken, und fragte mich jetzt auf Englisch,

wie lange ich vorhätte, in Belgrad zu bleiben, ob ich Ferien machen würde.
Mein Vater wird in Belgrad begraben, darum bin ich hier, dachte ich und sagte:
– Verwandte besuchen.
Mein Telefon vibrierte, und ich bat den Taxifahrer, die Musik etwas leiser zu machen.
– Mama, sagte ich, wie geht es dir, wo bist du jetzt?

II. AZRA, JULI 2008

Es gibt zwei Türen ins Nebenzimmer, erst schließen wir diese dort drüben, dann die andere. Anschließend rauchen wir das Zimmer voll. Man meint es gut, deshalb lüftet man. Man meint es gut und riskiert den Tod. Jetzt rauchen Sie schon. Wenn man einen Baum fällt, sieht man die Jahresringe. An denen kann man alles ablesen. Biographisches. Die Menschen, die wir verlieren, schreiben sich ein in unsere Jahresringe. Wir sind gemacht aus diesen Menschen.

—

Azra öffnete die Fenster, ging in Gedanken noch mal ihre Antworten durch, sie war immer noch nervös, bestimmt hatte sie geschwätzt, dabei hatte sie sich bemüht, die richtigen Antworten zu geben, das Gewicht der Worte zu wägen, um die Dringlichkeit der Fakten aufzuzeigen, die Versäumnisse von Polizei und Behörden. Das Unrecht. Vor allem das Unrecht, das ihrer Familie widerfahren war. Vor allem das. Die Journalistin, war sie gelangweilt gewesen, diese Blicke, was hatten ihre Blicke zu bedeuten, was hatte diese Frau notiert, was aufgezeichnet, das Aufnahmegerät, war es die ganze Zeit mitgelaufen, hatte sie überhaupt verstanden, verstehen wollen, war sie gekommen, um zu verstehen, warum hatte sie ihren Kaffee nicht ausgetrunken, die Baklava nicht angerührt, aber dafür Zucker, Unmengen Zucker in ihren Kaffee geschaufelt? Azra war immer davon überzeugt gewesen, dass der Tag kommen würde, an dem jemand nach ihrem Sohn fragen würde, nach den Umständen seines Verschwindens, lange nachdem der Fall zu den Akten gelegt worden war. Das war kurz nach der Ermordung von Zoran Đinđić gewesen, 2003, als das Land – oder was davon übrig war – erneut im Chaos zu versinken drohte. Lange Zeit war Azra mit dem Foto und der Geschichte ihres Sohnes den Pressemenschen hinterhergelaufen, aber diese Journalistin war zu ihr gekommen, nicht umgekehrt. Jahre später, mit ihrem Anruf, war die Hoffnung zurückgekommen. Sima hatte davon nichts hören wollen. Sie solle diese Frau nicht treffen, sie hatten die Geschichte oft genug erzählt, niemand wolle sie hören, niemand wolle wissen, was wirklich mit ihrem Sohn geschehen war, und auch er würde diese Fragen nicht erneut stellen, seine Geschichte nie wieder erzählen, es sei vorbei, sie habe das zu akzeptieren, hatte Sima gesagt. Es heißt, die Zeit lässt einen alles vergessen, aber Azra wollte nichts vergessen.

Man wird dich erschlagen wie einen Hund, sie werden dich erschlagen wie einen Hund, dein Vater wird dich erschlagen wie einen Hund, ich werde dich erschlagen wie einen Hund, sollen sie dich erschlagen wie einen Hund. So etwas sagt eine Mutter nicht zu ihrem Sohn, aber Azra hatte es im Streit gesagt. Dabei wollte sie nur, dass Jonas Neven aufwachte, einen ordentlichen Beruf annahm, Verantwortung, zu lange war er verwöhnt worden, sie hatte es nur gut gemeint. Aber ihre Drohungen hatte Jonas Neven ohnehin nicht ernst genommen. Er schien nie Angst zu haben. Wann war sie so ängstlich geworden? Alles ging zu schnell, war viel zu schnell gegangen. All die Jahre, endlose Mühen und Arbeitsstunden, das Heranwachsen der Kinder, kilometerlange Fahrten zurück nach Hause, um die Familie wenigstens in den Sommerferien zu sehen, Geschenke zu bringen und etwas Geld, damit die Verwandten besser über die Runden kamen und die Großeltern ihre Enkel sehen konnten, diese Kinder, die ihnen fremder wurden mit jedem Tag, wie auch die Heimat sich in ihrer Abwesenheit veränderte, die Kinder, die ihnen über den Kopf und aus dem Familienleben heraus wuchsen, sich anpassten und Teil einer Welt wurden, die sich Azra entzog. Alles Wesentliche in ihrem Leben schien in ihrer Abwesenheit zu geschehen, das Zerbrechen des Landes und der Wahnsinn des Krieges, das Schlachten unter Nachbarn, dieses rachsüchtige bittere Land, das ihren Sohn zu sich zurückgeholt hatte, das ihm etwas angetan hatte, und sie war nicht bei ihm gewesen. Alles raste, auch das Gespräch mit der Journalistin, das Azra als ihre letzte Chance verstand, die Wahrheit zu sagen, ein Bild zurechtzurücken, sie hatte sich so gut auf das Gespräch vorbereitet. Aber es schien unmöglich, auf irgendetwas vorbereitet zu sein. Die Welt rauschte an ihr vorbei, nahm eine Geschwindigkeit auf, mit der sie nicht mehr Schritt halten konnte. Azra atmete, dachte, begriff scheinbar so viel langsamer als alle anderen um sie herum, sie musste schon lange aus der allgemeinen Lebensgeschwindigkeit, dem universellen Rhythmus der Dinge herausgefallen sein, die Geschehnisse überholten, überrollten sie, wie der Eigensinn ihrer Kinder. Eines hatte der Nachkrieg geholt, das andere war vergiftet von Propaganda. Oder. Wann und wo hatte das angefangen, sie verstand die Zusammenhänge nicht mehr. Aber hatte sie jemals verstanden? Das Weinen, das manchmal aus ihr herausbrach in letzter Zeit, dabei hatte sie früher nie geweint,

war immer zu stolz gewesen, um Schwäche zu zeigen. Dieses Weinen, ohne Grund, vielleicht aus Angst, verrückt zu werden, über den Rand zu fallen. Endlich. Zuerst hatte ihre Tochter sie verlassen, dann ihr Sohn. All diese Jahre. Wofür? Das Schicksal würfelte keinen Sinnzusammenhang, nur immer neues Chaos. Zufälle gab es nicht, daran glaubte sie, aber das Dasein wollte keinen Sinn ergeben. Das Gebiet der verlorenen Zeit schien stetig zu wachsen, aber noch hatte sie Boden unter den Füßen. Oder. Mit ihrer Tochter hatte es angefangen, Biljana wies die Verantwortung von sich, ihre Verantwortung der Familie gegenüber, hatte sogar den Familiennamen verstümmelt, Künstlernamen nannte sie das, aus *Biljana Banadinović* war *Billy Bana* geworden. Wonach wollte sie klingen? Was wollte sie mit diesem Namen darstellen, eine Comicfigur, eine Superheldin? Und doch liebte Azra ihre Kinder, dem war nicht zu entkommen.
Azra hatte nur Gutes in den Namen ihres Sohnes legen wollen. *Neven*, ein alter Name aus ihrer Heimat. Dann stellte sich ein anderer Name dazwischen, verdrängte ihren ersten Gedanken. *Jonas*. Ihr Sohn war der Erste in der Familie, der im Ausland, in Wien, geboren wurde. *Jonas Neven*. Auch wenn sie ihn später meist *Neven* rief, trug die Verbindung die Farbe der Zeit und sollte für das Ankommen in der Mitte dieses Landes stehen. Bei ihrer ersten Schwangerschaft mit Biljana war sie so jung gewesen, ahnungslos, sie hatte nur auf die Umstände reagieren können, statt bewusst Entscheidungen zu treffen. Azra hatte sich viele Gedanken gemacht zu ihrem zweiten Kind und es diesmal besser machen wollen, den Anfang, das Denken, das Entscheiden.

Azra schwitzte, der Sommer war unerträglich in diesem Jahr, wie der Frühling zuvor, der nicht stattgefunden hatte, stattdessen kippte eine Jahreszeit in die andere. Von Kalt zu Heiß. Eine ganze Weile war sie in der Küche auf und ab gelaufen. Sie konnte sich riechen, nervöser Schweiß, Katzenpisse, sie würde sich umziehen müssen, sie hielt inne, glaubte im Augenwinkel eine Bewegung in der Scheibe des Stilllebens zu sehen, ein Stickbild hinter Glas, das leicht schräg über dem Esstisch hing. Azra hörte ihr Herz schlagen. Aber nur ihr Spiegelbild starrte sie an. Sie fühlte, wie Gesicht und Hals rot anliefen, die Hitze hielt minutenlang an, ebbte ab, ließ sie fröstelnd zurück. War es dieser Körper, der sie einmal mehr verriet? War das immer noch sie? Wann war das, was sie sah, ihr Gesicht geworden? Sie dachte an die Redewendung, dass nicht der Spiegel schuld sei, wenn das Gesicht hässlich aussieht, und schnitt sich selbst eine Grimasse. Sie sah die Journalistin vor sich, selbstbewusst und neugierig, scheinbar furchtlos, ihr klarer Blick, früher war Azra selbst so makellos jung gewesen. Sie dachte an die unbeantworteten Fragen, die halb gerauchten Zigaretten, die im Aschenbecher unbeachtet heruntergebrannt waren. Azra hatte sich dabei ertappt, wie sie die Frau schon im Hereinkommen gemustert und eingeordnet hatte. Die Frau sah so unerträglich aufgeräumt und lässig aus in ihren taillenhoch geschnittenen schmalen Hosen, dazu eine ärmellose Hemdbluse und Sakko, Turnschuhe aus braunem Leder, die teuer aussahen, eine Laptoptasche über der Schulter, schlichtes Make-up, der kinnlange Bob perfekt glattgebügelt. Das Unaufgeregte, Mühelose in ihrem Auftreten. Azra sah das bereits gelebte Leben dieser Frau vor sich, eine gutbürgerliche Familie, der Zugang zu einer ordentlichen Ausbildung, ein aufgeräumtes, sorgloses Dasein. Azra hatte sich vorgenommen, nicht vorschnell zu urteilen, sondern offen zu sein und freundlich, aber die Missgunst steckte ihr tief in den Knochen, sie hatte sich eingerichtet in ihren Vorbehalten gegen die Welt, gegen das eigene

Geschlecht. Oder war es nicht ihre Schuld, hatten diese Vorbehalte sich, von außen kommend, in ihr eingenistet? War es das Gefühl, immer schon unsichtbar gewesen zu sein und mit jedem Tag, den sie älter wurde, mehr zu verschwinden? Niemand schien mehr von ihr Notiz zu nehmen, wenn sie die Straße entlanglief. Warum auch, wer war sie, was wusste sie schon, weder hatte sie kluge Bücher gelesen wie ihre Tochter, noch war sie viel gereist oder beherrschte Sprachen, nur das Deutsche hatte sie sich mühsam erarbeitet, sie machte sich keine Illusionen, ihr Leben war nicht wichtig, würde spurlos in einer größeren Geschichte verschwinden. Sie fragte sich, ob das ihr einziges Talent war, dieser Instinkt, mit dem sie die Geschichten hinter dem Verhalten von Menschen lesen konnte, sie wusste rasch Bescheid oder glaubte zumindest, Bescheid zu wissen, über alles und jeden. Oder hatte auch dieses Talent nicht mehr Gewicht als die Bauernschläue ihrer Mutter?

Ganz hinten in der Schublade der Anrichte, sie tastete unter den Küchentüchern, da musste noch eine Reserveschachtel sein, wie oft hatte sie aufgehört und wieder angefangen, ihre Hände zitterten leicht, als sie sich die Zigarette anzündete.
– Das Leben ist dir nichts schuldig.
Die Worte ihrer Mutter hatten sie geprägt, auch wenn sie es nicht wahrhaben wollte. Azra hatte nie große Ansprüche gestellt, keine Pläne gemacht. Als sie noch jung war, fand sich kein Ausgangspunkt für so einen ordentlichen Lebensplan, keine Perspektive, kein Ort, an dem sie stehen konnte.

Die Wohnung war voller Fotografien. Die meisten Aufnahmen zeigten die Kinder, als sie noch klein waren. Kürzlich hatte Sima ein paar der alten Kartons mit seinen Fotos aus dem Keller geholt und neue Bilder gerahmt. Azra erinnerte sich, wie wichtig ihm das Dokumentieren früher gewesen war, seine Leica, die er überallhin mitgeschleppt hatte. Die unzähligen Fotos, die er von ihr gemacht hatte, als sie einander gerade erst kennenlernten. All die Schuhkartons in seinem winzigen Zimmer in Beograd, übereinandergestapelt, in einer Ordnung, die nur Sima verstehen konnte. Diese Aufnahmen, die nur ihm gehörten, die er niemandem zeigen wollte, anfangs auch ihr nicht. Sie verstand nicht, was er damit so unbedingt festhalten wollte. Eines der Bilder, das er vor ein paar Tagen erst vergrößert und gerahmt hatte, zeigte Azra und Sima als junges Liebespaar in Schwarz und Weiß, er stand hinter ihr, hatte die Arme um sie geschlungen, hielt sie fest, ihr dunkles Haar schien überall zu sein, fiel ihr bis auf die Hüften. Hinter ihnen war eine Raststätte zu sehen, dann begann der Wald. Sima und Azra standen an die Motorhaube eines Mercedes gelehnt. Jugoslav musste das Foto gemacht haben, als sie auf dem Weg nach Wien waren. Es sah aus wie ein Schnappschuss, aber bestimmt hatte Sima davor alle Einstellungen an der Kamera gemacht, den Ausschnitt festgelegt, nichts dem Zufall oder dem Geschick seines Freundes überlassen. Azra versuchte, sich an die Farben zu erinnern. Gelb. Der Wagen war gelb gewesen.

Das Bild zeigte eine andere Azra, die voller Lebenswut und Kraft gewesen sein musste. Was hatte die Journalistin vorhin zu ihr gesagt?

– Frau Banadinović, es fällt mir nur auf, Sie erzählen mir Ihr Leben, ohne *ich* zu sagen.

Wie erzählt man sein Leben, ohne ich zu sagen? Azra lachte in das Echo der Räume, laut und schrill.

Die Uhr. Eine Wanduhr, deren Zeiger rückwärts liefen. Azra hatte gedacht, es würde eine schnelle Geburt werden, das zweite Kind, beim zweiten Kind wäre es einfacher, das behaupten doch alle. Aber Jonas Neven wollte anscheinend nicht auf die Welt kommen, erst elf Tage nach dem errechneten Termin und verschiedensten Hausmittelchen, die ihre Mutter am Telefon durchgegeben hatte. Zimt und Ingwer, sagten die Alten aus dem Dorf, Zimt und Ingwer, wiederholte die Mutter, während das Gerät ihre Münzen fraß, eine nach der anderen, hörst du, sagte die Mutter. Nähnadeln mit etwas Alkohol desinfizieren und exakt an diese und jene Stelle unter die Haut stechen. Die Spitzen der Brustwarzen reiben und sie lang ziehen, Brustwarzen, Azra musste lachen, ein Wort, das die Mutter sonst nicht ausgesprochen hätte, als würde es erst existieren, seit ihr Körper ein Mutterkörper war, als wäre damit alles Sexuelle, Anstößige mit einem Mal ausgelöscht. Zwischen der Geburt von Biljana und der von Jonas Neven waren andere Kinder gewesen, die Azra nicht bekommen hatte, weil kein Geld da gewesen war, keine Zeit, keine Zukunft. Und ein Kind, das sie verloren hatte, bevor es der Sorge wert gewesen war. Der Tod gehört zum Frausein, niemand kennt ihn besser, niemandem sonst ist er so nah wie den Frauen. Eine Mutter lässt kein Kind wegmachen, und wenn, ist es ein Tabu, darüber zu sprechen. Eine Frau, die ein Kind verliert, hat das mit sich selbst auszumachen und niemanden damit zu belasten. Das hatte Azra von ihrer Mutter gelernt.

Die Schwangerschaften hatte Azra als Bürde empfunden, vom ersten bis zum letzten Tag, obwohl sie sich letztlich für beide Kinder entschieden hatte. Diese Vereinnahmung und Veränderung ihres Körpers, der jetzt allen anderen zu gehören schien, der vermessen, gewogen und untersucht wurde, dabei möglichst unauffällig funktionieren sollte, ohne das Räderwerk des Arbeitsalltags zu stören. Die Erschöpfung machte sie zornig, sie hatte kein Talent, Schwäche zu zeigen, und weder Zeit noch Raum, sich zu schonen. Dennoch gab es Momente, in denen sie Zufriedenheit empfand und mit sich selbst und der Welt ausgesöhnt war, in denen sie den Zustand der Einheit mit dem neuen Wesen als etwas Freundliches annehmen konnte. Dieses Etwas, das sich einfach eingenistet hatte, das heranwuchs in unermüdlicher Bewegung, scheinbar suchend, unter ihrer Haut, Schichten von Muskeln, Fett, Fleisch, mitten im Lärm ihrer Körpermaschine. Natürlich hatte sie abgetrieben, wie alle anderen. Auch Jonas Neven hatte sie wegmachen lassen wollen, bei der gleichen Frau, sie war wieder zu spät dran, hatte die Frist knapp verpasst, es war nicht legal, aber es musste sein. Am Abend hatte sie sich auf den Weg gemacht, um die Angelegenheit nach der Arbeit zu erledigen, wie jede andere Erledigung, es war ihr nicht gleich, aber sie wusste, zu lang darüber nachzudenken würde nichts ändern. Sima wusste Bescheid, er wartete zu Hause, wie schon die Male zuvor.

Das Wirtshaus, in dem sie als Küchenhilfe arbeitete, lag etwas außerhalb, kurz vor der Stadtgrenze, es war ein gutes Stück Weg, aber sie war es gewohnt, mochte es sogar, zu Fuß zur Arbeit und wieder zurück nach Hause zu gehen. Die Wegzeit war ein Geschenk, ihre Gedanken wurden mit jedem Schritt ruhiger und klarer. Es gab eine Abkürzung durch eine Unterführung, die unter der Bahnlinie hindurchtauchte, steil hinab in den Bauch der Vorstadt und wieder zurück nach oben. Ein schmaler Gehweg lag neben der Fahrbahn, die Beleuchtung war trüb, die Scheinwerfer der vorbeiziehenden Wagen streiften Azra, in ihrem Kopf hallte das Stimmengewirr der Wirtshausküche nach, aber ihre Gedanken waren still. Sie hatte die

Radfahrer nicht kommen hören. Der erste zog ganz knapp an ihr vorbei, sie spürte erst den Luftzug, dann traf sie ein heftiger Schlag. Azra stolperte, knickte in den Knien ein, stürzte auf den Asphalt, Steinchen bohrten sich in ihre Handflächen, die Haut am Knie platzte auf. Ein Mann und eine Frau, der Mann musste sie gestoßen haben, die Radfahrerin, die dicht hinter ihm fuhr, musste im letzten Moment ausweichen, als Azra stürzte. Die Frau hielt ein paar Meter weiter an, drehte sich um. Ein Wagen fuhr vorbei und erhellte das Gesicht der anderen, die Blicke der Frauen trafen sich für einen Moment. Azra hörte den Mann rufen:
– Komm schon, komm weiter, worauf wartest du?
Sein Lachen brach sich an den Wänden der Unterführung, hallte zurück, sie verstand nicht, warum er lachte. Die Frau zögerte noch einen Augenblick, stieg wieder auf und fuhr los, trat kräftig in die Pedale, um die Steigung zu schaffen. Azra blieb zurück, kniete zitternd auf dem Asphalt, sie saß schief, auf einer Pobacke, das rechte Bein untergeschlagen, das andere zur Seite gestreckt. Ein verletztes Tier. Warm lief es aus der Wunde. Die Lichtkegel der Scheinwerfer zogen vorbei. Das Kind. Ein freundlicher, leichter Gedanke, der sie überraschte. Das Kind. Sie legte die Hand auf ihren Bauch, eine Geste, die sie immer lächerlich gefunden hatte bei anderen Frauen, diesen Stolz, mit dem sie die Frucht ihrer Leiber vor sich herzutragen schienen wie aufgeblähte Königinnen. Sie hatte sich weder das erste noch das zweite Kind gewünscht, aber die Wärme, die sie in diesem Augenblick empfand, galt dem Kind. Azra fällte ihre Entscheidung allein, so wie sie es immer schon gemacht hatte, sie stand auf, klopfte sich den Schmutz von den Kleidern und ging nach Hause.

Die Uhr. Eine Wanduhr, deren Zeiger rückwärts liefen. Als die Wehen endlich einsetzten, ihr die Kontrolle über den eigenen Körper in Schüben entrissen und langsam wieder abebbten, war das erst der Anfang eines Marathons, der sich durch die Nacht und bis zum nächsten Tag ziehen würde. Azra kämpfte allein, Sima war auf der Arbeit. Sie musste stehen während der Busfahrt ins Krankenhaus, das Sitzen war ihr unerträglich und die ersten Wellen von Schmerz im Stehen leichter zu ertragen. Die geschäftige und zugleich eintönige Stimme der Hebamme am Aufnahmeschalter, die ihr Fragen stellte, abwesend nickte und sie in den vollen Warteraum schickte, wo Azra Stunden zwischen anderen Schwangeren abgestellt bleiben sollte, während sich die Schiebetür zu den Behandlungsräumen vor ihr immer wieder öffnete und schloss, eine Schwangere nach der anderen verschluckte und endlich auch Azra. Die Langsamkeit der Sekunden, Minuten, Stunden, ihre Gedanken kreisten im Leerlauf, ihre Augen waren weit offen, alle Geräusche schienen von weit her zu kommen, das Licht schmerzte. Farbloses Fruchtwasser begann aus ihr herauszufließen und bildete ganz langsam eine Lache auf dem Krankenhausbett. Azras Blick hielt sich an der Wanduhr fest, deren Zeiger stillzustehen schienen, während die Wehen in Wellen kamen und gingen, wie die Anweisungen, die ihr zugerufen wurden, lauter und leiser, Stimmen und Hände ihren Körper in diese und jene Richtung zwangen. Der Raum und dieser Körper, der ihr nicht mehr gehörte, wahrscheinlich niemals gehört hatte, wurden in einzelne Teile gerissen, lagen nackt und kalt ausgeleuchtet im Neon des Kreißsaals. Wie aus großer Entfernung betrachtete sie ihr höchstpersönliches Schlachtfeld, Blut, Erbrochenes, Flüssigkeiten, die sich vermischten, stockten, aus ihr herausschwappten. Der Moment Stille, als sie das Kind endlich aus ihrem Körper zu pressen

vermochte, der Anblick dieses schleimigen, zappelnden Bündels Mensch, das nach Luft zu schnappen begann, röchelte und gluckste, aber nicht schrie, weitergereicht wurde in die Hände der Ärztin, weiter an die Hebamme, während sich Leere und Sehnsucht in Azras Körper ausbreiteten. Aber die Frauen gaben ihr das Kind nicht zurück, sie untersuchten und säuberten es, tauschten dabei Zahlen und Bezeichnungen aus, die eine Dritte aufschrieb. Gewicht, Größe, Zeitpunkt der Geburt. Ihre Körper verstellten Azra den Blick. Als sie wieder etwas sehen konnte, war es eine zähe schwarze Masse, die sich auf dem Untersuchungstisch ausbreitete.
– Das Kindspech, hörte sie die Hebamme zufrieden ausrufen, es bringt Glück, das Kindspech so rasch auszuscheiden. Herzlichen Glückwunsch.
Das Kind blieb still, und Azra wollte losschreien, an seiner Stelle, gegen die fremden Hände, die ihn berührten, gegen das kalte Licht, gegen das Wasser auf seiner Haut. Azras Augen fanden die Wanduhr, und im gleichen Augenblick drehten sich die Zeiger der Uhr rückwärts. Azra täuschte sich nicht. Die Zeiger liefen rückwärts, beschrieben einen vollen Kreis. Folgten der Automatik, der alle Uhren des Krankenhauses folgten, die auf Winterzeit gestellt wurden.

Azra war noch am Tag der Geburt nach Hause gefahren. Sie stand vor dem Krankenhaus, hielt Jonas Neven im Arm, Sima wollte den Wagen holen, er hatte ihn sich von der Firma geliehen, es war seine Art, ihr zu zeigen, dass er sich freute. Er würde gleich zurück sein, und in den wenigen Minuten, während sie wartete und die letzten Stunden in ihrem Körper nachhallten, schien alles zu kippen. Erst rückte Azra nur ein paar Schritte von sich ab, sah sich dastehen, mit dem Kind im Arm, vergrößerte die Entfernung, sah sich von der anderen Seite der Straße aus, in der Mitte des Portals, während sich hinter ihr die automatischen Türen unermüdlich öffneten und schlossen, entfernte sich weiter, bis sie ein kleiner Punkt mitten im Kommen und Gehen der Menschen und Fahrzeuge um das Gebäude wurde.

Mit Biljana war sie allein aus dem Krankenhaus zurückgekommen, in das winzige Zimmer in der Beograder Wohngemeinschaft mit zwei Kolleginnen, das sie sich schon bald nicht mehr würde leisten können. Niemand war da gewesen, um Azra und Biljana abzuholen, sie hatte das Neugeborene im überfüllten Autobus an sich gedrückt, mit der Entschlossenheit, sich allem zu stellen, was immer da kommen möge. Und jetzt begann alles von neuem, Jonas Neven in ihrem Arm, das Pochen ihres geschundenen Körpers. Jeder Schritt schmerzte. In diesem Augenblick war ihr, als wären sie ganz allein auf der Welt. Nur sie und dieses Kind. Azra war niemand, war nichts als ein Punkt, der sich vor dem Gebäude in Unschärfe verlor, während alles um ihn herum sich in verschiedene Richtungen weiterbewegte.

– Azra.

Wenn sie nur einmal in diesem Leben genügen könnte.

– Azra.

Sima rief ihren Namen, einmal, zweimal, dreimal, bis sie ihn hörte.

– Azra!

Sie schwitzte und fror, umklammerte das Kind, das immer noch nicht geweint hatte, es sah sie an, mit wachen Augen.

– Azra!

Sie starrte auf das Firmenlogo an der Seite des schmutzig weißen Lieferwagens, mit dem Sima vorgefahren war, ihr Blick verlor sich in Farben, Rot, Grün und Blau.

In wenigen Minuten würde die Angehörigengruppe beginnen, Azra hätte immer noch losfahren können, es wäre in Ordnung gewesen, zu spät zu kommen, das eine Mal, aber das wollte sie nicht. Genau jetzt würden die Nachzügler noch einmal hektisch an ihren Zigaretten ziehen und sie im Aschenbecher vor dem Eingang des Familienzentrums ausdrücken, der die Form eines überdimensionalen Fliegenpilzes hatte, dunkelgrünes rostfleckiges Metall. Franz würde da sein und ganz bestimmt noch einen Augenblick länger warten, nach ihr Ausschau halten, bevor er zu den anderen in den Saal ging, wo, wie jedes Mal, Kaffeebecher gefüllt und Kekse verteilt wurden, während der Stuhlkreis sich nach und nach füllte. Dort, wo sich tagsüber Eltern-Kind-Spielgruppen trafen, stand der Selbsthilfegruppe ein Raum zur Verfügung, jeden Mittwoch kurz nach Beginn des Hauptabendprogramms trafen sie sich, um 20 Uhr 25.

Ungefähr ein Jahr nach Jonas Nevens Verschwinden hatte sie angefangen, dorthin zu gehen. Susa, ihre Nachbarin, hatte ihr von Foren im Internet erzählt, in denen sich Angehörige von Vermissten austauschten, und Azra angeboten, sie könne ihren Computer benutzen, aber mit Susa im Nacken vor einem Bildschirm zu sitzen war nichts, was sie aushalten konnte, und noch mehr graute Azra davor, sich einen Computer anschaffen und mit den Tücken des Geräts auseinandersetzen zu müssen. Außerdem wollte sie nicht, dass Sima davon erfuhr. Sie schämte sich. Dass sie keine Psychoirgendwasberatung brauchen würden, sondern ordentliche Polizeiarbeit, hatte sie selbst vor Sima zu den Beamten gesagt. Aber mit jedem Tag, der ohne Nachricht von Jonas Neven verging, wurde sie unruhiger, während Sima immer stiller zu werden schien. Sie konnte weder essen noch Schlaf finden, aber machte weiter, wie sie immer weitergemacht hatte, die Arbeit, der Alltag hielten sie aufrecht. Es war ein Donnerstag wie jeder andere, an dem sie, wie jede Woche, den Großteil der Einkäufe zu erledigen pflegte, aber als sie an diesem Tag die Geldbörse aus der Tasche zog und ihr, wie immer, aus der Fotolasche ein Bild der Kinder entgegenlächelte, kippte sie einfach um. Als sie wieder aufwachte, waren fremde Gesichter über sie gebeugt, jemand hatte ihr eine Jacke unter den Nacken geschoben, ein anderer reichte ihr Wasser, von irgendwoher das Wort *Krankenhaus*. Azra sprang so plötzlich auf, dass die Besorgten und die Neugierigen auseinanderstoben, Platz machen mussten, ein Angestellter hielt sie auf, ob er wenigstens jemanden anrufen solle, sie habe einen Namen genannt: Neven.

Erst hatte sie es mit der Kirche versucht, sie war nicht gläubig, aber es musste doch etwas geben, einen, der zuständig war für das, was zwischen Menschen geschah, warum also keinen Gott. Ein paar Sonntage kam sie in die Messe und hörte zu. Der Pfarrer war laut und hager, seine Stimme schien endlos nachzuhallen, jedes Mal blieb Azra noch lange auf der Kirchenbank sitzen, als würde sie auf eine Eingebung, ein Zeichen warten oder darauf, dass der Pfarrer sie dort finden und ansprechen würde, wie in einem Hollywoodfilm, dass ihr etwas oder irgendjemand passieren und sie endlich aus der Ungewissheit erlösen würde. Aber die Worte des Pfarrers erreichten sie nicht. *In der Not rufen selbst die Ungläubigen nach Gott*, hatte ihre Mutter zu sagen gepflegt. Sie erinnerte sich an die Blicke ihrer Mutter, die nicht verstand, dass Azra am Grab ihres Vaters nicht geweint, sondern Haltung bewahrt hatte, ihr Lippenstift war zu rot, das Kleid zu figurbetont, Azras Haltung stand gegen alles, was im Dorf gelebt wurde. Trauer musste offen zur Schau gestellt werden, man hatte sich so zu verhalten wie alle anderen, wer sich anders verhielt, stellte sich damit über die anderen und bekam deren Missbilligung zu spüren, schonungslos. All die Jahre und noch am Grab des Vaters hatte sie die Zurückweisung der Mutter erfahren. Der Vater war vor seiner Zeit gestorben, wie alle in der Familie, die Körper waren da, um kaputtgearbeitet zu werden. Die Mutter starb nur wenige Jahre nach ihm. Mit der Erinnerung stieg der alte Hass auf die Mutter in ihr hoch, wie ein Hitzeschwall, ein Reflex.

Bei einer Messe las der Pfarrer: *Da ich ein Kind war, redete ich wie ein Kind und war klug wie ein Kind und hatte kindische Anschläge; da ich aber ein Mann ward, tat ich ab, was kindisch war.* Azra brach in Tränen aus. Sie dachte an das Kind, das ihr entglitten war, lange bevor ihr erwachsener Sohn verschwand. Aber nichts davon würde ihr weiterhelfen. Es ergab keinen Sinn, weiter zur Messe zu gehen.

Unter einem Zeitungsartikel fand sie den Hinweis auf eine Hotline für Vermisste und deren Angehörige, eine unscheinbare Reihe von Zahlen. Sie verwählte sich drei Mal. Weitere drei Mal legte sie sofort wieder auf, wenn sich auf der anderen Seite eine Stimme meldete. Es war Nacht, Simas leises Schnarchen drang aus dem Schlafzimmer, und Azra begann schließlich doch zu sprechen, erst stockend, dann spie sie ihre Geschichte regelrecht aus, vor diesem angenehm gesichtslosen Gegenüber, dieser Stimme, die ihr zuhörte, ohne sie zu unterbrechen. Die Stimme informierte sie nach einer Dreiviertelstunde – oder war es eine Stunde gewesen? – darüber, dass sie die Leitung nach einer gewissen Zeit wieder freigeben müsse, und gab Azra die Adresse einer Selbsthilfegruppe.

Beim ersten Versuch hatte Azra von der gegenüberliegenden Straßenseite den Eingang beobachtet, wo ein unordentlich verstreutes Grüppchen Zigaretten rauchte, leise Worte wechselte, Hände wurden gedrückt, die eine oder andere zögerliche

Umarmung ausgetauscht, Azra sah zu, wie die Wartenden sich schließlich nach und nach aufmachten, Richtung zweiter Stock, linke Tür, Begegnungsraum 42b. Azra verharrte auf der anderen Straßenseite, sie konnte nicht sagen, wie lange sie dort gestanden hatte, aber als sie wieder zu Hause ankam und noch am nächsten Tag taten ihr nicht nur die Füße weh, sondern jeder Muskel ihres Körpers, als wäre sie gerannt, statt stillzustehen. Dem zweiten Versuch sollte kein dritter folgen, sie hatte sich versprochen, es diesmal durchzuziehen, das Versprechen zu Hause vor dem Spiegel wiederholt. Als sie die Tür zu Begegnungsraum 42b öffnete, war der Stuhlkreis bereits voll besetzt, alle Blicke wanderten zu ihr. Sie musste sich in der Zeit getäuscht haben, oder die Zeit hatte sie getäuscht. Azra fiel rückwärts, durch den Boden, die Zeit, zurück in alte Ängste, spürte den Schweiß unter ihren Achseln, unter den Brüsten, wie die Feuchtigkeit in den Stoff ihrer Kleider sickerte, sie roch sich selbst, ein Geruch, der sie immer schon angewidert hatte. Dabei war es nur ein Augenblick, bis eine Stimme sie ansprach, sich der Kreis um einen Platz mehr öffnete, der für Azra bestimmt war. Es dauerte Wochen, bis sie vor den anderen sprechen konnte. Und länger, bis sie über Jonas Neven sprach. Sie fürchtete die Geschichten der anderen ebenso, wie sie sich scheute, ihre zu erzählen, als wäre alles erst dann wahr, wenn sie es aussprach und Jonas Neven damit in den Reigen all dieser Schicksale stellte, die sich jede Woche Mittwoch um 20 Uhr 25 in diesem Raum versammelten. Die Leerstellen im Leben der Anwesenden waren so körperlich fühlbar, als wäre rings um den Stuhlkreis ein zweiter, dicht hinter ihnen, auf dem kein Platz besetzt war, und doch war da jemand oder etwas, das ihnen in den Nacken atmete. Die Gruppe versammelte nicht nur Vermisstenfälle, sondern auch von Mord, Tötung und Suizid betroffene Angehörige. Suizid,

Azra musste das Wort nachschlagen und erschrak. Nein. Sie war überzeugt davon, dass Jonas Neven am Leben war. All die Fragen, die sein Verschwinden in ihrem Alltag hinterließ, alles, was sie dachte und tat, jeder Augenblick an jedem Tag kreiste um ihn. Sie ließ die Geschichten der anderen an sich vorbeiziehen, wie die von Maria, einer hypernervösen kettenrauchenden Friseurin mit tiefen Stirnfalten und einer scheinbar endlosen Sammlung ausgetretener Ballerinas mit Lederschleifchen, ihre Tochter war als Teenager von zu Hause ausgerissen, immer wieder hatte es Hinweise gegeben, die ins Leere gelaufen waren, mittlerweile war das Mädchen volljährig und blieb verschwunden.

– Kaufen Sie ein Grab für Ihre Tochter, dann haben Sie einen Ort, an dem Sie trauern können,

hatte eine Therapeutin Maria geraten. Da waren Gerda und Michael, ein überzuckert höfliches Apothekerpaar, deren Sohn sich auf dem Dachboden erhängt hatte, ohne nachvollziehbaren Grund, ohne Anzeichen, ohne Abschiedsbrief. Die Gruppe war ein Verzeichnis von Verlusten, die trotz ihrer Häufung nicht an Schrecklichkeit verloren. Der Sohn von Franz, einem pensionierten Lehrer, war an seinem vierundzwanzigsten Geburtstag bei einer Wirtshausschlägerei mit einem Aschenbecher erschlagen worden. Franz war ein in sich gekehrter Mann mit einem Faible für Rollkragenpullover, stets saß er mit eigenartig seitlich eingeknicktem Oberkörper da, die Bruchlinie schien knapp unter seiner Brust zu liegen. Seine Ehe war an dem Verlust kaputtgegangen, seine Frau hatte es nicht ertragen, in Franz' Gesicht Tag für Tag das Gesicht ihres Sohnes zu sehen. Damit war er nicht der Einzige in der Runde. Die Geschichten selbst waren nur ein Teil des Ganzen. Worum die Abende kreisten, war das grausame Danach, das unfassbare Jetzt und die Unmöglichkeit, es zu ertragen oder gar zu gestalten. Der Schmerz war ihnen vertraut, sie hatten sich darin eingerichtet. In Franz' Kalender fehlte der Todestag seines Sohnes. Zu Beginn jeden Jahres, aus jedem neuen Kalender, riss er zuerst das Blatt mit diesem Datum heraus. Als er davon erzählte, horchte Azra auf. Seit Jonas Nevens Verschwinden faltete auch sie die Seite mit einem bestimmten Datum fein säuberlich, strich den Bug mit dem Fingernagel glatt und entfernte den Geburtstag von Jonas Neven aus ihrem Kalender, aber nicht, um ihn wegzuwerfen, sie bewahrte alle Seiten fein säuberlich auf, in einer Schachtel, zusammen mit einer Fotografie von ihm als Kind.

Das Foyer des Familienzentrums wurde zu einem Viertel ausgefüllt von einem rot-gelb-blauen Bällebad für Kinder, auf dem transparenten Plexiglas Schlieren von getrocknetem Speichel, fettige Abdrücke von Fingern, Händen, Gesichtern. Azra stellte sich jedes Mal das Durcheinander der Kinderstimmen vor, das tagsüber den Raum ausfüllen musste, die Bewegung im bunten Meer von Plastikbällen, die Farben verwaschen. Es war an einem Mittwoch nach der Gruppe, als Franz und sie den Aufräumdienst erledigten, sich in der Möglichkeit des Augenblicks verloren, dort im Foyer, an diesem Abend, und sich zum ersten Mal küssten.

Franz wusste um das Gespräch mit der Journalistin, mit ihm konnte sie reden, aber sie wollte kein Mitleid, keinen Trost, es war ihr unmöglich, ihn heute zu sehen, sie hätte es nicht ertragen, seine Stimme, seine Berührungen. Alles wäre falsch gewesen. Azra hatte sich entschieden, die Angehörigengruppe würde heute ohne sie stattfinden.

Es muss im Sommer 2004 gewesen sein, ein Jahr nach Jonas Nevens Verschwinden, Azra war im Dorf bei ihrem Bruder, der Haus und Hof der Eltern nach deren Tod übernommen

hatte, als der erste Anruf kam. Die nüchterne, fast schon gelangweilte Stimme des Beamten:
– Möglicherweise handelt es sich um Ihren Sohn.
Wie jeden Tag flimmerte der Fernseher im Hintergrund.
– Möglicherweise,
irgendeine Seifenoper lief,
– handelt es sich um Ihren Sohn,
ohne dass jemand dem Geschehen groß Beachtung schenkte. Azra solle kommen, um ihn zu identifizieren. Möglicherweise. Die Wahrscheinlichkeit auf der einen Seite der Leitung und die Erwartung einer Erlösung auf der anderen. Während der Beamte sprach, rasten Azras Herz und Verstand. Sie hielt den Hörer umklammert, sie atmete nicht, dachte nichts, hörte nichts, ihr Blick suchte und fand die Wanduhr in der Küche, als müsse sie die Zeit festhalten, wie der Fernsehchirurg in einer Seifenoper, der eine Vierteldrehung für die Nahaufnahme macht, seinen Mundschutz abnimmt, um im dramaturgisch korrekten Moment und im richtigen Licht, immer im richtigen Licht, seinen Satz zu sagen:
– Zeitpunkt des Todes.

Wenn du ein Ende erreicht hast, kommt der Anfang zu dir, ein Satz, an den sie sich erinnerte, vielleicht aus einer der Geschichten, von abergläubischen Alten im Dorf erzählt, als sie noch ein Kind war und alle Geschichten glaubte.
Als Jonas Neven sich auf dem Wiener Südbahnhof von ihr verabschiedete, in Gedanken schon weit weg, auf der Reise, sah sie in ihm immer noch das Kind. Er wollte die neuen Länder, die Nachfolgestaaten Jugoslawiens, kennenlernen, für sich allein. Ihr Sohn war schön wie immer, sein breites Lachen, das dichte dunkelblonde Haar, seine Haut, die auch im Winter leicht gebräunt war, die hellen Augen, Ruhe und

Verletzlichkeit in seinem Blick. Natürlich werde er sich bei den Verwandten blicken lassen, aber sie müsse verstehen, vor allem wolle er reisen.

– Mama, mach dir um mich keine Sorgen, ich bin zäher, als du denkst.

Er neckte sie, zupfte an ihrer Frisur, die sie hastig gemacht hatte.

– Mama, wie siehst du aus, das sieht dir gar nicht ähnlich. Oder lässt du dir die Haare jetzt wieder wachsen?

Er küsste sie auf die Stirn, versprach, sofort nach seiner Ankunft anzurufen und sich auch später regelmäßig zu melden. Sie wusste im gleichen Augenblick, dass er nichts davon tun würde. Jonas Neven, der sich zu ihr umdrehte, den Arm hob und winkte, bevor er im Bauch der Bahnhofshalle verschwand. Monate später würden die Behörden einen Wagen im Wald finden, darin die Spuren von drei Männern, darunter auch die von Jonas Neven. Zwei Mal wurde Azra gerufen, um einen Körper zu identifizieren, zwei Mal war es ein fremdes wächsernes Gesicht, zwei Mal schüttelte Azra erleichtert und zugleich enttäuscht den Kopf. Das sei nicht ihr Sohn, ja, sie sei sich sicher. Die Beamten sprachen von *möglichen Geschäften*, in die ihr Sohn verwickelt gewesen sein sollte, *möglichen Kontakten* zu Kriegsgewinnlern. Akten, die unter Verschluss bleiben mussten, weil sie auch andere Fälle betrafen. Das Unmögliche und das Mögliche. Azra hatte nach den Bildern verlangt. Beweisen. Dieser Wagen im Wald, die Windschutzscheibe zersplittert, die Türen offen, eine Filmszene, die mit ihrem Leben, mit ihrer Familie nichts zu tun haben konnte. Keine Spur führte von dort in die Gegenwart. *Wenn du ein Ende erreicht hast, kommt der Anfang zu dir.* Die Geschichte von Jonas Neven fand keinen Abschluss, so wenig wie die Träume, aus denen wir plötzlich erwachen.

Die halb gerauchte Zigarette brannte im Aschenbecher. Azras Blick war immer noch auf die Fotografie gerichtet, verlor sich in Schwarz und Weiß, in einer Version von Sima und ihr selbst, die ihr unwirklich vorkam, aber da standen sie, weit im Hintergrund das Dickicht der Bäume, er hatte die Arme um sie geschlungen, hielt sie fest.
Es war derselbe Wagen, mit dem Sima sie damals von zu Hause abgeholt hatte, ein gelber Mercedes mit silbern grinsendem Kühlergrill, der Stern abgebrochen. Langsam und vorsichtig schaukelte das in die Jahre gekommene Gefährt über die tiefen Traktorfurchen der Dorfstraße Richtung Hof, kippte seitlich, rollte bergauf und wieder bergab, es sah aus, als würde es ein Meer überqueren. Azra stand am Fenster, zog sich die Jacke enger um ihre Schultern, atmete die kalte Morgenluft und sah sich noch einmal in ihrem Zimmer um. Das Kind schlafend im Stubenwagen, die Schürze der Mutter an der Tür, die Tischdecke aus Wachstuch, das gemachte Bett mit den gelben Kissen. Azra beugte sich sachte über das Kind, tauchte ein in seine Wärme, roch an seiner Haut, die Augenlider des Kindes flatterten, es machte einen kleinen Laut, drehte den Kopf hin und her, fiel zurück in Schlaf.
– Biljana,
flüsterte sie, und im gleichen Augenblick rief jemand ihren Namen.
– Azra!
Draußen im Garten stand der Vater und schaute in die Ferne, die Straße hinunter, sie wusste nicht, wie lange er dort schon wartete.

Azra hatte ihren Vater immer geliebt. Sie dachte an die Hände ihres Vaters, der Geruch der Jahreszeiten in seinen Händen, ein auch im hohen Alter aufrechter und stolzer Mann, der stets leise sprach und bedächtig, man musste aufmerksam sein oder näher rücken, um ihn zu verstehen, er schätzte es nicht, wenn er sich wiederholen musste. Niemals hob er seine Stimme, der Ton war stets weich, auch seine Kinder pflegte er leise zu züchtigen, kein Geräusch, nur das Zischen, wenn der Gürtel durch die Luft schnitt, das Klatschen, wenn er auf die Haut traf. Die Kinder waren angehalten, ebenso still zu dulden, nicht zu weinen, es gab keinen Grund dazu, sie wussten um ihre Vergehen. Azra hatte ihren Vater immer geliebt, und auch wenn sie ihm nicht gehorchte und ihn nicht im Recht sah, blieb er ihr unantastbarer Vater, in jedem Augenblick. Er war das Maß der Dinge. Immer schon hatte sie zwei Leben geführt, das duldsame am Hof und das andere, mit ersten Versuchen von Ungehorsam, in fieberhafter Erwartung einer Freiheit. Sie hasste das Landleben, die Arbeit auf dem Hof, den Geruch der Tiere und der Erde, die Herrschaft der alten Männer im Dorf, die auf Frauen und Kinder herabblickten. Azra war sich damals schon sicher gewesen, sie würde all das irgendwann hinter sich lassen. Als Halbwüchsige schlich sie sich weg, streunte herum oder machte sich auf den Weg zu Festen, die ihr verboten waren, rollte den hässlichen langen Wollrock in der Taille hoch, machte ihn so kurz wie möglich, trug Lippenstift auf, sobald der Hof hinter der Wegbiegung nicht mehr zu sehen war. Sie wollte eine andere sein, begehrt werden. Natürlich erwischte sie der Vater, sie entkam ihrer Strafe nicht, vielleicht hatte sie es nicht anders erwartet. Die Blutergüsse auf ihren Beinen schillerten und heilten langsam wieder, von einer Farbe zur nächsten changierend. Sie verbarg sie nicht, sondern zeigte sie mit einer gewissen Genugtuung.

Alle Erwachsenen im Dorf züchtigten ihre Kinder, auch der Lehrer, dem keine Fragen gestellt werden durften, der hingegen prompte Antworten verlangte. Die Kinder waren Eigentum der Erwachsenen, auch ihre Mütter schützten sie nicht, in allen Familien galt das Wort des Vaters.

Wenn der Vater Azra oder ihren Halbbruder zu sich rief, um sie zu bestrafen, folgten sie. Azra ging mit Stolz in jede Strafe, ihre tiefe Genugtuung grenzte beinahe an Lust, sie bot dem Vater die Stirn, wollte ihm zeigen, dass sie stark genug war, alles auszuhalten. Ihre Zuneigung war stärker als ihr Zorn. Lautlos, die Augen offen, hielt sie seinem Blick stand. Sie weinte niemals. Das Wort Demütigung kam ihr nicht in den Sinn, zumindest brachte sie es nicht in Verbindung mit dem, was ihr geschah.

Azra und ihre Mutter waren einander in Aussehen und Wesen gleich, was die Grundlage ihrer ständigen Auseinandersetzungen gewesen sein mag. Azras Eltern waren Kriegskinder, der weitaus ältere Vater war davon noch stärker geprägt worden als die Mutter, mit knapp fünfzehn Jahren hatte er bei den Partisanen gekämpft. Aber keiner von ihnen sprach über die Vergangenheit. Alles, was Azra wusste, war aus zweiter Hand Erzähltes und Geflüstertes. Geschichten und Gerüchte hielten das Dorf am Leben, auch das wusste Azra, und dennoch bastelte sie sich aus den Erzählungen der Nachbarn, Tanten und Onkel ein Bild, füllte die Leerstellen und Ungereimtheiten mit ihrer Vorstellungskraft. Die Eltern nach ihrer eigenen Wahrheit zu fragen wäre undenkbar gewesen.

Die Mutter war früh verheiratet worden, mit vierzehn Jahren, an einen für die Gegend wohlhabenden, angesehenen Bauern, so mussten die Eltern ein Kind weniger durchfüttern. Vor allem eines, das die Arbeit am Hof scheute. Dennoch hatten sie das Mädchen als fleißig und zäh angepriesen, darüber hinaus war sie auch hübsch anzusehen, aber wie zu erwarten hielt sie das Versprechen nicht, ordnete sich ihrem neuen Besitzer nicht unter, und vor allem wurde sie nicht schwanger. Knapp zwei Jahre vergingen, dann wurde die Ehe auf Wunsch des Bauern annulliert. Eine Schande für die Familie, das Mädchen durfte nicht zurück an ihren Hof, war von da an auf sich allein gestellt. Am Rande des Dorfes lag das Haus von Marica, einer Frau aus Beograd, eine Malerin, sie lebte allein, pendelte zwischen dem kleinen Haus auf dem Land, das sie von ihren Eltern geerbt hatte, und ihrer Stadtwohnung. Sie verbrachte ihre Zeit zurückgezogen, kam nur zum Einkaufen ins Dorf, eigentlich raste sie durch, auf dem Moped mit fliegendem Rock, leuchtend rot geschminkten Lippen und offenem Haar, statt Kopftuch zu tragen wie alle anderen erwachsenen Frauen im Dorf. Die Alten nannten sie eine Irre, eine Hexe, eine Hure. Niemand wusste, wie sie einander gefunden hatten, aber Marica nahm die Mutter bei sich auf, gab der Verstoßenen eine Bleibe und störte damit die Ordnung der Dinge im Dorf. Es gab keine Vergebung für Frauen in dieser Welt.

Bald darauf hieß es, dass die beiden Frauen im Schein des Mondes und sogar am helllichten Tag in dünnen Unterkleidern vor dem Haus herumliefen, dass sie sich zwischen der kreuz und quer gespannten Wäsche im Garten sonnten, nackt, sagten die einen, schamlos, die anderen. Es hieß weiter, man habe die Frauen schon früher zusammen gesehen, vor der arrangierten Vermählung mit dem Bauern. Hand in Hand, hieß es, es war die Rede von Berührungen, von Küssen. Und dass die Unzucht der Frauen der eigentliche Grund war, dass der Bauer das Mädchen letztlich vor die Tür gesetzt hatte. Die Dorfbewohner befanden schon bald, man müsse etwas tun, diese Zustände unterbinden, und auch wenn jeder etwas anderes über diese Zustände zu wissen schien, so wussten sie doch die Summe der einzelnen Teile zu deuten, Anstand und

Moral des Dorfes würden Schaden nehmen, so viel sei sicher. Die flüsternden Stimmen wurden lauter, böswilliger, unüberhörbar. Marica fand nach einem Einkauf ihr Moped vor dem Laden mit zerstochenen Reifen wieder. Anderntags schien ein ziemlich großes Tier die Laube und den Gemüsegarten verwüstet zu haben. Eines Nachts flog der erste Stein in ein Fenster des Hauses. Bei all der Unrast und Angst, die im Dorf kursierten, war die einzige bewiesene Tatsache, dass die Mutter und Marica zusammen lebten. Nach dem Vorfall mit Maricas Moped holten die Frauen ihre Vorräte andernorts, ließen sich kaum noch im Dorf blicken. Sie stellten einen neuen Zaun um den Gemüsegarten auf, reparierten auch das Fenster selbst. Als sie im nächsten Ort Farben und Draht für den Zaun einkauften, traf das Mädchen, das später Azras Mutter werden sollte, auf Azras Vater. Damals trauerte er, nach dem frühen Tod seiner Frau war er mit seinem Sohn zurück in sein Heimatdorf gekommen, um neu anzufangen und den verlassenen Hof seiner Familie neu zu bewirtschaften. Zwischen dem Witwer, für den die Einsamkeit bestimmt schien, und der Verstoßenen, deren Leben innerhalb der vorhandenen Regeln scheinbar keinen Platz fand, lagen mehr als zehn Jahre Altersunterschied, aber in ihrer Fremdheit waren sie einander ähnlich. Der Mann wurde regelmäßiger Gast im Haus der beiden Frauen, und über das, was sich dort abgespielt haben mag, kursierten binnen kürzester Zeit noch wüstere Geschichten im Dorf. Ein paar Monate später gab Marica ihr Haus auf, es hieß, sie wolle ans Meer ziehen, auf eine kroatische Insel, und die Mutter zog in den nächsten Ort, in das Haus des Mannes. Auf ihrer Hochzeit sah man Marica das erste und letzte Mal auf einem Dorffest tanzen, erst mit der Braut, dann mit dem Bräutigam. Ihr Geschenk an das Paar war ein kleinformatiges quadratisches Gemälde, das alle drei zusammen porträtierte, im Halbkreis sitzend, links vorne die Mutter mit dem üppigen Blumenkranz einer Braut im Haar, den sie bei ihrer Hochzeit nicht getragen hatte, etwas zurückgesetzt, in der Mitte, Azras Vater im dunklen Anzug, das Hemd mit gestärktem Kragen, und rechts im Bild Marica im violetten Kleid mit gelben Blumen, die Lippen leuchtend rot bemalt, im Hintergrund die Skizze eines Gartens in verwaschenen Farbflecken. Das war die Essenz, die sich Azra aus den Geschichten der anderen gebraut hatte. Allein das Bild hatte sie mit eigenen Augen gesehen, lange Zeit hing es in der Stube des Elternhauses, bis es irgendwann spurlos verschwand.

– Azra!
Die Nachbarin klopfte in hektischem Stakkato erst an die Tür, dann gegen die Scheibe des Flurfensters. Sie hatte schon eine ganze Weile geklopft und würde nicht so bald aufgeben, die Neugier trieb sie an. Die Journalistin war vorhin gegangen, und Susa hatte sich Zeit gelassen, sich gesagt, dass Azra ja vielleicht von selbst zu ihr kommen würde, um zu erzählen, wie sie es immer machten, schon seit Jahren, aber das Warten machte die Nachbarin noch unruhiger, und der Kuchen war gerade fertig, das musste doch ein Zeichen sein. Der von der Ofenhitze noch klebrige Teig wurde unter einer dicken Schicht Staubzucker begraben, rasch in Stücke geschnitten, und im nächsten Moment eilte Susa in Hausschuhen über den Flur zur anderen Wohnung hinüber. Auf der Anrichte in der Küche – dort, wo der Teller gestanden hatte – blieb ein Kreis aus Zucker zurück. Daneben lag eine aufgeschlagene Tageszeitung, ein Artikel dokumentierte in zahlreichen Bildern die Verhaftung eines gewissen Dragan David Dabić in einem Vorort von Beograd. Aufnahmen eines Mannes in dunkler, weiter Kleidung, schulterlangem weißem Haar und

Vollbart, buschigen Brauen, die Augen hinter einer dicken Brille verborgen. Ein angeblicher Heiler, abgeführt direkt aus seiner Praxis. Die Aufnahmen eines Mannes, der diese Existenz gestohlen und unzählige andere zerstört hatte. Auch darüber wollte Susa mit Azra sprechen.

Azras Zigarette war zwischen ihren Fingern zu einem aschgrauen Stäbchen heruntergebrannt, das sich mit ihrer nächsten Bewegung auflöste und zu Boden rieselte. Sie konnte sich nicht erinnern, wann sie diese Zigarette angezündet hatte. Das Klopfen an der Scheibe schien ihr von sehr weit weg zu kommen, dumpf, unbestimmt, vor allem unwichtig, es hatte mit ihrer Realität nichts zu tun. Sie war sich sicher: Die Zeiger der Küchenuhr liefen rückwärts. Azra schloss die Augen, einen Moment glaubte sie zu fallen. Sie sah sich selbst im Haus ihres Vaters am Fenster stehen, hinter ihr der Stubenwagen mit Biljana, hörte das Schreien des Kindes, sah Sima und sich auf einem Autobahnparkplatz, umarmt, in grellen Farben, wie nachkoloriert, sah sich über ein Waschbecken gebeugt, die Arme ins Wasser getaucht, das über den Rand lief, in ihre Schuhe, die sich langsam vollsogen, hörte das Geräusch eines Handtuchtrockners, sah Wasser, das den Boden unter ihr flutete und anstieg, vor ihr im Spiegel ein schiefer Horizont, das Meer, nein, ein endloser Mittelstreifen, über den der Mercedes schlingerte, von links nach rechts, eine Gegenbewegung auf der Fahrbahn, in schnellem Zickzack von rechts nach links, Azra!, die Stimme des Vaters, oder war es Sima, der sie rief, salziges Wasser, das Klicken eines Feuerzeugs, das Surren einer Kamera, eine Blende, die sich öffnete, der Geruch der Hände des Vaters, das Gemälde im Zwielicht der Stube, ihre Mutter als Braut und Marica im violetten Kleid, das Schreien eines Kindes, Uhrzeiger, die rückwärts liefen, Jonas Neven, der sich umdrehte und die Hand hob, ihr zuwinkte, bevor er in der Bahnhofshalle verschwand.

Azra war auf dem Beifahrersitz eingenickt, den Kopf ans Fenster gelehnt, ihr Haar knisterte elektrisch aufgeladen an der Scheibe, sie blinzelte und sah noch verschwommen, im Übergang von Schlaf zu Erwachen, wie Sima versuchte, einen Schluck Kaffee direkt aus der Kanne zu nehmen. Kaffee lief auf seine Oberschenkel, über den Sitz, spritzte aufs Armaturenbrett. Er fluchte. Ein anderer Wagen überholte und zog vorbei, viel zu schnell. Bevor Sima den Ärger über sein Missgeschick bei ihr loswerden konnte, wandte Azra sich ab. Sollte er seine Wut doch an Jugoslav auslassen, der sich um den Fahrerwechsel drückte, die letzten Stunden auf der Rückbank schlafend verbracht hatte, in Embryostellung, die Hände zwischen die Oberschenkel geklemmt, der gar nicht daran dachte aufzuwachen. Kaum eingestiegen hatte er ein kleines Kissen ausgepackt und es sich gemütlich gemacht. Jetzt zog sich ein träger Spuckefaden zwischen seinen Lippen, auf dem Kissen hatte sich eine kleine Lache gebildet. Azra sank tiefer in ihren Sitz, schloss die Augen. Ein langgezogenes Hupen. Sie schreckte hoch, sah, wie der Wagen ein Stück über den Mittelstreifen schlingerte und wieder zurück in die Spur. Sima hielt das Lenkrad fest umklammert, die Knöchel weiß, er musste gehupt haben, da war kein anderer Wagen auf der Fahrbahn. Azra hörte ihr Herz schlagen, ihr Magen zog sich zusammen. Dann war es wieder ruhig, nur das gleichförmige Brummen und Scheppern des Wagens. Azra war sich nicht mehr sicher, ob eben wirklich etwas geschehen war, und wenn ja, was eigentlich. Hatte sie geträumt? Sie wollte etwas sagen, aber Sima kam ihr zuvor.
– Ich brauche eine Pause, er sagte es laut, einen Tick zu laut, seine Stimme kratzte. Azra war jetzt hellwach.

Sobald der Wagen auf dem Rastplatz hielt, riss Azra die Tür auf und sprang hinaus. Sie lief mit weichen Knien und vom langen Sitzen steifen Beinen über den Parkplatz Richtung Waschräume, während die beiden Männer erst langsam ankamen, aus dem Wagen kletterten, sich dehnten und streckten. Schon beim Öffnen der Tür schlug ihr ein stechender, zugleich süßlicher Geruch entgegen, eine Mischung aus Reinigungsmittel und Urin. Die Toilette war winzig, Boden und Wände schmutzig beige gefliest, das Waschbecken und die Kloschüssel aus Metall und scheinbar für die Ewigkeit festgeschweißt. Sie drehte das kalte Wasser voll auf, ließ es ins Becken sprudeln, hielt erst ihre Handgelenke unter den Strahl, dann die Unterarme, das Wasser sammelte sich im Becken und stieg. Sie tauchte ihr Gesicht ein, ihre Unterarme, das Wasser blubberte hoch, lief über den Rand, klatschte auf den Fliesenboden. Azra tauchte auf, starrte durch ihr Spiegelbild ins Leere, Wasser tropfte von ihren Haarspitzen, lief in einer Pfütze auf dem Boden zusammen.

Ein ganzes Jahr ohne Sima lag hinter ihr, er war im Streit gegangen und weggeblieben, während der gesamten Schwangerschaft mit Biljana hatte er weder von sich hören noch sich blicken lassen. Nicht dass sie etwas anderes erwartet hätte. Vom Moment ihrer Entscheidung für das Kind an hatte sie sich auf seine Abwesenheit eingestellt. Auch ihr Zimmer in Beograd zu halten schien ihr nicht unmöglich. Die Mitbewohnerinnen hatten ihr in der Schwangerschaft geholfen und sich anfangs auch noch um sie und das Neugeborene bemüht. Die erste Zeit war das Kind noch ruhig gewesen, verschlief halbe Tage und Nächte, dann begann es, wacher zu werden, die Welt zu entdecken, wurde lauter und unzufriedener. Der neue Alltag war schwerer zu bewältigen als gedacht. Das Geld war immer knapp gewesen, jetzt reichte es einfach nicht mehr,

Azra musste sich damit abfinden, dass ihr nichts anderes übrig blieb, als zurückzukehren, in die Enge des elterlichen Hofes. Es hatte einen anderen Mann gegeben und sein Angebot, dem Kind eine Familie zu geben. Azra schlug es aus, wollte nicht von einer Abhängigkeit in die andere fallen. Auch den Hof würde sie früher oder später wieder hinter sich lassen, sie hatte es schon einmal geschafft, warum sollte es nicht wieder gelingen, auch wenn alles anders war mit dem Kind. Auf lange Sicht brauchte sie niemanden, vertraute sie niemandem, außer sich selbst.

Die Mutter begrüßte sie kühl, wies ihr eine Stube zu und zog es in den ersten Wochen vor, Azra und Biljana sich selbst zu überlassen. Der Alltag zog träge und gleichzeitig viel zu schnell dahin. Azra übte sich in Geduld mit sich selbst und ihrem neuen Leben. Die Nächte waren schlaflos, die Tage lang. Aber es gab ihr Trost zu sehen, wie Biljana sich entwickelte, Farben und Formen zu erkennen begann, ihr Gesicht Ausdrücke nachahmte, wie sie ihre Hände entdeckte und Stunden nur damit zubringen konnte, die winzigen Fäuste zu ballen, wieder zu öffnen, die Finger ins Licht zu strecken. Eines Morgens, nach einer langen Nacht, in der das Kind jede Stunde nach ihr verlangt hatte, wachte sie auf und fand den Platz neben sich leer. Azras Mutter war in der Wohnküche, auf dem Herd köchelte etwas vor sich hin. Die Küche war immer der tröstlichste Ort des Hauses gewesen. Dort roch es sonntags nach frischem Brot und an Weihnachten nach Orangen. Ihre erste Erinnerung war, wie sie auf dem Boden vor dem Ofen mit rot und blau lackierten Emailtöpfen spielte und mit ihren Fingerspitzen den erhabenen Schriftzug auf den Böden der Töpfe nachzeichnete, den sie erst viel später lesen lernte: *Made in Yugoslavia*. Azra entdeckte das Kind erst auf den zweiten Blick. Es schlief, ganz eng in einen Tuchkokon gewickelt, auf dem Arm der Großmutter. Nur das kleine Gesicht war zu sehen, die Lippen leicht geöffnet.

– Gewöhn dich nicht daran.

Die Mutter drückte ihr einen Teller Suppe in die Hand.

– Du hast ein Kind bekommen, das ist keine große Sache, glaub nicht, dass du etwas Besonderes bist. Oder es vielleicht sogar besonders schwer hast.

Trotzdem half die Mutter. Ohne viele Worte zu machen, nahm sie nach und nach ihre Rolle als Großmutter an. Azra hatte sie beobachtet. Wenn sie mit dem Kind allein war, tat ihre Mutter mehr als das Nötige, sie wurde eine andere, die strahlte, sang und es dabei auf ihrem Arm wiegte. Azras Vater wurde nicht müde zu wiederholen, dass er ihre Anwesenheit nur auf Zeit dulden könne, dass sie sich ihre Situation selbst zuzuschreiben hatte, dass er sie und das Kind nicht ewig durchfüttern werde – und doch rührte ihn das Kind ebenso an wie seine Frau. In einer Trage nahm er Biljana auf seinem Rücken mit zu den Tieren und aufs Feld. Er war wachsam, ließ sie niemals aus den Augen, wenn sie im Schatten schlief, eilte zu ihr, wenn sie jammernd oder weinend aus einem Traum hochschreckte. Als das Kind ganz langsam begann, die Welt zu entdecken, zu ertasten, schnitzte er ihr erste Spielsachen, einen kleinen Vogel und einen Ring aus Holz. Azra leistete ihren Beitrag, übernahm ihre alten Aufgaben auf dem Hof. Während die neu zusammengewürfelte Familie einen gemeinsamen Rhythmus fand, in dem die Anwesenheit des Kindes einen ganz neuen Ton anschlug, machte Azra schon heimlich Pläne, wieder aufzubrechen, bereitete sich in Gedanken auf das Danach vor. Es war die Zeit der großen Gastarbeiterbewegungen, das Versprechen von Wohlstand lockte viele ins benachbarte Ausland. Azra hatte andere Ideen. Sie überlegte, ans Meer zu gehen, nach Kroatien, vielleicht auf eine der Inseln, dort könnte sie in einem der großen Hotels Arbeit finden, die auch nach dem Ende des Wirtschaftsbooms der letzten Jahre noch gut im Geschäft waren. Die Menschen, die auf den Inseln lebten, waren anders als hier, das sagten alle. Sie stellte sich ein Leben vor, das leichter sein würde, freundlicher, freier, auch mit unehelichem Kind. Alles war nur eine Frage des richtigen Augenblicks und der Möglichkeiten, die sich finden würden. Und dann war Sima wieder aufgetaucht.

Die Freiheit zu reisen war das große Privileg der Jugoslawen gegenüber anderen Osteuropäern, seit den sechziger Jahren durfte praktisch jeder ohne Visum in den Westen fahren. Sima hatte diese Freiheit genutzt und sein Glück im Ausland versucht. Als hätte er geahnt, dass die lange propagierten Wohlstandsversprechen schon bald nicht mehr zu halten sein würden, dass die letzten Jahre von Titos Führung gekommen waren, die Weichen für den Systemkollaps bereits gestellt wurden.

Der erste Versuch, Azra wiederzusehen, war ein Anruf in ihrer alten Wohngemeinschaft, dem viele weitere Anrufe folgten, bis ihm eine der Frauen endlich verriet, dass Azra zurück ins Dorf gegangen war.

Auf dem Hof ihrer Eltern gab es kein Telefon, also schickte Sima eine Postkarte voraus, die Azra im Küchenofen verbrannte. Sie rechnete damit, dass er bald aufgeben würde. Es war Tage später, vom Stall kommend, schleppte sie gerade Kübel voll Milch quer über den Hof, als Sima plötzlich in ihrem Weg stand, er begann zu reden, Azra starrte ihn eine ganze Weile an, bevor sie ins Haus lief und die Tür verriegelte. Aber Sima kam wieder, zu einem Zeitpunkt, als nur die Alten zu Hause waren, er brachte Geschenke, und Azras Mutter zeigte ihm bereitwillig das Kind. Von da an kam er jede Woche. Der Vater nahm seine Besuche schweigend zur Kenntnis. Die Alten verrieten Sima nicht, aber er wollte das Versteckspiel beenden. Nach einem seiner heimlichen Besuche legte er einen Brief in Azras Kammer. Er wollte in Ruhe mit ihr sprechen, aber nicht auf dem Hof und schlug ihr vor, sie auszuführen, in die mondäne und berüchtigte Bar eines Beograder Luxushotels. Das Hotel war ein Prestigeprojekt, aber hinter der schicken Fassade nagte nur wenige Jahre nach der Eröffnung der Niedergang, das Ende der guten Tage war ein offenes Geheimnis.

Es war lange her, dass Azra nach Beograd gefahren war, schon die Busfahrt fühlte sich aufregend an. In ihrer ehemaligen Wohngemeinschaft zog sie sich um, machte sich zurecht. Während sie den Fragen der anderen auswich, schlüpfte sie zurück in Kleider, die sich fremd anfühlten, zu einem anderen Ich gehören mussten. Hier wie dort, auf dem Hof bei den Alten und hier in der Stadt, an beiden Orten war sie falsch. Azra wusste nicht, warum sie Simas Bitte nachgekommen war. Nichts fühlte sich mehr richtig an.

An diesem Abend mit Sima geschah nichts Besonderes, nur das Vorhersehbare. Sie betranken sich, sie stritten sich, das Reden war nie ihre Stärke gewesen, beide verteidigten ihre Sicht auf die Vergangenheit gegen den anderen, und trotzdem schliefen sie, wie selbstverständlich, miteinander. Sima hatte hier früher als Portier gearbeitet, ein ehemaliger Kollege überließ ihm gegen kleines Geld seine Dienstkammer. Azra erwachte früh am nächsten Morgen, aus den kleinen Fensterquadraten des ersten Untergeschosses fiel Licht von oben herein, malte Schatten auf den Faltenwurf der weißen Decke, auf Simas Haut, es roch nach frischem Brot und Kaffee aus der Hotelküche. Azra spürte, wie einsam sie gewesen war, wie abgekapselt von den Sehnsüchten des eigenen Körpers. Ihr

Magen knurrte. Sie suchte und fand ihre letzte Zigarette, gab sich diese wenigen Minuten Bedenkzeit, betrachtete Sima, der schlief, vielleicht träumte. Während der Hotelbetrieb draußen schon auf Hochtouren lief und die Stadt ihre alltägliche Geschäftigkeit wieder aufnahm, wägte sie ab, ob es besser wäre, Sima hinter sich zu lassen oder mit ihm fortzugehen. Trotz des Bruchs in ihrer gemeinsamen Geschichte, des Verrats und aller Vorbehalte. Was hatte sie zu verlieren? Was zu gewinnen?

Das Kind könnten sie später nachholen, dem Kind würde das nichts ausmachen, hatte ihr Vater gesagt, oder waren es die Worte der Mutter gewesen, es ginge der Kleinen doch gut bei ihnen, und ob Azra sich nicht erinnere, an ihren Wunsch, aus dem Dorf wegzukommen. Gib acht, was du dir wünschst, es könnte in Erfüllung gehen.

Jemand klopfte gegen die Tür des Waschraums. Simas Stimme hinter der Tür klang wie aus großer Entfernung. Aber sie war unter Wasser, sie konnte, wollte nicht hören. Azra hatte als Kind nicht schwimmen gelernt, aber jetzt tauchte sie, ließ das Haar um ihren Kopf schweben, öffnete die Augen, Wasser drang in ihre Nase, drückte gegen ihre Augäpfel, rauschte in ihren Ohren. Sima liebte das Meer. Als sie einander kennengelernt hatten, waren sie per Autostopp zusammen an die kroatische Küste gefahren, und er hatte versucht, Azra das Schwimmen beizubringen, wusste aber nicht recht, wie er es angehen sollte. Sie hatten darüber gelacht. Azra schien sich gegen die Leichtigkeit zu sperren, wurde schwer und steif, sie konnte nicht loslassen.

– Vertraust du mir nicht?

Sie schob es auf ihren Körper, die Unausgewogenheit seiner Formen, das viel zu breite Becken, die kräftigen Beine fan-

den kein Gegengewicht in ihrem schmalen Oberkörper, Azra schien aus zwei nicht zueinander passenden Teilen gemacht, die auseinanderstrebten, Leichtigkeit gegen Schwerkraft.
Azra tauchte wieder auf, rang nach Atem. Ihre Augen waren gerötet, das nasse Haar klebte an ihrem Gesicht. Auf der Oberfläche des Wassers zitterte und zerriss ihr Gesicht. Sie prustete und lachte. Vielleicht waren es diese Spiegelungen, die sie daran erinnerten, wer sie war, woher sie kam, und auf den Boden zurückholten, die es ihr unmöglich machten zu sagen, was zu sagen wäre, und zu tun, was zu tun wäre. Nicht nur aufzubegehren, sondern zu handeln.
Sima hatte ihr unbedingt alles erzählen wollen, was dazwischen geschehen war, was er in der Zeit gemacht hatte, in der sie getrennt waren, aber sie wollte nichts davon hören, keine Geschichten, keine Entschuldigungen oder Erklärungen. Vor ihrer gemeinsamen Abreise, während Sima ihre Taschen im Kofferraum verstaute, als Azra die Kassetten im Handschuhfach durchsah, fiel ihr ein Foto in die Hände. Ein Polaroid, in der Mitte geknickt, staubig, die Aufnahme war verschwommen und grünstichig. Eine blonde Frau hatte sich in einem weiten hellen Hippiekleid in Pose geworfen, im Gegenlicht zeichnete sich die Form ihres Körpers unter dem Stoff ab, lange Beine, Kettchen an den Fußgelenken, sie lachte in die Kamera. Azra hatte das Bild betrachtet, nach einem Gefühl dazu gesucht, vielleicht Eifersucht, Neugier oder zumindest einer schmerzhaften Frage, aber da war nichts. Gar nichts.
Der Händetrockner sprang mit einem klappernden Ächzen an, keuchte einen müden Strahl lauwarme Luft. Azra dachte an das Fenster, das sich zu öffnen schien, eine andere Welt schien möglich, ein anderes Leben, mit jedem Kilometer Autobahn, den sie hinter sich ließen, wurde es greifbarer. Sie war nicht mehr dieses Mutterwesen, diese Muttermaschine, fühlte

sich wieder lebendiger, leichter, gehörte sich wieder ein Stück weit selbst. Gleichzeitig war da die Erinnerung an den Geruch des Kindes, das mehr Tierchen als fertiger Mensch war, seine Wärme und seine Laute. Mit jedem Herzschlag pumpte Schuld durch ihren Körper. Was sie tat, war nicht recht. Und es war das einzig Richtige.
Die Monate allein mit dem Kind hatten sie erschöpft, ihre Haut von innen nach außen gestülpt. Die Wochen nach der Geburt, die Leere in Kopf und Körper, sie war eine Hülle, die funktionierte, weil sie musste. Das Kind hielt sie wach, war der Mittelpunkt aller Dinge und Handlungen, sie funktionierte, versorgte es, trotz dieser ungekannten, lähmenden Müdigkeit, durch die sie knietief watete. Die Verzweiflung, die sie immer wieder überkam, die Wut. Und doch. Sie liebte dieses Kind, seinen Blick, der sie forderte und festhielt. Azra erinnerte sich, kurz nach der Entbindung hatte sie ihre Kleider vor dem Spiegel abgestreift, die gedehnte Haut an Bauch und Hüften betastet. Mit den Fingerspitzen fuhr sie die dunkle Linie entlang, die knapp unterhalb der Brüste beginnend ihre Körpermitte markierte, den Bauch in zwei Hälften teilte, unterbrochen wurde vom vorgewölbten Rund des Nabels, breiter neu ansetzte und sich schließlich im Ansatz der Schamhaare verlor. Ihre Finger berührten die wunden Stellen zwischen ihren Beinen, die Nähte, erkundeten vorsichtig den ihr fremd gewordenen Körper. Die Geburt hatte sie neu gezeichnet, es war, als wäre ihr altes Ich ausgelöscht.

Sima rief weiter, hämmerte mit der Faust gegen die Tür des Waschraums. Der Händetrockner machte ein hohes Geräusch, schaltete sich wieder aus, Azra suchte erfolglos nach einem Einschaltknopf, Wasser tropfte von ihren Fingern, die Automatik sprang surrend wieder an. Sie wollte Sima weg-

schicken, aber er klopfte stur weiter, sprach gegen die Tür, und sie wartete, bis er sich beruhigte oder aufgab, seine Schritte sich wieder entfernten, während Gesagtes und Ungesagtes in ihrem Kopf nachhallten.
Was ist denn jetzt schon wieder?
Ich komme ja, ich komme gleich.
Was hast du da drin gemacht?
Wasser getrunken.
Wasser.
Getrunken.
Ich bin so durstig.
Mit einer schnellen Handbewegung drehte sie den Hahn wieder zu, der Griff war kalt angelaufen. Aus dem Abfluss stiegen Luftblasen hoch, langsam blubbernd sank der Wasserspiegel wieder ab.
Ich bin so durstig.
Azra tauchte noch einmal ins Wasser.

Sima sagte kein Wort, als Azra in feuchten Kleidern und mit nassem Haar an ihren Tisch im Schnellrestaurant kam. Auch die anderen Gäste der Raststätte schien es nicht weiter zu kümmern. Sie bestellten und aßen schweigend, nur das Geklapper von Geschirr, das Kratzen von Besteck auf Porzellan, im Hintergrund ab und an das Scheppern von Münzen, wenn die Registrierkasse aufsprang. Jugoslav löffelte und kaute mit gesenktem Kopf und hängenden Schultern, den Bauch vorgeschoben. Azra wollte, dass endlich etwas passierte. Die Spannung zwischen Sima und ihr war spürbar, sie lauerten aufeinander, ein falscher Blick, eine Geste oder ein Wort würden genügen. Als Jugoslav davontrottete, um die Thermoskanne am Münzautomaten mit Filterkaffee aufzufüllen, begannen sie endlich zu streiten.

– Was soll das hier bedeuten? Wie siehst du aus?
– Wonach sieht es denn aus?
– Was weiß ich?
– Genau.
– Was, genau?
– Ich fahre zurück.
– Wie denn?
– Autostopp.
– Du bist verrückt.
– Du irrst dich. Mir ging es nie besser.
– Ist das ein Spiel?
– Was für ein Spiel sollte das sein?
– Bin ich du?
– Ich will nicht du sein.

Azras Stimme peitschte hoch, Sima wollte keine Aufmerksamkeit erregen, mahnte zur Ruhe, zischte im Flüsterton zurück, ihre Gesprächsfetzen ließen die Köpfe an den umliegenden Tischen kurz aufblicken und sich wieder abwenden. Der Streit ebbte auf und ab, ruhte sich in eisigen Schweigepausen aus, spielte Pingpong zwischen aufgebrachten Blicken, suchte und fand einen beliebten Ort für den Showdown: den Parkplatz. Ja, es musste ein Spiel sein, wie Comicfiguren jagten sie einander im Zickzack zwischen den abgestellten Wagen. Endlich, auf der anderen Seite des Platzes, holte Sima Azra ein. Das Beharren auf dem letzten Wort und ihre Sprachlosigkeit mündeten in einer Ohrfeige, die auf Simas Gesicht brannte. Nicht dass das nicht schon zuvor passiert war. Azra war außer sich, genauso wie Sima. Er fasste sie an den Schultern, begann auf sie einzureden, stellte Fragen, die sie nicht beantworten wollte. Er verstand nicht, wusste nicht weiter, und sie sah ihm zu, wie er sich abmühte, bis keine Worte mehr übrig waren. Einer von ihnen musste zuerst nachgegeben haben. Azra sah sich und Sima wie aus großer Entfernung in ungelenker Umarmung dastehen, ineinander verkeilt wie erschöpfte Sparringspartner. Gleichzeitig blickte sie aus der Umarmung heraus, über Simas Schulter, sah Jugoslav, der im Eingang zum Schnellrestaurant stehen geblieben war, wie eine Figur im Märchen, zu Salz erstarrt zwischen den Schiebetüren, die sich immer wieder halb öffneten und schlossen, in seiner Rechten baumelte die Thermoskanne.

Azra erinnerte sich, wie der gelbe Mercedes sich wieder in den fließenden Verkehr der Autobahn fädelte, an das empörte Geräusch des altersschwachen Motors, als sie Fahrt aufnahmen, sah sich selbst im Fond des Wagens sitzen, sah, wie sie zurückblieb hinter der Bodenmarkierung der Auffahrt, der fleckige Lederkoffer neben ihr auf dem Asphalt, die andere Möglichkeit, die Entscheidung, die sie nicht getroffen hatte. Azra sah sich kleiner werden. Wie schön wäre es gewesen, kein Ziel zu haben auf dieser Fahrt, keinen Ausgangspunkt, keine Vergangenheit, nur das Hier und Jetzt, was für eine großartige Zeit hätten sie haben können.

Die Landschaft zog sie weiter, Wolken ballten sich zusammen, verdunkelten den Himmel. Erst konnte man den Regen nur erahnen, ein grauer Schleier in der Ferne, der sich langsam näherte, eine ganze Weile, bis es erlösend auf die Fahrbahn und das Autodach prasselte, die Scheibenwischer quietschend in Bewegung kamen. Der Regen wurde immer stärker, übertönte bald das bei jedem Beschleunigen quälendere Motorengeräusch, wurde ein dichtes Rauschen. Einen Moment war es Azra, als wären sie unter Wasser.

Ihre Gedanken wanderten zurück in die Kneipe in Beograd. Einer ihrer Stammgäste, der Azra Schätzchen, Vögelchen, Kätzchen nannte, einer von denen, die ihre Geschichte immer wieder erzählen müssen und, wenn niemand zuhören will, zu sich selbst sprechen. Er gab gutes Trinkgeld, und im Gegenzug tat Azra jedes Mal so, als höre sie alles zum ersten Mal, dass er in vielen Ländern gewesen war, drei Kinder mit drei verschiedenen Frauen gemacht und am größten Containerhafen Deutschlands gearbeitet hatte. An schlechten Tagen schlief er am Tresen ein, an guten Tagen gab er am Ende der Geschichte eine Runde aus. Sie stellte sich ihn vor, als Playmobilmännchen zwischen den bunten Würfeln der Container, mit der gleichen roten Wollmütze, die er immer in der Kneipe trug und niemals abnahm. Mit der gleichen Feierlichkeit, mit der er erzählte, sang er auch die alten Schlager, er schloss seine Augen, legte sich die Hand aufs Herz und grimassierte, zeigte Goldzähne und die schwarzen Krater dazwischen. Die Sprachen in seinem Kopf, das Deutsche und das Serbische, würden sich Tag und Nacht teilen. Auch wenn er vor Jahren zurückgekommen sei. Auf Deutsch träume er, und das Serbische sei ihm für den Tag geblieben. Azra suchte und fand keinen Namen in ihrer Erinnerung, sah seinen halslosen Schädel beim Erzählen aufgeregt über dem untersetzten Körper zucken und beschloss, ihn *Golub* zu nennen. Die Taube.

Niemand außer Azra hatte den Hasen gesehen. Es mag sein, dass Sima sich für einen Moment zu Jugoslav umgedreht und an den Knöpfen des Autoradios gespielt hatte, oder war es ein bestimmtes Lied, das er hören wollte, eine Kassette, die sich verheddert hatte, braunes Bändergewirr, das aus dem Deck quoll. War es der Regen, der gegen das Autodach und auf den Asphalt trommelte, der Nachklapp ihres Streits, ein

flüchtiger Gedanke, dem Sima nachhing. Woran Azra sich zu erinnern glaubte, war eine Bewegung im Augenwinkel, ein heller Fleck, der über die Fahrbahn huschte, von links nach rechts, im Zickzack, oder von rechts nach links. Der Augenblick, in dem alles ins Taumeln kam, Bilder und Farben verschwammen, Geräusche und Satzfetzen, ihr Kopf, der gegen das Fenster schlug. Dann stand der Wagen wieder. Das Radio plärrte, ein Klickgeräusch, dann nur noch Knistern.
Der Regen war in ein sanftes Nieseln übergegangen, um sie herum lagen frisch gepflügte Felder, es roch nach Erde. Sima stieß die Fahrertür auf, machte ein paar Schritte, schien nicht zu wissen wohin. Azra sah, wie er sich mit dem Ärmel nervös über Stirn und Augen wischte, das Blut dabei verschmierte, es betrachtete, als wäre es nicht das seine. Hinter Azras Stirn summte es. Jugoslav saß immer noch auf der Rückbank, sein Blick schwamm wie der eines Kindes, das man zu früh geweckt hatte. Azra sah den Hasen zuerst. Quer über den weißen Seitenstreifen lagen seine Überreste ausgestreckt, bildeten ein X, das rote Gewirr der Eingeweide auf dem Asphalt. Azra ging auf das Tier zu. Atem pumpte durch den kleinen Körper. Sie hörte jemanden ihren Namen rufen, wie aus großer Entfernung. Atem pumpte. Und pumpte. Sie machte einen Schritt zurück, bevor das Blut ihre Schuhspitzen erreichte.

Susa musste eine ganze Weile hinter der Milchglasscheibe zum Flur gestanden und gewartet haben, immer wieder hatte sie geklopft, Pausen gemacht und gelauscht, flach atmend, sie war sich sicher, der Schatten auf der anderen Seite hinter dem Glas musste Azra sein, die reglos dort stand, ebenso wie Azra wusste, wer an ihrer Tür klopfte. Also harrte die Nachbarin eine ganze Weile aus, getrieben von Neugier und der

Zuversicht, dass die Dinge so laufen würden, wie sie es sich ausgemalt hatte, bis sie schließlich aufgab. Azra hörte, wie sich Susas Schritte wieder entfernten, das Klappern der Hausschuhe auf den Steinfliesen. Ein helles Klicken an der Stelle zwischen den Wohnungen, wo eine Fliese locker saß. Das Klirren des Schlüsselbundes. Die Tür, die wieder ins Schloss fiel. Azra atmete erleichtert aus. Sie konnte jetzt nicht reden. Susa war nicht ihre Freundin, zumindest keine *richtige*, es war der Zufall, der sie einander hatte begegnen lassen, damals waren ihre Töchter im gleichen Alter, beide Familien kamen aus Jugoslawien. Wahrscheinlich hatten sie sich einfach aneinander gewöhnt. Das Schlimmste am Älterwerden war, dass die Menschen, die sie verstanden, täglich weniger zu werden schienen. Jede Generation schien ihren eigenen Blick auf die Welt zu haben und darauf, was es bedeutet, in ihr zu leben. Als junge Frau war sie davon überzeugt, dass die Alten das Hier und Jetzt nicht mehr verstanden, dabei konnten sie an seinem Werden nicht unbeteiligt gewesen sein. Während eine Generation die nächste ablöste, gingen Azra die Gleichgesinnten aus, wurde ihre Welt kleiner. Franz war der Einzige, der neu dazugekommen war. Nein, sie wollte jetzt wirklich nicht reden. Sie war sich sicher, dass sie ihr Leben lang zu viel geredet hatte, dabei hatte sie nicht einmal zu ihren Kindern sprechen können, weder zu Biljana noch zu Jonas Neven. Dann begann Azras Telefon zu läuten.

Azra stellte sich vor, wie ihre Nachbarin Susa, die dachte, dass sie ihre Freundin Susa war, am anderen Ende des Flurs, am anderen Ende der Leitung darauf wartete, dass Azra den Hörer abhob, und erinnerte sich daran, wie oft sie selbst gewartet hatte, am anderen Ende einer Leitung, und vor allem an dieses eine Mal. Damals. Darauf, dass die Stimme von Biljana sie erlöste, all die Jahre des Schweigens auflöste. Es war im Frühling 2000, nein, es war erst Anfang März, aber es war ungewöhnlich warm, der Winter schien sich bereits verabschiedet zu haben.

Es begann mit dem Topf Sarma, den Jonas Neven mitgenommen hatte, angeblich zu einem Freund. Azra und Sima wussten unabhängig voneinander, dass Biljana zu dieser Zeit ihre erste Ausstellung in Wien hatte, und ebenso selbstverständlich sprachen sie nicht darüber. Es war nicht schwer, sich auszurechnen, für wen die Sarma bestimmt waren. Wenn sich die Kinder wieder trafen, dann war das nur gut, nach all den Jahren, vielleicht könnte sogar etwas in Bewegung kommen und Jonas Neven aus dem teilnahmslosen In-den-Tag-hinein-Leben holen. Wahrscheinlich war Biljana nicht zu trauen, aber sie hatte etwas von der Welt gesehen, aus eigenem Antrieb, sie lag niemandem auf der Tasche und hatte es mit ihrer Arbeit zu einem gewissen Erfolg, einer Art Berühmtheit geschafft, auch wenn diese Azra zweifelhaft schien. Sima sammelte heimlich Artikel über Biljana, was Azra nicht entgangen war. Sie ging damit um, wie sie mit all seinen Geheimnissen umzugehen pflegte, indem sie diese zwar niemals ansprach, aber den Ordner mit den Artikeln regelmäßig auf neue Meldungen durchsuchte. Sie hatte Sätze ihrer Tochter gelesen, die Worte einer Fremden waren, Sätze, passend zu der Kunstfigur, in die sie sich verwandelt zu haben schien. Diese Billy Bana sagte Dinge wie: *Wie alle Reisenden habe ich mehr gesehen, als meine Erinnerung fassen kann, und gleichzeitig fasst meine Erinnerung mehr, als ich gesehen habe.* Azra fragte sich, ob sich ihre Tochter noch erinnerte, wo sie hergekommen war, an den Ausgangspunkt, an ihre Familie.

Sie trug den Gedanken an ihre Tochter jeden Tag mit sich herum, stärker noch, seit sie wusste, dass Biljana in der Stadt war. Aber der Auslöser, sie wirklich anzurufen, war ein Bild. Nach ihrer Schicht in der Reinigung musste sie viermal die Woche weiter in eine Anwaltskanzlei, wo sie abends putzte, und zu diesem Zweck den Ring überqueren – was an normalen Tagen ein schöner Spaziergang war, bei dem sie den Kopf frei bekam, wurde an den Demonstrationstagen zu einem Spießrutenlauf. Seit einem Monat wurde in der Innenstadt regelmäßig protestiert. Die neue Regierung war schuld an all dem. Nein, die Roten, die Sozialisten. Azra hatte sie gewählt, aber die Volkspartei hatte sich mit den Rechten geeinigt, den sogenannten Freiheitlichen, deswegen waren all diese Menschen auf der Straße, Woche für Woche. Azra beschloss, diesmal keinen Umweg zu machen, sondern den Demonstrationszug zu queren, sie schob sich vorwärts durch die Menge, suchte und fand Schlupflöcher, fast war sie durch, als sie die beiden Frauen sah, eine trug die andere auf den Schultern. Die Erinnerung schlug ihr mit Wucht ins Gesicht, schleuderte sie sieben Jahre zurück. In das Jahr, in dem Billy aus ihrem Leben verschwand.

Wie jeden Abend liefen die Spätnachrichten, erst ging es um *Österreich zuerst!,* Jörg Haiders Volksbegehren, dann zeigte die Liveschaltung eine riesige Demonstration dagegen, ein Menschen- und Lichtermeer, mitten auf dem Wiener Heldenplatz. Jonas Neven war es, der seine Schwester zuerst entdeckte, während die Kamera ins Menschengewimmel zoomte, einzelne Szenen hervorhob, und dann das Bild, das alle sahen, Azra und Sima, Jonas Neven und gefühlt die ganze Welt: Biljana, ihre Tochter, in Nahaufnahme, auf den Schultern dieser Frau. Biljana, die sich nach vorne beugte und die andere auf den Mund küsste.

Sieben Jahre später zog der neue alte, aus der Zeit gefallene Demonstrationszug an Azra vorbei. Einen Moment wusste sie nicht mehr, wo sie hinwollte oder warum, vor allem warum. Ihr Pflichtbewusstsein ließ sie Haltung bewahren, wie sie immer Haltung bewahrt hatte, in die Anwaltskanzlei fahren, das Putzzeug aus der Abstellkammer holen und ihre Arbeit machen. Sie ging nach einem einfachen und klaren Plan vor, sie wischte alle Tische und Ablagen, legte alles, was darauf war, danach exakt an seine Position zurück, ging mit dem Staubsauger durch alle Räume, leerte die Papierkübel, danach wischte sie die Böden, arbeitete sich im Krebsgang vom Besprechungsraum über die Büros, die Küche, die Waschräume, das Foyer. Das Aufräumen und Putzen störten sie nicht, es hatte etwas Beruhigendes, und es verschaffte ihr sogar eine gewisse Befriedigung, den Dreck zu beseitigen, Ordnung zu machen, die Räume anschließend sauber und bereit für die Anforderungen des nächsten Tages zu hinterlassen. Als sie an diesem Abend fertig war, setzte sie sich an den Empfang im Foyer, nahm ein Telefonbuch und suchte nach der Nummer der Galerie, wählte und wartete.

Das vergebliche Läuten am anderen Ende der Leitung stellte ihre Entscheidung und ihre Geduld einmal mehr auf die Probe. Anrufbeantworter machten Azra nervös, sie hatte Angst, etwas Dummes zu sagen, etwas, das alles kaputt machte, noch bevor sie ihre Tochter hatte sprechen können. Zu oft in ihrem Leben hatte sie sich das eine vorgenommen und etwas anderes getan. Azra war überzeugt, dass sie es eigentlich verdient hätte, dass ihre Tochter sie kompromisslos zurückliebte. Diesmal wollte sie alles anders machen. Sie hörte zu, wie das Telefon läutete, aber niemand hob den Hörer ab. Also blieb ihr nichts anderes übrig, als auf das Band zu sprechen, und nachdem Azra ihre Nachricht hinterlassen hatte, ihr eigenes Gestammel immer noch im Ohr, war sie sicher, dass sie sich lächerlich gemacht hatte. Warum sollte Billy darauf reagieren? Vielleicht hatte sie nie einen Platz im Leben ihrer Tochter gehabt und war längst aus ihren Erinnerungen, ihrer Persönlichkeit, ihren Handlungen gelöscht.

Das Telefon in Azras Küche läutete immer noch. Einen Augenblick stellte sie sich all diese Telefone vor, die vor sich hin läuteten, ohne erhört zu werden, zeitgleich und doch Räume, Orte und Jahre voneinander entfernt. Vielleicht war es gar nicht Susa, sondern Franz, der sich nach ihr erkundigen wollte, die Gruppe müsste schon vorbei sein. Einen Moment war sie versucht, der Sehnsucht nachzugeben, es wäre so einfach, den Hörer abzunehmen. Azra kippte das Fenster zum Flur, als könnte sie damit das Geräusch vertreiben, es dorthin zurückschicken, wo es hergekommen war, stattdessen strömte der Duft von gebratenem Fleisch herein und mit dem Duft die Erinnerung an die Gerüche und Geräusche der Gemeinschaftsküche ihrer ersten Unterkunft in Wien.
Alle Familien im Haus teilten sich diese Küche, Migrantenfamilien aus verschiedenen Teilen der Welt, darunter viele aus Jugoslawien und der Türkei, was nicht bedeutete, dass sie irgendetwas miteinander verband oder dass sie Mitgefühl füreinander aufbringen konnten. Manche schlossen Freundschaften und Zweckgemeinschaften, andere waren zumindest hilfsbereit, aber die meisten gingen einander aus dem Weg. Jeder Familie war ein enger Zeitraum vorgeschrieben, in dem ihr die Küche zur Verfügung stand. Wer seine Zeit überzog, bekam den Ärger der anderen deutlich zu spüren. Streit und Kleinkrieg waren an der Tagesordnung. Wenn Töpfe, Pfannen oder Geschirr schmutzig hinterlassen wurden oder vergessen worden war, sie nach getaner Arbeit aus dem Weg zu räumen, fand sich das Geschirr in Scherben, lagen die Töpfe zerbeult und die Pfannen zerkratzt auf dem Küchenboden. Azra roch

es jetzt deutlicher, wahrscheinlich waren es Schnitzel, die in schaumigem Butterschmalz brutzelten. Als junge Frau konnte sie nicht kochen, es hatte sie nicht interessiert, und weder Mutter noch Vater hatten es ihr beigebracht, ihre Aufgabe am Hof war gewesen, die Tiere zu versorgen. Das Kochen lernte Azra erst in Wien, als Küchenhilfe. Daher kam das Panieren von Schnitzelfleisch vor dem Versuch, Rezepte von zu Hause nachzukochen. Es mussten unzählige Schnitzel gewesen sein, die sie paniert hatte, damals im Wirtshaus, Tag für Tag, der Küchengeruch, das Fett, das sie sich jeden Abend von Haut und Haaren schrubbte, zusammengekauert in der kleinen Plastikwanne, die sie nach und nach mit heißem Wasser füllte, dabei bemüht, das Zimmer nicht zu überschwemmen. Manchmal hatte Sima ihr geholfen, das Shampoo aus ihren langen Haaren zu spülen. Sie erinnerte sich daran, wie sie in der Stunde nach ihrem Einzug, noch bevor sie fertig ausgepackt hatten, in diesem Zimmer gevögelt hatten, im Stehen, gegen das Fenster gelehnt. An das leise rhythmische Klirren von Glas und wie sie über ihre Geilheit gelacht hatten.
Der kurze Rausch des gemeinsamen Neuanfangs war bald verflogen. Das erste Jahr in Wien, bevor sie Biljana nachholten, war zäh und bedrückend. Azra lernte kochen, aber sie aß selbst kaum etwas, als würde sie versuchen, die Einsamkeit auszuhungern, die Schuldgefühle. Sima hatte seine eigenen Kämpfe auszutragen. Sie waren gemeinsam weggegangen und blieben doch für sich allein, alles drehte sich um die Arbeit, oft begegneten sie einander erst spätabends, erschöpft und sprachlos. Wenn Sima und sie miteinander schliefen, war es auf eine stille, mechanische, beinahe zornige Art. Nachts lag Azra lange wach, hörte auf die gedämpften Geräusche aus den Nachbarwohnungen, das Rauschen der Wasserleitungen, das Schrillen des Haustelefons unten im Flur, das durch die

Gänge hallte, bis nach und nach alle Geräusche verklangen, manchmal lag sie wach, bis es langsam wieder hell wurde. Azra betrachtete Simas Gesicht, wie er schlief und träumte, lauschte seinem Atem. Ihm fiel es leicht, Schlaf zu finden, sie beneidete ihn um diese Ruhe, hielt sie dabei für Gleichgültigkeit.

Ihre Tage verbrachte Azra damit, im Dampf der Wirtshausküche neue Gerichte und Fertigkeiten zu lernen, sich diese sperrige Sprache Stück für Stück anzueignen im Zuhören, im Wiederholen und Nachsprechen, sich daran abzuarbeiten, an den Umlauten, die ihre Lippen nicht formen wollten, an Geschlecht, Zeit, Artikeln und unzähligen Regeln zu scheitern. Es gab keine Kurse, die sie besuchen, wo sie in Ruhe hätte lernen können, nur den Alltag, in dem sie bestehen und sich irgendwie verständigen musste. Im Wirtshaus bekam Azra einen neuen Namen, sie wusste nicht mehr, wer damit angefangen hatte, aber bald schon nannten alle in der Belegschaft sie Anna. Die Bezeichnungen und Namen waren Spiegel, die ihr entgegengehalten wurden. Azra war stumm. Wie ein Tier, das andere Tiere nachahmte in Gesten, Lauten, Verhaltensweisen, in ihrer Sprachlosigkeit wurde sie eine andere. Unsicher, zurückhaltend, stiller. Sie passte nach und nach auch ihre Kleidung an, die Farben wurden gedeckter, die Rocklängen züchtiger, sie wollte nicht auffallen. Ihr langes Haar schnitt sie ab, allein vor dem Spiegel. Sie setzte die Schere entlang der Linie des Schlüsselbeins an, rutschte ab, stach sich mit der Spitze der Schere tief in das Fleisch der linken Schulter, wovon ihr eine Narbe bleiben sollte. Das Gewicht ihrer hüftlangen Haare nicht mehr tragen zu müssen tat gut. Aber noch war nicht genug Ballast abgeworfen. Ein paar Tage darauf kappte sie ihren Zopf im Nacken, und was danach noch übrig war, ließ sie von einer Bekannten, die sich als

Hobbyfriseurin etwas dazuverdiente, so lange zurechtstutzen, bis sie einen dieser *praktischen Kurzhaarschnitte* trug. Ein bisschen wie Lady Diana, nur in Dunkel, hatte die Frau nach getaner Arbeit zufrieden gesagt, während Azra suchend über ihren Nacken tastete.

In der Küche musste alles zügig gehen, der Ton war rau, die Handgriffe mussten sitzen, einmal gemachte Fehler sollten sich besser nicht wiederholen, hungrige Gäste warten nicht gerne. Azra ging ihrer täglichen Arbeit, dem Kochen wie der Sprache, mit einem wütenden Ehrgeiz nach, wiederholte, was ihr missglückte, bis sie es zubereiten, bis sie die Wörter beherrschen, die Bedeutungen zuordnen konnte. Sie lernte langsam, aber was sie einmal verstanden hatte, das saß auch, meinte der Küchenchef. Am längsten brauchte sie, um zu lernen, wie man Sarma zubereitete. Es war aufwendig, die Füllung der Sarma vorzubereiten und die Rouladen zu wickeln, es gab sie nur zu besonderen Anlässen, zu Geburtstagen, an Weihnachten oder wenn Azra in besonders guter Stimmung war. Der Familientisch war immer schon der lebendigste Ort ihrer Wohnung gewesen. Beim gemeinsamen Essen hatten sie gelacht, gefeiert und bis aufs Blut gestritten. Jetzt waren nur noch sie und Sima übrig. Azra glitt mit den Fingerspitzen über die nackte Tischplatte, die Rillen im Holz, die senkrechten Kerben an der Seite, die Jonas Neven heimlich mit seinem Taschenmesser hineingeritzt hatte. Früher hatte sie eine Decke aus Wachstuch zum Schutz über das bestickte Tischtuch geworfen.

Das Leben und der Dreck der Zeit seien auch nicht abwischbar. Biljanas Worte, solche Sätze waren typisch für sie. Fürs Streiten und fürs Fluchen wechselten die Banadinovićs die Sprache, vom Deutschen ins Serbische, das geschah ganz von selbst. Dass man auf Deutsch unmöglich ficken

könne, ihre Nachbarin Susa hatte das bei Kaffee, Kuchen und Schnaps zu Azra gesagt, und Jonas Neven, damals noch ein kleiner Junge, hatte es aufgeschnappt und tags darauf in der Schule herumposaunt.
Azra hatte sich daran gewöhnt, sich in die Umstände zu fügen und ohne viel Aufhebens zu erledigen, was immer zu erledigen war. Nichts in ihrem Leben hatte sie geplant, in alles war sie hineingeschlittert. Immer war sie hungrig gewesen nach einer anderen Zukunft als der, die sie im Dorf erwartet hätte. Sie war fortgegangen, aber der Hunger hatte nie aufgehört. Ihr Leben blieb unvollständig, fehlerhaft, die Sprachlosigkeit in der Beziehung zu Sima, die Leere nach den Geburten glich der Stille in den Räumen, nachdem die Kinder ihr gemeinsames Zuhause verlassen hatten.
Die Stille von sieben Jahren wurde durchbrochen, ausgerechnet von dieser lächerlichen kleinen Nachricht, die Azra auf dem Anrufbeantworter der Galerie hinterlassen hatte.

Azra schloss das Fenster zum Flur wieder, ließ es lauter als nötig zuknallen. Die Gerüche von draußen blieben im Raum hängen. Das Telefon. Azra war sich nicht sicher, ob es immer noch läutete oder von neuem begonnen hatte. Vielleicht war es wirklich Franz. Diesmal hob sie ab, ohne etwas zu sagen. Aber es war nicht die Stimme von Franz, die sich meldete. Es war die Nachbarin. Susa fragte in das Atmen am anderen Ende der Leitung hinein,
– Ist alles in Ordnung? Hast du geschlafen? Hast du schon die Zeitung von heute gelesen?
– Was zuerst, entscheide dich, sagte Azra, ihre Stimme kam wie von weit weg, war heiser.
– Ich bin deine Freundin, Azra, du kannst mir alles sagen. Lass mich nicht dumm sterben.

– Die Antwort ist ja, nein und wieder nein. Verschieben wir das auf morgen. Du kannst jetzt unmöglich vorbeikommen, wir reden morgen. Jetzt muss ich etwas zu essen machen, Sima kommt bald nach Hause. Du verstehst doch, ja?
Dass Susa enttäuscht war, dass der nächste Tag für sie unerträglich weit in der Zukunft lag, wie sollte sie diesen Nachmittag, den Abend, ihre Unruhe und ihre Langeweile aushalten, ohne die Neuigkeiten gehört zu haben – all das wusste Azra, ohne dass die andere es aussprechen musste.
– Außerdem muss ich Biljana anrufen. Verstehst du?
– Aber ja.
Azra zündete sich eine Zigarette an, überlegte einen Moment, die wievielte das sein mochte, schüttelte die Packung, ließ das Feuerzeug mehrmals klicken, warf es zurück auf den Tisch.
– Erinnerst du dich, wie du zu mir gesagt hast, dass man auf Deutsch unmöglich ficken kann?
Susa zögerte.
– Wie kommst du darauf?
– Und wie Jonas Neven es gehört und in der Schule erzählt hat?
– Das habe ich nie gesagt. Bestimmt nicht. Du irrst dich, Azra.
Kurz war es ruhig auf beiden Seiten der Leitung. Die Wände des Hauses waren dünn, sie hätten sich ebenso durch Klopfzeichen verständigen oder einander über das Gangfenster rufen können. Azra musste bei der Vorstellung kichern.
– Hab ich dir schon mal gesagt, wie sehr ich es hasse zu telefonieren?
– Was meinst du jetzt damit, Azra?
– Warum telefonieren wir überhaupt. Wir reden ja gar nicht dabei. Ich meine, alle Telefonate, die ich jemals geführt habe, waren letztlich ein Witz.

Azra lachte in Susas ratloses Schweigen hinein.
– Ein Witz, Susa, ein Witz.
– Azra?
– Ich mache einen Witz.
Susa räusperte sich nervös.
– Ist alles in Ordnung mit dir, Azra?
– Aber ja.
– Bist du mir böse?
– Aber nein.
– Sicher?
– Sicher.
– Also morgen. Ja?
– Ja. Morgen.
Azra hörte, wie Susa einatmete, ansetzte, um noch etwas zu sagen, und legte rasch den Hörer auf.
Natürlich hatte Azra die Zeitung gelesen, die Verhaftung von Dragan David Dabić, ein Mann mit weißem Haar und Vollbart, in einen dunklen Kaftan gehüllt. Dragan David Dabić war die Scheinidentität des ehemaligen Mediziners, Dichters, Politikers und schließlich mit internationalem Haftbefehl gesuchten Kriegsverbrechers Radovan Karadžić, der 1996 untergetaucht war und doch weiter unter den Menschen gelebt haben musste, schon bald darauf ein gutes neues Leben geführt hatte, als angesehener Heiler. Azra hatte die ersten Zeilen des Artikels überflogen und erst nur die Doppelseite, dann den Rest der Zeitung wütend in den Mülleimer gestopft. Karadžić, sie konnte nicht glauben, dass er die Figur einer postjugoslawischen Posse geworden war. Karadžić, den die Zeitung Kriegsverbrecher nannte, würde schon bald in Den Haag vor Gericht gestellt werden. Azra fischte den zerknüllten Haufen Papier wieder heraus, legte ihn auf den Küchentisch, strich die Seiten glatt. Kriegsverbrecher. Milo-

šević war in Den Haag in seiner Zelle gestorben. Erst vor zwei Jahren war er beerdigt worden. *Die NATO hat nicht Serbien angegriffen wegen Milošević, sondern sie hat Milošević angegriffen wegen Serbien,* hatte einer der Redner in Beograd gesagt. *Die sogenannte Welt ist heute abwesend, nicht nur heute, nicht nur hier, die sogenannte Welt ist keine Welt* – und so weiter, ein anderer, ein slowenischer Künstler, nein, ein österreichischer Dichter war es gewesen, der extra nach Požarevac angereist war. Über den Feierlichkeiten in Beograd und Požarevac hing das Gerücht, dass es nicht sein Herzleiden gewesen war, sondern dass Milošević vergiftet worden war, andere Gerüchte besagten, dass er sich selbst das Leben genommen hatte, um seiner Verurteilung zu entgehen. Azra hatte die Berichte damals noch verfolgt, die erneute Hysterie der Massen, Tränen und Sprechchöre während der Kundgebungen und Trauerzüge. Menschen, die T-Shirts mit den Gesichtern ihrer Helden Karadžić, Mladić, Milošević trugen. Auch hier kursierte ein Gerücht, dass viele der Trauernden von Miloševićs ehemaliger Partei gekauft und in Bussen mit Fresspaketen ausgestattet zu den Kundgebungen gekarrt worden waren. Nichts als Schwätzereien, Possen, Drohgebärden und Kitsch. Der Riss zwischen der Welt, wie sie sein sollte, und der Welt, wie sie war. Azra wollte nichts mehr von all dem hören, solange ihre eigenen Fragen nicht beantwortet waren. Sie faltete den Artikel fein säuberlich in der Mitte zusammen, strich den Bug mit dem Fingernagel glatt, zündete sich eine neue Zigarette an, atmete ein, hielt die glühende Spitze an eine Ecke des dünnen Zeitungspapiers. Wann war der Krieg in ihre Familie eingebrochen? Wer trug die Schuld? Der Bruch mit Biljana, das Verschwinden von Jonas Neven. Wie hatte die sogenannte Welt, wie hatte sie selbst all das einfach so geschehen lassen können? Die Flamme fraß sich gierig weiter, berührte ihre Fingerspitzen, Azra ließ das Papier ins Waschbecken fallen, wo es weiterbrannte.

Sie sah sich zerstreut in der Küche um, sie hatte, wie so oft, nichts eingekauft und auch nicht vor, etwas zu kochen. Warum auch, sie war nicht hungrig.

Der Hund, der den halben Nachmittag auf dem Sofa im Wohnzimmer verschlafen hatte, meldete sich vorsichtig zurück, trottete herein und stupste Azra lautlos und zart wie ein Kätzchen mit dem Kopf gegen das Schienbein. Sie nahm ihn hoch, drückte ihr Gesicht in sein Fell, er stank ein bisschen aus dem Maul, aber das machte Azra nichts aus, sie hielt ihn im Arm, wie ein Kind.

Rückblickend schien alles folgerichtig. Biljana war auf Krücken in das Café gekommen, allein das hatte schon gereicht, die alte Wut erneut zu entfachen. Biljana hatte, wie immer schon, kaum reagiert, war auf Abstand geblieben, und bald darauf verließ sie die Stadt, ohne sich noch einmal zu melden. Auch Jonas Neven packte ohne Vorwarnung seine Sachen und zog überraschend aus, zu einer Freundin, wie er sagte, einer Künstlerin. Schon wenige Tage nach dem Auszug ihres Sohnes war die Leere nicht mehr zu ertragen gewesen. Es war eine spontane Eingebung, die Azra in ein Tierheim fahren ließ, die Vorstellung von einem Vogel mit buntem Gefieder, der fröhlich vor sich hin sang, in einem hübschen kleinen Käfig, den sie von der Decke hängen und bei Überdruss einfach mit einem Tuch abdecken könnte. Der Gang durch die Reihen der aufgeregt flatternden Vögel, der Lärm, der Geruch, ernüchterten sie wieder. Was war nur in sie gefahren, sich von einer Laune hinreißen zu lassen? Dabei hatte sie nie etwas für Tiere übriggehabt. Die Mitarbeiterin, die sie durch die Räume geführt hatte, musste auf dem Weg hinaus mit Absicht einen kleinen Umweg gemacht haben, vorbei an den Käfigen mit Kätzchen und Welpen. Ein Umweg, über den Azra sich geärgert hatte, der Gestank, das Winseln und Betteln wollte nicht aufhören. Trotzdem hatte Azra an einem der Käfige haltgemacht. Es war der Hund, der sich Azra ausgesucht hatte. Lange Zeit war er nicht stubenrein zu bekommen, zerfetzte Möbel, fraß Pflanzen und Schuhe, begann mitten in der Nacht zu heulen, weckte sie früh am Morgen übermütig und biss sie im Spiel einmal sogar tief in die Hand. Sima wollte ihn danach weggeben, aber Azra liebte das Tier schon zu sehr. Rückblickend schien alles folgerichtig.

Als Jonas Neven nicht von seiner Reise zurückkam, verschwunden blieb und sie ein paar Monate später die Sachen, die er zurückgelassen hatte, bei seiner Mitbewohnerin abholte, erkannte Azra die Frau, die ihr die Tür öffnete, sofort wieder.

– Sprechen Sie mit Ihrer Tochter, hatte Ira Goldfarb gesagt.

Ira Goldfarb war nicht zu trauen. Und doch hatte sie recht gehabt. Als die Vermutung von Jonas Nevens Verschwinden zur Gewissheit geworden war, als allen klar wurde, dass etwas geschehen sein musste, hatte Azra erneut den Anfang gemacht und Kontakt mit Biljana aufgenommen. Und auch jetzt, nach dem Gespräch mit der Journalistin, war es das einzig Richtige, nicht aufzugeben, sondern mit Biljana zu sprechen und gemeinsam zu überlegen, was als Nächstes zu tun sei. Sie konnte jetzt unmöglich aufgeben. Da war es wieder, ein Druck in der Kehle, die Ankündigung des Weinens, dieses Weinen, ohne Grund, vielleicht aus Angst, verrückt zu werden, über den Rand zu fallen. Endlich. Der Hund winselte leise, wand sich in Azras Umklammerung, seine Pfoten ruderten in der Luft, sie lockerte ihren Griff, aber ließ nicht los, verharrte mit dem Gesicht in sein Fell gedrückt. Azra würde Billy sprechen, und vielleicht würden sie es dieses Mal schaffen zusammenzuhalten, statt einander gegenseitig die Schuld zu geben. Nein, sie würde ihre Tochter nicht sofort anrufen. Erst musste sie sich sammeln. Ruhe finden. Nachdenken. Azra wollte nicht wahrhaben, dass dieser Tag das Ende der Suche nach Jonas Neven markieren sollte, sie würde es einfach nicht zulassen. Sie sah das Foto des Wagens im Wald vor sich, die Windschutzscheibe zersplittert, die Türen offen und keine Spur von dort, die in die Gegenwart führte. Die Geschichte von Jonas Neven musste einen Abschluss finden. Azra hatte immer eine Lösung gefunden, und sie würde auch diesmal eine Lösung finden. Bestimmt.

Die Entscheidung über Krieg oder Frieden wird immer von Menschen getroffen, weder von den Umständen oder Gewalten noch vom Gesetz des Zorns, davon war sie überzeugt.

Vor vier Jahren war Biljana ihrer Bitte gefolgt und zu ihnen nach Wien gereist. Azra erinnerte sich, wie sie in Erwartung ihrer Tochter Sarma zubereitet hatte, in einer schlaflosen Nacht vor ihrer Ankunft. Der Hund war ihr dabei ständig zwischen die Füße gelaufen, hatte sich auf die Hinterbeine gestellt, an den Küchenschränken gekratzt, leise winselnd nach den Häppchen geschnappt, die sie ihm zugeworfen hatte. Azra hatte nicht vergessen, dass die Kinder sich immer einen Hund gewünscht hatten, und sich gefragt, ob Biljana lachen würde, beim Anblick des Tiers. Sima war von den Geräuschen und Gerüchen aus der Küche geweckt worden, hatte dort drüben im Türrahmen gestanden und Azras geschäftige Unruhe eine ganze Weile beobachtet, ohne ein Wort zu sagen. Dann war er zu ihr gekommen, hatte sie an sich gezogen, sie festgehalten. Die Dinge, die Bilder wiederholten sich, die Zeiger der Uhr liefen rückwärts, Azra und Sima fanden sich an den Bruchstellen ihrer Geschichte wieder.

Tags darauf hatte Azra den Tisch gedeckt. Sima hatte im Wohnzimmer gesessen und vorgegeben fernzusehen. Azra wusste, dass er weder sah noch hörte, was auf dem Bildschirm vor ihm flimmerte, sondern wartete. Azra sah sich die Tischdekoration zurechtrücken, kurz innehalten, ihr Werk betrachten und ansetzen, Simas Namen zu rufen, sah sich im nächsten Moment über ihren Fehler erschrecken. Auf dem Esstisch lagen vier Teller, vier Gedecke.

III. SIMA, MAI 1999

Ein Bild hat die Kraft, die eigenen Vorstellungen zu überschreiben.
Ein Bild hat die Kraft, die eigenen Erinnerungen zu überschreiben.

—

Hier unten war er sicher. Die Neonröhre über seinem Kopf flackerte dreimal. Stopp. Flackerte. Stopp. Und hielt. Der Geruch von Kaffee aus der Thermoskanne, die Azra heute Morgen aufgefüllt hatte, hing im Raum. Er saß auf der Holzbank vor den Spinden der Umkleidekabine, klappte den Deckel seiner Metalldose auf, stocherte in kaltem Reisfleisch, führte mechanisch etwas davon zum Mund, kaute, ohne etwas zu schmecken, und fragte sich, wann er das letzte Mal geweint hatte. Er konnte sich nicht erinnern. Sein Atem ging schwer. Noch zwei Stunden, dann war seine Schicht vorbei, dann konnte er die Gesichter und Kommentare der Belegschaft hinter sich lassen. Vor ein paar Wochen war Sima zu ihrem *Partieführer* befördert worden. Dabei hatte er als Hilfsarbeiter, als *einer von ihnen* begonnen, das heißt, mehr oder weniger – je nach allgemeiner Tagesverfassung war er *einer* oder *keiner von ihnen*. Vorarbeiter und Ausländer, zwei einander scheinbar ausschließende Eigenschaften, waren durch seine Beförderung in eins gefallen. Und die Männer hatten ein neues Spiel gefunden. Statt einander Tag für Tag alberne kleine Streiche zu spielen, um sich die Zeit zu vertreiben oder ihre Kolleginnen mit derben Witzen zu belästigen, übten sie sich neuerdings in politischen Bestandsaufnahmen, in Wutreden. Ob er das gelesen habe. Und jene Sendung gesehen. Über die Zustände dort am Balkan, diese Menschenmonster, die ihren Nachbarn die Schädel einschlugen. Dort komme er doch her. Was denke er denn jetzt über seine schöne Heimat. Aus dem gekippten Quadrat des Parterrefensters fiel etwas Tageslicht herein, es roch nach Frühling. Eigentlich liebte Sima seine Arbeit, die ihn schon in den frühen Morgenstunden, wenn noch alles schlief oder erst langsam erwachte, durch die menschenleere Stadt führte, entlang der Alleen, der Parks, der im Winter schneebedeckten Straßen. Sima war der Fahrer, sammelte die Belegschaft des Tages ein, die noch schläfrig und wortkarg in den Wagen kletterte, er mochte den vertrauten Geruch des Wageninneren, Kaffee, Schlaf und Aftershave, manchmal Schweiß, mochte das monotone Schwingen der Würfel aus vergilbtem Plüsch unter dem Rückspiegel, die immer schon da gewesen zu sein schienen, niemand konnte sich erinnern, wer sie dort angebracht hatte. Die vorderen Fenster ließ er bei nahezu jedem Wetter zumindest einen Spalt offen, er genoss die Kühle der Morgenluft während der Fahrt. Seine Arbeit brachte Ordnung und Struktur in die Grünflächen der Stadt, hielt die Natur im Zaum, nach Sommerstürmen trugen sie zersplitterte Baumskelette ab, im Herbst sammelten und kompostierten sie das Laub, im Winter begannen sie noch im Dunkel die Straßen freizuräumen. Er liebte die konzentrierte Stille dieser Arbeitsstunden. Das leere Gerede und überdrehte Geblödel der Belegschaft begann immer erst später, gegen Mittag. Es war ihm ganz recht, nur das für die Arbeit Nötige

mit ihnen zu sprechen, was sie in ihm sahen, war ihm allzu bewusst, und er hatte nicht vor, die Wirklichkeit hinter dem Bild zu zeigen, das sie sich von ihm machten.
Er dachte an den Schnee, der alle Geräusche schluckte. Den Geruch von Schnee. Er brachte Erinnerungen zurück. An den Gipfel des Šiljak und die Ruine einer alten Kapelle.
Sima hörte Schritte auf der Treppe, die näher kamen, spannte unwillkürlich den Rücken an, machte sich gerade, atmete scharf ein, hörte Gesprächsfetzen, Frauenstimmen, dann die Tür im Zwischenstock, die sich öffnete und wieder schwer ins Schloss fiel, atmete aus.

– Das warst du?
Die Stimme seiner Tochter, Bilja, wann hatte er sie zuletzt gehört? Sima sah sie vor sich, neben ihr ein Karton mit seinen Fotos, einige davon lagen auf dem Teppichboden ausgebreitet, ein Puzzle, Vergangenheitsfragmente in Schwarzweiß. Bilja musste damals sechzehn Jahre alt gewesen sein.
Sie deutete auf ein Foto von einem jungen Mann am Strand, in Jeans und schmutzigem T-Shirt, lange Locken, die ihm in die Augen fielen, ein Lachen dahinter. Die Aufnahme sah nach einem Schnappschuss aus, aber Sima erinnerte sich, Stativ und Selbstauslöser benutzt zu haben. An diesem Tag hatte er zum ersten Mal das Meer gesehen. In diesem Augenblick, hier, unter den Neonröhren, im ersten Untergeschoss der Firma, vermisste Sima seine Tochter mit einem intensiven körperlichen Schmerz. Er blickte auf seine Uhr, stellte das fast unberührte Essen auf der Bank ab, lehnte Stirn und Wange gegen seinen Spind, spürte die Kühle des Metalls. Nur noch zwei Stunden bis zum Feierabend, dann würde er seine Tour durch die Gärten seiner privaten Kundschaft beginnen und heute vielleicht über die vereinbarte Arbeitszeit hinaus

in einem verweilen, wieder atmen können, im Garten von Dr. Martha Kalik.

– Wie geht es Ihnen heute?
Martha Kalik begrüßte ihn mit dem gleichen Tonfall, mit dem sie ihre Patienten empfing, dabei war er ihr Gärtner. Jede Woche um die gleiche Zeit kam er, um den Rasen zu pflegen, die Blumenbeete im Vorgarten, die akkurate Form der Hecken zu fassonieren, das Unkraut zu entfernen. Jede Woche um die gleiche Zeit kam er, um zu reden, und manchmal nur, um zu schweigen. Martha Kalik hatte ihn zum Reden gebracht, mit ihrem ruhigen festen Blick.
– Setzen Sie sich doch einen Moment.
Keine seiner anderen Kundinnen siezte ihn, wenn er nach Feierabend vorbeikam, in seinem blauen Overall, um sich sein Gehalt aufzubessern. Er kam auf Empfehlung, seine Kunden gaben seinen Namen ihren Nachbarn weiter, gleichzeitig wachten alle eifersüchtig über seine Zeit, gaben ihm Spitznamen oder österreichische Vornamen, die sie sich besser merken konnten, sie klopften ihm auf die Schulter, drückten ihm ein Bier in die Hand, versorgten ihn mit Kuchen und Kaffee, packten ihm ihr selbst angebautes Obst und Gemüse ein, auch wenn er nichts davon wollte. Nicht selten musste er sie daran erinnern, ihn auch zu bezahlen.
Martha Kalik fragte ihn nach den Nachrichtenmeldungen über den Einsatz der NATO, nach den Bombardierungen, ob seine Schwester in Beograd zurechtkomme, ob er wisse, was dort wirklich vor sich gehe, was die Menschen vor Ort erzählen würden, und sie sagte Beograd, nicht Belgrad. Sie fragte ihn, ob er Angst habe. Martha Kalik konnte seine Stimmungen lesen, seine Tagesverfassung, auch wenn er keine Miene verzog. Es war Anfang Mai, in den Gärten der Wiener Vor-

stadt war viel zu tun, die jährliche Bestandsaufnahme nach dem Winter, Bäume mussten zurückgeschnitten werden, Böden gelockert und umgegraben, Rasenflächen vertikutiert und gedüngt, die Kälteschäden wurden gesichtet, gefrorene Pflanzen ausgegraben und neue gesetzt, während seit Frühlingsbeginn gegen Serbien die Operation *Allied Force* lief, im April war die Innenstadt von Beograd angegriffen und das Innenministerium zerstört worden, am 1. Mai war ein Reisebus voller Zivilisten in die Schusslinie der Allianz geraten und von einer Rakete getroffen worden, ein paar Tage darauf hatte die NATO mit Bomben große Teile der Stromversorgung in Jugoslawien lahmgelegt. Darüber sprach Sima mit Martha Kalik genauso wie über die Gartenarbeit, darüber dass in einem Liter Boden unzählige Mikroorganismen leben, die wichtige Umsetzungsprozesse einleiten, die an bestimmte Bedingungen wie Temperatur und Feuchtigkeit in den unterschiedlichen Bodenschichten gebunden sind, dass man das Umgraben der Böden vorsichtig angehen müsse, weil dadurch die Strukturen durcheinandergeraten und die Mikroorganismen absterben, durch das Umgraben Unkrautsamen an die Oberfläche gelangen und zu keimen anfangen können. Oft fehlten ihm die passenden Worte im Deutschen, obwohl er auf der Arbeit die Handbücher und Broschüren studiert hatte, um sich das wichtigste Gartenvokabular anzueignen, aber Martha Kalik schien ihn zu verstehen. Die Zeitungen schrieben, Milošević habe die Intervention in Kauf genommen und deren Konsequenzen zu verantworten, letztlich habe er die Vermittlungsversuche und Friedenspläne zerschlagen und sich geweigert, die Bedingungen zu erfüllen, die Stationierung von NATO-Truppen auf serbischem Territorium zurückgewiesen. Sie waren spät dran mit dem Baumschnitt in diesem Frühjahr, Martha Kalik liebte ihren Garten, sie hatte ihn gebeten, die Äste nicht zu stark zu kürzen. Sima wusste, dass es ein großer Fehler wäre, die Obstbäume nicht zu schneiden, aber er versprach, erst die Wundheilung der Schnitte vom Herbst zu prüfen, auch wenn er sicher war, dass alles gut verheilt sein würde. Bilja hatte schon vor Jahren gesagt, dass Milošević ein gefährlicher Mann sei, ihn als Nazi bezeichnet, genauso wie die internationalen Medien jetzt die Verbrechen im Kosovo mit Hitlers Vernichtungspolitik gleichsetzten. Sima war sich lange Zeit sicher gewesen, dass Milošević auf der richtigen Seite der Geschichte stand, dass er es war, der Jugoslawien zusammenhalten wollte, aber jetzt fragte er sich, um welchen Preis.

Er wusste, der Charakter der Bäume musste gewürdigt werden, wenn man sie zu stark einkürzte, reagierten sie mit Wassertrieben. Der Schnitt musste über dem Astring sein, der verdickten Stelle am Ansatz, der Schnitt musste gerade sein, damit die Wunde ordentlich heilen konnte. Martha Kaliks Fragen konnte Sima nicht beantworten, er wusste nicht mehr, was er denken sollte, was er fühlte. Ein dumpfer Schmerz, den er nicht in Worte fassen konnte, es war gleich, in welcher Sprache.

Sima hatte gelernt, niemandem restlos zu vertrauen, von daher war er sich auch nicht sicher, ob Martha Kaliks Anteilnahme, ihr Interesse ehrlich war oder nur von Berufs wegen. *Dr. Martha Kalik, Psychiaterin*, prangte eingraviert in poliertes Messing auf dem Tor ihrer Einfahrt, vielleicht war er ihr Versuchskaninchen, aber er ließ es sich gefallen, gab nur so viel von sich preis, wie er ertragen konnte, blieb vorsichtig, bemühte sich, trotz allem die nötige Distanz zu halten. Die Besuche bei Martha gaben ihm etwas Frieden zurück, etwas Abstand zu sich selbst, er konnte danach wieder atmen. Das letzte Mal hatte er ihr vom Gipfel des Šiljak erzählt, dem höchsten Punkt der Rtanj-Gebirgskette, das Massiv war an klaren Tagen von fast jedem Gipfel in Serbien aus zu sehen, er sprach von der Ruhe und Symmetrie, die der Berg ausstrahlte, von seiner Gestalt in Form einer dreiseitigen Pyramide, von der alten Kapelle auf dem Gipfel, von dessen höchstem Punkt aus sich der Blick an klaren Tagen bis zur Mündung der Save in die Donau erstreckte. *Sein* Rtanj. Sima hatte nie den gleichen Weg hin und zurück genommen, den Aufstieg meist mit einer Überschreitung über die Nordseite begonnen, entlang der steinernen Nordflanke, und den Abstieg Richtung des gleichnamigen Dorfes. Martha Kalik erzählte er von den üppigen Wiesen, den unzähligen Schmetterlingen auf dem Weg, vom Sammeln der Heilkräuter, die auf dem Hang wuchsen, aus denen der berühmte *Rtanjski čaj* gebraut wurde, ein Tee, den die Einheimischen ob seiner heilenden Wirkung *Gottes Garten* nannten. Es gab unzählige Legenden und Mythen, die sich um den Rtanj rankten, der Jahr für Jahr die unterschiedlichsten Menschen anzog, die behaupteten, die Luft dort oben rieche anders, die Natur sei von irrealer Schönheit, die Energie sei so stark, dass Kompasse plötzlich nicht mehr funktionieren würden. Touristen und Esoteriker pilgerten wegen seiner kosmischen Kräfte zum Rtanj, die sie vor der angeblich exakt am 21. Dezember 2012 bevorstehenden Apokalypse bewahren sollten. Sima behielt für sich, dass er in der Hippiekommune am Fuße des Rtanj, die sich selbst *Sanctuary Gardens* nannte, das erste Mal Gras geraucht und gevögelt und, viel wichtiger als das, eine andere Freiheit gesehen hatte. Was er dort suche, ob er seinen Verstand dort oben suche, dass nur dreckige Hippies und Verrückte Zeit zum Wandern hätten, anständige Menschen würden arbeiten, mit ihren Händen, Tag für Tag, hatte der Vater gehöhnt, nur die Mutter verstand, freute sich still über die frischen Kräuter. Wenn Martha Kalik ihn an dieser oder jener Stelle unterbrach, dann, um ihm einen

Imbiss oder Tee anzubieten, den er jedes Mal verschämt ablehnen und den sie ihm trotzdem kurz darauf servieren würde. Sie hatte ihn gefragt, ob er daran glaube, an die Apokalypse, und ob er vorhabe, eines Tages wieder zum Rtanj zu pilgern. Sima lächelte über ihre Frage, zuckte mit den Schultern, seine ganz persönliche Apokalypse hatte immer schon leise stattgefunden, im Hier und Jetzt, nichts und niemand, auch nicht der Rtanj, konnte ihn davor bewahren.

Allmählich hatten die Gespräche mit Martha Kalik angefangen, tiefer zu gehen, der Übergang war fließend. Er begann sie *Frau Martha* zu nennen. Sie hatte ihm schon an seinem ersten Arbeitstag, beim ersten Händedruck, das Du angeboten, das er nicht über die Lippen brachte, er schämte sich. Also blieb auch Martha Kalik ihm Gegenüber beim Sie. Der Kompromiss, den sie erst Monate später miteinander aushandelten, war, dass sie ihn zwar weiterhin siezte, aber beim Vornamen nannte, und Sima statt *Frau Dr. Kalik* immerhin *Frau Martha* zu ihr sagte.

Dennoch blieb in all ihren Gesprächen ein Zögern. Sima wusste wenig über Martha Kalik, außer dass sie allein lebte und einen erwachsenen Sohn hatte, der sie manchmal an den Wochenenden besuchte.

Als Sima sich an diesem Tag nach der Arbeit auf den Weg zu ihr machte, wusste er nicht, dass er ihr noch am gleichen Abend helfen würde, den Hund der Nachbarn in ihrem Garten zu vergraben.

Sima kannte den Hund, ein hyperaktives Tier, das regelmäßig aus dem Nachbarsgarten entkam und in der Siedlung umherstreunte, aber jeden Abend in den heimatlichen Garten zurückfand, unter dem Zaun durchschlüpfte, und nur die Schürfwunden, die er mitbrachte, und sein schmutziges Fell

hätten ihn verraten können. Wenn Sima in der richtigen Stimmung war, freute er sich über die Gesellschaft des Hundes, spielte mit ihm, teilte sein Essen mit dem Tier, lachte darüber, wie es Eichhörnchen und Vögel zu fangen versuchte, immer erfolglos. An anderen Tagen, wenn er keine Zeit hatte, verjagte er den Hund aus Frau Marthas Garten.
Sima hatte zuvor schon das eine oder andere Mal gesehen, wie der Hund in ihrer Einfahrt auf einem kleinen Streifen Grün im Schatten döste. Das Surren der automatischen Garagentür schien ihn ebenso wenig geweckt zu haben wie das Motorengeräusch ihres Wagens. Frau Martha erzählte von dem Rumpeln, als sie das Tier überfuhr, im Schreck oder aus einer Gewohnheit heraus den Rückwärtsgang einlegte und es ein zweites Mal überrollte. Zwei Mal, wiederholte sie flüsternd. Diesmal schienen die Rollen von Sima und Martha Kalik vertauscht. Sie war aufgelöst, schämte sich, fand nicht den Mut, den Nachbarn die Wahrheit zu sagen, und so hatte sie sich Sima anvertraut. Ein Notfall. Es sei nicht vereinbart. Aber. Ob er helfen könne. Frau Martha hatte ihm am Telefon nicht gesagt, worum es ging. Aber Sima zeigte weder Überraschung noch Ekel, konsequent und pragmatisch erledigte er alles, was zu tun war. Noch bevor die Nachbarn am Abend zurückkamen, war der Blutfleck in der Einfahrt weggekärchert, und etwas Bleiche ließ den Schatten, der danach noch sichtbar war, verschwinden. Sima hätte den Hund einfach auf der Deponie entsorgt, aber Frau Martha bestand darauf, ihn zu begraben. Immerhin das schien sie dem Tier oder ihrem Gewissen schuldig zu sein.
Ob er schon einmal ein Tier getötet habe?
Aus Versehen. Aus Absicht. Als Kind. Im Spiel.
Frau Martha sah ihn fragend an.

Er erinnerte sich an ein Bild, an das er lange nicht mehr gedacht hatte. Ein Rot, das erst dunkler, dann wieder heller wurde. Damals, auf dem Weg von Beograd nach Wien, Azra und er waren jung, noch nicht miteinander verheiratet. Am Morgen hatte er sie vom Hof ihres Vaters abgeholt. Das Kind ließen sie zurück. Der Dritte, dem auch der Wagen gehörte, war Jugoslav. Der Militärdienst, achtzehn lange Monate, weit weg von zu Hause, hatte die Männer als Freunde zusammengeschweißt. Jugoslavs Mercedes war stümperhaft golden lackiert, an manchen Stellen schälte sich die alte Farbe hervor. Sima hatte eingewilligt, den Hauptteil der Strecke zu fahren, obwohl er seinen Schein noch nicht lange hatte. Aber Jugoslav wollte nicht aufwachen, er verschlief seine Fahrzeit auf dem Beifahrersitz, den Kopf zur Seite geneigt, die Augen rollten in unermüdlicher Bewegung unter den Lidern. Sima wusste, dass er lange Abschied gefeiert hatte, er weckte ihn nicht. Azra hatte sich auf die Rückbank zurückgezogen. Schon bei der ersten Rast waren sie aneinandergeraten. Sie war unnachgiebig, sah die Welt schwarz oder weiß, nichts dazwischen. Simas Aufgabe war, ihren Zorn auszuhalten, zurückzustecken, er war sich bewusst, dass er es ihr schuldig war. Zumindest das. Sie hatten sich immer schon gestritten, seit er denken konnte. Manchmal, mitten im Gefecht, wurden sie gleichzeitig still, weil sie sich nicht mehr erinnerten, womit der Streit eigentlich begonnen hatte. Aber weder Azra noch er konnten das zugeben. Es ging immer ums Prinzip. Er würde die Dinge nicht zu Ende denken, das hatte sie ihm nicht zum ersten Mal vorgeworfen. Aber wie konnte man auch irgendetwas zu Ende denken, wenn die Möglichkeiten vom Chaos dauernd neu gewürfelt wurden. Azra lag zusammengekauert auf der Rückbank, sie schlief barfuß, in Embryostellung. Das graue Band der Autobahn spulte sich scheinbar endlos in die sich kaum verändernde flache Landschaft. Er blinzelte, rieb sich die Augen, dieser schale Geschmack im Mund, er dachte an Kaffee, wenn er einen Schluck Kaffee nehmen könnte, und hörte gleichzeitig, wie die Thermoskanne auf dem Boden vor der Rückbank gluckernd hin und her kullerte, wiederholt gegen einen Widerstand stieß, stoppte und zurückrollte. Am Rückspiegel pendelte ein Medaillon, der Klappverschluss fehlte. Der Blick der Muttergottes schien seinen Bewegungen zu folgen, Mutter und Kind waren in einen dunkelroten Faltenwurf gehüllt. Das Jesuskind sah aus wie ein dicker, allwissender, schlecht gelaunter Erwachsener. Das rhythmische Pendeln des Medaillons. Der Gedanke an Kaffee. Sima war sich sicher, er musste sich nur konzentrieren, etwas besser konzentrieren, vielleicht das Fenster herunterkurbeln, dann würden die Farben und Linien vor ihm nicht immer wieder ineinander verschwimmen. Konzentrieren. Er blinzelte. Die Augen nur kurz ausruhen. Ganz kurz nur. Das Gesicht der Muttergottes verschwamm. Ein helles Rot, das erst dunkler, dann wieder heller wurde. Sein Kopf fiel schwer nach vorne. Er schreckte im nächsten Augenblick wieder hoch. Alles geriet in Bewegung, drehte sich, aber da war kein Laut mehr. Nur das Rauschen hinter seiner Stirn.

Als der Wagen wieder zum Stillstand gekommen war, hüllte die beruhigende Weite der Landschaft sie ein, über den Feldern schien Dunst zu hängen. Die Straße lag verlassen, kein anderer Wagen passierte sie. Das Radio hatte den Sender verloren. Ein Feldhase, der die falsche Abkürzung genommen hatte, Sima hatte ihn erwischt. Das Tier lag ausgestreckt, der helle Bauch verklebt von Blut. Sima sah sich selbst, über den Hasen gebeugt, seine Spiegelung im weit offenen Auge des Tiers. Mehr Traumbild als Erinnerung. Vielleicht war das Bild aus einem der Filme, die er in Beograd gesehen hatte, zusammen mit Azra, ganz nah neben ihm, in der Dunkelheit des Kinosaals, der Geruch ihres Körpers. Nein. Es roch nach verbranntem Reifengummi, nach Erde. Er sah Jugoslav vor sich, wie er unten an der Böschung auf Knien ein kleines Loch grub, Schweißperlen auf seiner Stirn, Zigarette im Mundwinkel, hinter ihm das wogende Gelb der Weizenfelder. Und Azra, die entlang des Seitenstreifens balancierte, die Arme ausgebreitet, scheinbar vertieft in ein Kinderspiel: Wenn du das Gleichgewicht verlierst, wenn du fällst. Was dann? Azra machte vor dem Hasen halt, tippte ihn mit ihrem Zeh an, drehte sich zu Sima, fixierte ihn, mit diesem Ausdruck zwischen Enttäuschung und Ernüchterung: Siehst du, das hast du jetzt davon, dass du die Dinge nicht zu Ende denkst. Sima erinnerte sich nicht, was sie gesagt hatte, um Jugoslav zu überzeugen. Aber es war Azra gewesen, die darauf bestanden hatte, den Hasen zu begraben.

Sima nahm sich eine der Zigaretten von Martha Kalik. Erde hatte sich unter ihren Fingernägeln gesammelt, klebte auf seinen Händen, rieselte in die Packung.
– Danke, Frau Martha.
– Martha, sagte sie, einfach Martha.
Er lächelte und schüttelte den Kopf.
– Nein, ich habe noch nie ein Tier getötet.

Martha Kalik war groß und von fülliger Statur, ihr Gang war aufrecht und leicht, das Haar von weißen Strähnen durchzogen, meist trug sie es locker im Nacken zusammengebunden. Die Schnitte ihrer Kleider waren geometrisch und schlicht, die Farben gedeckt, die Stoffe wirkten teuer. Sie strahlte diese große Ruhe aus, diese Sicherheit. Es war ihr Blick, der das Gegenüber festhielt, die hellgrauen Augen hypnotisch und klar. Sie fixierten Sima auch hier, im Halbdunkel, in einer versteckten Ecke des weitläufigen Gartens. Frau Martha hatte darauf bestanden, mitzuhelfen, mit ihm zu graben. Sie traten die Erde auf dem Hundegrab fest, streuten Rindenmulch und Blätter darüber, platzierten die Schubkarre schützend vor der noch weichen Grabstelle, verwischten alle Spuren. Martha Kalik war die Erleichterung anzusehen. Nach der körperlichen Anstrengung schien alle Anspannung von ihr abzufallen, wechselte ihre Stimmung von Nervosität und Schuldbewusstsein zu Ausgelassenheit. Sie wiederholte, dass seine Hilfe, diese Art von Hilfe, nicht selbstverständlich war, sie wollte ihn nicht gehen lassen ohne Dank, einen Imbiss, ein Glas Wein. Martha lief zurück ins Haus. Sima wusste, dass er nach Hause gehen sollte, es war spät geworden, er lauschte den Geräuschen der Abendstille, etwas raschelte durch die Hecken, Insekten schwirrten, von weit weg die Schreie von Katzen. Im Garten der Nachbarn ging der Bewegungsmelder an, begann eine Stimme wiederholt zu rufen, lockte und pfiff, verstummte schließlich. In Martha Kaliks Küche schepperten Gläser, Geschirr. Wahrscheinlich öffnete sie eine Flasche Wein, schnitt Brot, Tomaten, Schinken und Käse. Als Sima hochblickte, löste sich ein Schatten aus der Baumkrone und flatterte hoch, verlor sich im Nachtblau. Er hatte dem fremden Hund immer einen Namen geben wollen, der nur für ihre gemeinsamen Stunden galt. Aber bis heute war ihm kein passender eingefallen. Sima pfiff leise und, ohne es selbst zu bemerken, vor sich hin, als würde auch er den Hund rufen.

Erst weit nach Einbruch der Dunkelheit kam Sima zurück nach Hause, er roch nach Erde und Rotwein. Das Wohnzimmer flimmerte im blauen Unterwasserlicht des Fernsehers, Azra war auf der Couch eingeschlafen. Aus Biljas altem

Zimmer drang gedämpfte Musik, aber sein Sohn schien nicht zu Hause zu sein, wahrscheinlich hatte er – wie so oft – die Wohnung in Eile verlassen, ohne Musik oder Licht auszuschalten. Sima würde nicht nachsehen. In der Küche brummte der Kühlschrank, ein Streifen Licht teilte den Raum, die Kühlschranktür stand einen Spaltbreit offen, Sima tappte in die Pfütze, die sich davor gebildet hatte, fluchte leise. Auf dem Tisch stand ein halbleeres Glas Milch.
Sima schüttelte den Kopf. Er kostete von der Milch, die warm geworden war, schloss den Kühlschrank und nahm das Glas mit ins Wohnzimmer. Auf dem Kästchen neben der Tür stand das Telefon, die erste Seite auf dem Notizblock daneben war weiß, nur die Druckspuren des Kugelschreibers auf dem Papier erzählten von vergangenen Nachrichten. Er war unruhig, aber es wäre nicht recht gewesen, um diese Tageszeit noch seine Schwester in Beograd anzurufen.

Er sank auf das Sofa neben Azra, berührte ihr Haar, sie wachte nicht auf. Sima suchte und fand einen Sender mit Spätnachrichten. Er klammerte sich an den Nachrichten fest, am Ritual, den Fernseher jeden Abend um die gleiche Zeit einzuschalten, überhaupt, seit der Krieg begonnen hatte, als sei nur damit der Tag zu beweisen. Den Ton ganz leise gestellt. Azra gegenüber behauptete Sima, dass er die Nachbarn nicht stören wolle, aber eigentlich war er es, der den Lärm nicht ertrug, das atemlose Rauschen der Zeit. Die Nachrichtenbilder, die an Sima vorbeizogen, waren ein Bündel aus tagesaktuellen und vorgezogenen Ängsten, möglichen und tatsächlichen Kollateralschäden. Vermutungen über ein kommendes Jahr-2000-Computerproblem, die Sima nicht vollständig erfasste, eine entschuldigende Stellungnahme der NATO bezüglich des kürzlich erfolgten Angriffs auf die chinesische Botschaft in Beograd, eine vollständige Aufklärung stand noch aus, stattdessen kam eine Meldung über die Steigerung der Luftangriffe auf über 600 Einsätze an einem Tag, *Kollateralschaden*, immer wieder dieses Wort, die Allianz würde Serbien wirtschaftlich um Jahre zurückbomben, aber Milošević würde seine Macht dennoch halten, Sima war sich dessen sicher, weil er sich irgendetwas sicher sein musste. Während er hier festsaß, gestrandet in seinem Fernsehsessel, hatten die österreichischen Behörden einen Schwarzen in ein Abschiebeflugzeug gesetzt, die Beamten hatten den tobenden Mann ruhiggestellt, ihm Mund und Nase verklebt und ihn ersticken lassen, worauf Empörung folgte, eine große Demonstration in Wien, Mahnwachen, Dinge, für die in Simas Welt kein Platz war, er hatte selbst genug zu kämpfen. Ein Illegaler und Schwarzer noch dazu, vielleicht hätte er sich einfach ruhig verhalten sollen, dachte Sima, sich einfach ganz ruhig verhalten. In den letzten Jahren waren viele aus Jugoslawien geflohen, angeblich war ihr Bleiben nicht vorgesehen, aber die Zeit schritt voran, und was würde sein, wenn sie letztlich doch blieben, so wie Azra und er. Wie würde es ihr Leben verändern? Und die Menschen, die jetzt aus dem Kosovo flohen, Sima war noch keinem begegnet, bislang waren sie nur Zahlen in den Nachrichten. Nur Zahlen, nichts weiter. Er drehte das Glas Milch in seiner Hand, nahm einen Schluck, auf seinem Gaumen ein bitterer Geschmack, war es der Rotwein von vorhin oder Angst. Die Nachrichtenbilder wechselten nach Deutschland, in Berlin wurde ein neues Gesetz zur doppelten Staatsbürgerschaft beschlossen. Wie es aussah, würden sich Kinder ausländischer Eltern bis zum 23. Geburtstag für eine Staatsangehörigkeit entscheiden müssen. Bilja war jetzt 23 Jahre alt. Sima erinnerte sich, wie Azra und er sich zurechtgemacht hatten, an dem Tag, an dem sie endlich die österreichische Staatsbürgerschaft verliehen bekommen sollten, nach Jahren des Wartens, unzähligen Amtswegen und einem nicht unerheblichen, in Verwaltungsgebühren und Stempelmarken investierten Geldbetrag. Sie trugen die gleichen Kleider wie zu ihrer standesamtlichen Trauung, er im hellen Anzug ohne Krawatte und Azra in einem roten, knielangen Kleid. Dabei hatte sie weder auf das Heiraten noch auf die Staatsbürgerschaft Wert gelegt, beides war Simas Wunsch gewesen. Nach der Amtshandlung hatten sie Witze darüber gemacht, dass sie in den neuen Nationalfarben gekleidet waren, oder beinahe, und das Beige seines Anzugs eine abgenutzte Version der Flagge war. Wegen des Antrags hatte Sima mit seinem Vater Kontakt aufnehmen müssen, es blieb ihm nichts anderes übrig, er benötigte Unterlagen, Dokumente von zu Hause, die ihm der alte Scheißkerl verweigerte, weil er nicht einsah, warum Sima eine andere Staatsbürgerschaft annehmen wollte, Sima solle gefälligst zurückkommen, sein Land brauche ihn, tobte der Vater. Die Weigerung des Vaters machte alles schwieriger, verlängerte die Bearbeitungszeit der Anträge ins Endlose, aber letztlich hatten sie auch das überlebt.

Sima hatte gelesen, dass Bilja ihre Arbeiten in Berlin ausstellte. Sesshaft geworden zu sein schien sie nirgendwo. Seine eigenen Pläne zu reisen, ein größeres Stück der Welt zu sehen, lagen in der Vergangenheit. Sima belächelte den Aberglauben vieler Landsleute, die das Wort Schicksal gern überstrapazierten. Nein, daran hatte er nie geglaubt. Viel eher an die Launen des Zufalls.

Sein Blick löste sich von den Nachrichtenbildern, wanderte zurück zu Biljas Zimmer, er korrigierte sich, Jonas Nevens Zimmer. Dass die Banadinovićs zu Hause eine Tür hinter sich schließen konnten, war nicht immer selbstverständlich gewesen. Azra und er, sie hatten sich jeden dieser Räume erarbei-

tet. Er erinnerte sich an die Etappen des Ankommens, durchquerte in Gedanken Raum für Raum. Sah die Metallwände des Baustellencontainers vor sich, seine erste Behausung, bevor er Azra zu sich nach Wien geholt hatte, erinnerte sich an das Kondenswasser, das morgens lautlos und zuverlässig von der Decke tropfte und ihn weckte, an seinen eigenen Körpergeruch, der schwer im fensterlosen Raum hing. Er hörte das stete Lärmen im Wohnheim, wo sie nach ihrer Ankunft ein kleines Zimmer bezogen hatten, die dünnen Wände trennten ihre Stimmen und Befindlichkeiten kaum von denen der anderen. Abends das andauernde Schrillen des Gemeinschaftstelefons auf dem Flur, das darauf wartete, von einer Stimme erlöst zu werden. Die in allen Farben schillernden Flecken, die sich zwischen den Fliesen und in den Ecken der Gemeinschaftswaschräume ausbreiteten wie Landkarten. An die Auswüchse des Wortes Gemeinschaft. Über dem Eingangstor die fehlenden Buchstaben im Schriftzug *Arb iter- und Fam lienw h he m*. Ausschließlich Gastarbeiter waren dort untergebracht gewesen, darunter viele Paare, die ihre Kinder in der alten Heimat zurückgelassen hatten, genauso wie Azra und er, bis zum unbestimmten Zeitpunkt ihrer Rückkehr oder *fürs Erste*, bis sie sich *etwas aufgebaut* hatten, wobei im Ungefähren lag, wann es als erreicht gelten würde.
Nachdem sie Bilja zu sich geholt hatten und Azra erneut schwanger geworden war, konnten sie als Familie in eine Einzimmerwohnung der Gemeinde wechseln, Substandard, aber diesmal mit eigener Küche. Sima sah die fünfeinhalbjährige Bilja vor sich, sie saß beinahe andächtig auf dem orangebraun gemusterten Sofa, die Hände im Schoß gefaltet, Ausdruck und Pose einer Erwachsenen imitierend. Er war direkt von der Arbeit ins Krankenhaus gefahren, hatte Azra und das Baby abgeholt, und niemand musste in der Zwischenzeit auf Bilja

aufpassen, sie konnten sich immer darauf verlassen, dass sie nichts anstellen würde.

Sima erinnerte sich an die Nächte, in denen Biljas Kaninchen in seinem Käfig scharrte und fiepte, während Azra und er lautlos und wie in Zeitlupe miteinander schliefen, stets darauf bedacht, die Kinder nicht zu wecken. Es gab nur wenige Zeitfenster, in denen Azra und er einander begegneten, Tag und Nacht wechselten sie sich in ihren Schichten ab, damit die Kinder nicht zu lang auf sich allein gestellt waren. Kaum ein Tag, an dem nicht einer von ihnen arbeitete. Um die Kinder kreisten sie, ihre ganze Existenz schien einzig darauf ausgerichtet, auf die Zukunft der Kinder.

Für Ausländer war es schwer genug, eine Untermiete zu finden, aber Sima wünschte sich für seine Familie etwas Eigenes. Mit den Jahren und dem Heranwachsen der Kinder wuchsen die Bedürfnisse. Sie brauchten mehr Einkommen, mehr Raum. Azra wechselte von der Wirtshausküche in eine Reinigung, Sima bewarb sich bei den Wiener Stadtgärten und wurde genommen.

Azra und er hatten gespart, Kredite aufgenommen und über die Jahre Rate für Rate bezahlt, um sich die Wände leisten zu können, die sie heute umgaben. Diese Räume, die sie gemeinsam gewählt, renoviert und eingerichtet hatten. Sie hatten sich jeden dieser Räume erarbeitet. Die Freiheit, Türen zu haben, die man hinter sich schließen konnte. Der Streifen Licht unter Jonas Nevens Zimmertür schien von Biljas Abwesenheit zu erzählen.

Sima sah sie wieder vor sich, sechzehn Jahre alt, die Fotos vor sich ausgebreitet, die er geschossen hatte, Etappen seiner Vergangenheit in Schwarzweiß. Sie trug ein löchriges Band-T-Shirt und enge, bunt gestreifte Hosen, Azra hatte diese Kleider am Vortag weggeworfen, und Bilja hatte sie nicht zum ersten Mal wieder aus dem Müll gefischt. Das Zimmer roch nach Rauch.

– Das bist du?

Sie deutete auf ein Foto. Für einen Moment hatte Sima sich seiner Tochter wieder nahe gefühlt, und als wollte er dieses Gefühl festhalten, schenkte er ihr seine alte Leica. Die Kamera hatte ihm einmal viel bedeutet. Bis auf die üblichen Familienfotos an Geburtstagen und Feiertagen benutzte er sie schon lange nicht mehr. Alles, was er früher gern gemacht und unbedingt gewollt hatte, schien weit weggerückt. Auf dem Foto, das Bilja gefunden hatte, trug er ein Buch unter die Achsel geklemmt. Das Lesen, das ihm sein Vater nicht austreiben konnte, war ihm letztlich selbst unwichtig geworden. Erst vor ein paar Jahren hatte Sima wieder begonnen zu lesen.

Sima hatte seine Tochter über die Bilder ihrer ersten Ausstellung in der Zeitung wiedergefunden und ihre Verwandlung aus der Ferne mitverfolgt. Seine Bilja war *Billy Bana* geworden. Er versuchte, sich in Gedanken an den neuen Namen zu gewöhnen. Azra und er sprachen nicht mehr über ihre Tochter. Nur die Aufnahmen der Kinder, die überall in der Wohnung hingen, waren Zeuge davon, dass sie auch eine Tochter hatten. Seit Jahren keine Nachricht, kein Wort von ihr.

Ganz hinten in seinem Kleiderschrank versteckte Sima einen Ordner, in dem er alles sammelte, was er über sie finden konnte, in dem er das Leben seiner Tochter dokumentierte. Wenn er allein war, blätterte er darin, setzte seine Lesebrille auf, las langsam und konzentriert, wiederholte Sätze wie: *Ein Bild hat die Kraft, die eigenen Vorstellungen zu überschreiben. Ein Bild hat die Kraft, die eigenen Erinnerungen zu überschreiben.*

Seit ihre Tochter von zu Hause weggegangen war, hielten Azra und er umso mehr an Jonas Neven fest. Sima war nachgiebig im Umgang mit seinem Sohn, vermied es, ihn zurechtzuweisen oder zu streiten. Er wollte auf keinen Fall wiederholen, was zwischen ihnen und Billy geschehen war. Rückblickend schienen alle Ereignisse und Veränderungen mit einem ungeheuren Vorlauf auf ihn zugerollt zu sein, dennoch hatten ihn die Auswirkungen jedes Mal kalt erwischt. Eigentlich hatte Sima niemals Vater werden wollen.

Er hatte sich losgemacht von seiner Familie, von seinem Heimatdorf. In jedem Hof zerrte ein Hund an seiner Kette, die Tore waren hoch und gusseisern, die Nachbarn grüßten einander ebenso freundlich, wie sie einander missgünstig beobachteten. An Sonntagen, wenn die Kinder des Dorfes nicht auf dem Hof helfen mussten, trafen sie sich an der Donau, bastelten Hilfsmittel aus Kürbissen oder Wassermelonen, um sich selbst das Schwimmen beizubringen. Dort unten an der Donau war ihr Augenblick Freiheit, zwischen der Arbeit auf dem Hof und dem strengen Regiment des Dorflehrers. Ein Ort ohne Erwachsene. Die Strömung war stark, manchmal platzten die Früchte oder brachen auseinander, nahezu jeden Sommer ertrank eines der Kinder. Das hielt sie nicht ab, es weiter zu versuchen, diesen Ort gaben sie nicht auf.
Und da war Simas Vater, sein harter, verdorrter Körper, seine Unberechenbarkeit, seine Wutausbrüche, die Mutter, die sich vor ihm wegduckte, die er schlechter behandelte als eine Dienstmagd. Auch für die Kinder, Sima und seine beiden Schwestern, galt es, zu gehorchen oder die Konsequenzen zu tragen. Was der Vater nicht verstand, bestrafte er. Sogar das Lernen und das Lesen, es hielt die Kinder nur von der Arbeit ab, die erledigt werden musste. Ihr Zuhause hinter dem grü-

nen Tor mit dem Sonnensymbol, dahinter der Gemüsegarten, Tomaten, Gurken, Kürbisse, Paprika und Unkraut, rechts das Wohnhaus. Das Dunkel der Ställe, der Geruch der Tiere, die Bewegung der Schweine, wie sie Ohren und Köpfe nach den Hereinkommenden drehten, sich nervös zusammendrängten, bis sie ein einziger wogender Leib wurden. Der Schrei einer Gans, das letzte Flügelschlagen, die Mutter fing sie mit bloßen Händen und tötete sie rasch. Das Klirren der Kette in der Nacht, wenn der Hund anschlug. Der Gleichmut der Milchkühe, die Augen verklebt von Schleim und Fliegen, die alles hinzunehmen schienen, nur ab und zu hinter sich ins Leere traten, vielleicht einen Kübel Milch umstießen. An einem Morgen, noch vor Simas Geburt, erwischte ein Huf die Mutter im Kreuz, als sie dabei war, die Milch einzusammeln. Seither hinkte sie.

Die Katzen schlichen sich bis ins Haus, um in den verwinkelten Ecken ihre Jungen zu werfen oder unter die Betten zu pissen. Der scharfe, bittere Geruch des Wohnhauses, der jedem Besucher den Atem verschlug. Dieser für Sima dennoch so selbstverständliche Geruch, den er kaum wahrnahm, weil er damit aufgewachsen war, auch Jahre später nicht, bei seinem letzten Versuch, dem Vater zu begegnen, als er Azra den Eltern vorstellte. Sima erinnerte sich an Azras erstaunten Blick, den Ausdruck von Ekel auf ihrem Gesicht und dass er sich geschämt hatte für seine Herkunft.

– Wovon träumst du? Und mit welchem Recht?

Die Worte des Vaters, mehr Feststellung als Frage. Sima hatte schon früh vom Reisen geträumt. Er war einer, der gerne lernte und las, aber die Arbeit auf dem Hof ließ ihn zu viele Unterrichtsstunden versäumen. Die Strafen des Lehrers, der ihn fragte, ob er denn dumm bleiben wolle wie sein alter Herr, wechselten sich ab mit den Schlägen des Vaters zu Hause. Simas Fluchten begannen: Aus Umwegen wurden Spaziergänge, Wanderungen, Ausflüge ins Umland per Autostopp, es war üblich und wurde als Geste der Solidarität gesehen, Landsleute im Auto von Ort zu Ort mitzunehmen. Wenn es zu spät wurde, um heimzukehren, machte es Sima nichts aus, draußen zu schlafen, und auch wenn es dem Vater nicht gefiel und er ihn dafür strafte, brach er immer wieder auf. Aus den Tagesfluchten wurde eine Woche, dann anderthalb, aber noch kam Sima jedes Mal zurück. Mit jeder zurückgelegten Entfernung schien er auch seine Angst und Fügsamkeit zu verlieren. Was wusste der Alte schon, oder die Mutter. Sie wussten nicht, wie man leben konnte, was es bedeutete zu leben. Es gab nichts, was er ihnen gleichtun wollte. Der Wehrdienst bot sich als willkommene und sogar vom Vater angesehene Gelegenheit, den Hof für eine Zeit zu verlassen. Aus Sima sollte ein Soldat werden, und damit endlich auch der Mann, den sich sein Vater zum Sohn wünschte. Wie die Schule hatte die Armee den Auftrag, das Zugehörigkeitsgefühl zum Staat zu stärken, die jungen Männer wurden ganz bewusst weit weg von zu Hause stationiert. Zur Armee gehen hieß, ein normaler, gesunder Mann zu sein. Danach konnte geheiratet, konnten Kinder in die Welt gesetzt werden. Bei der Musterung wurden die jungen Männer gründlich untersucht. Sima hatte eine Narbe am Knie: Wie sei diese Narbe entstanden, wie tief sei sie gewesen, wie sei sie behandelt worden, ob er noch Probleme habe, mit diesem Knie? Es gab Tests zur räumlichen Wahrnehmung und psychologische Tests, einen Intelligenztest, die Kondition und die Einstellung wurden geprüft: Was hältst du von der Polizei? Was bedeutet unser Staat für dich? Wenn einer nicht beim Militär war, hieß es, mit dem stimme etwas nicht, der sei krank. So einen hätte der Vater nicht zum Sohn gewollt. Der zukünftige Soldatensohn wurde von seinen Eltern mit einem rauschenden Fest verabschiedet, und dieses eine Mal sparte auch der Vater nicht, das ganze Dorf war eingeladen, Musikerinnen spielten bis zum Morgen, der nächste Tag sollte für Sima der Beginn eines neuen Lebens sein.

Achtzehn lange Monate, die nicht verloren sein sollten, Sima fand unter den Kameraden in Jugoslav einen Gleichgesinnten, einen Freund. Sie waren bei den Panzerfahrern untergekommen, was weder besser noch schlechter war als anderswo. Sie absolvierten ihre Übungen ohne großen Ehrgeiz, aber versuchten auch, nicht negativ aufzufallen. Statt die eigene Identität abzulegen und die der Gruppe anzunehmen, wie von ihnen erwartet, träumten sie von einem anderen Leben danach, als es für sie vorgesehen schien. Jugoslav hatte eine Kamera, er brachte Sima das Fotografieren bei.

Achtzehn lange Monate, nach denen Sima zwar nach Hause kam, aber nicht blieb. Eine arrangierte Hochzeit, wie sie im Dorf üblich war, wartete auf ihn, stattdessen eröffnete er seinem Vater, dass er den Hof nicht übernehmen würde. Die Mutter hätte er mit sich genommen, um sie vor den Ausbrüchen des Alten zu schützen, der sie regelmäßig schlug, aber sie fürchtete die Stadt und die Schande. Auch seine Schwestern fügten sich in die Rollen, die das Dorf und der Vater für sie vorsahen, sie würden heiraten, mit ihren Männern Höfe bewirtschaften, Kinder großziehen und bleiben.

Das Leben in Beograd war der Anfang, den Sima sich gewünscht hatte. Er bezog ein winziges Zimmer zur Untermiete und nahm sich vor, den Provinzgeruch und alles, was damit zusammenhing, endgültig loszuwerden. Jugoslav war in einem Vorort von Beograd aufgewachsen, er hielt sein Versprechen, nahm ihn überallhin mit, zeigte ihm, worauf es ankam. Die Freunde traten der Kommunistischen Partei bei, wer ein Parteibuch hatte, erhielt regelmäßig Vergünstigungen und Gutscheine für Lebensmittel und Kleider. Außerdem erhofften beide sich einen der begehrten Ausbildungsplätze in einem der neu eröffneten Beograder Luxushotels. Jugoslav wusste, dass die Angestellten zur Fortbildung regelmäßig Einladungen in Partnerhotels bekamen, also umsonst reisen konnten. Die Genossen im Personalrat des Hotels waren ihnen zwar gewogen, aber letztlich reichte es für Sima doch nur für eine Stelle als Portier. Jugoslav wurde Aushilfskellner.

Der Traum vom Reisen hielt an. Unter Titos Regime durfte die Bevölkerung zwar ohne Einschränkung reisen, aber den meisten fehlten die Mittel dazu, was die Wunschvorstellung von den unbeschränkten Möglichkeiten im Westen noch verstärkte. Die Freunde hatten kaum Geld und brachen trotzdem gemeinsam auf, machten Kurztrips ans kroatische Meer, das beide noch nie zuvor gesehen hatten. Sie trampten, schliefen am Strand, Sima hielt den Seesack mit seinen Habseligkeiten fest umklammert und hielt ihn noch, wenn ihn das erste Licht des Tages weckte. Die Reisefreiheit führte auch zur liebsten Freizeit- und Nebenbeschäftigung der Bevölkerung, dem Schwarzhandel. Jugoslav hatte mindestens zehn Stempel der naheliegenden Grenzübergänge in seinem Pass. Schon bald machte er Sima zum Komplizen der kleinen Deals, mit denen er sich das Gehalt aufbesserte. Jugoslav sprach von dem Recht auf ein besseres Leben, dass sie etwas erreichen könnten, wenn sie ins Ausland gehen würden. Die sozialistische Blase sei ohnehin kurz davor, zu platzen und die Realität dahinter zu zeigen, letztlich waren alle auf ihren eigenen Vorteil bedacht, niemand auf das Gemeinwohl.

Der kurze Beograder Frühling 1968 lag vier Jahre zurück, damals hatte die Arbeiterschaft sich nicht mit den Studierenden solidarisiert, die mehr Teilhabe, eine gerechtere Gesellschaft und *mehr* Sozialismus forderten. Die Ungleichheit, die angeprangert wurde, war geblieben und Teil von Simas Leben, seinem Überleben, das ihm keinen Raum ließ aufzubegehren. Seine und Jugoslavs Sehnsucht bemaß sich an dem, was sie selbst zu erreichen hofften, sie hatten nie daran geglaubt, was die Partei ihnen versprochen hatte. Jugoslav wollte als Erster ins Ausland aufbrechen, und Sima versprach, ihm bald zu folgen.

Wie beliebt der Name Jugoslav damals war. Niemand würde seinen Sohn heutzutage so nennen. Die Welt war brüchig und leichtverderblich. *Bratstvo i Jedinstvo,* Brüderlichkeit und Einheit, war die Formel eines jugoslawischen Wunsches gewesen, einer Festlegung, die einen Verbund von Nationen, Sprachen, Religionen und Kulturen zusammenfasste. Was war jetzt noch davon übrig? Sima wollte begreifen, was geschehen war und seine Gegenwart erschütterte. Billy verschwand aus ihrem Leben, und wie um die Leere zu füllen, begann Sima wieder zu lesen. Es gab eine einzige Buchhandlung in Wien, die serbische Bücher führte. Es war zwischen den Jahren, kurz vor Silvester, als Sima den Laden zum ersten Mal betrat. Der Raum erinnerte viel eher an ein staubiges Wohnzimmer, in dem das Chaos Konzept zu haben schien. Auf den verstreut stehenden Fauteuils stapelten sich Bücher. Eine Katze blinzelte ihn träge vom Verkaufspult aus an, miaute und verschwand hinter einem schweren braunen Vorhang, wo sich eine Art Teeküche befand. Das Geräusch eines Wasserkochers, das Klimpern eines Löffels gegen Porzellan. Mitten im Raum stand ein Tischchen, darauf eine Schale Orangen, eine Hand-

voll Süßigkeiten und Walnüsse, ein Teller Česnica. Sima nahm eines der kleinen runden Brote vom Teller, roch daran. Azra und er hatten Weihnachten mit den Kindern immer so gefeiert, wie es hier in Österreich üblich war, und nicht, wie sie selbst es als Kinder erlebt hatten. Sima erinnerte sich, in eines der Brote wurde eine Münze eingebacken, wer sie fand, sollte das ganze Jahr über glücklich sein. Dann tauchte der Buchhändler hinter seinem Vorhang auf wie einer, der seinen Einsatz verpasst hatte, er balancierte eine Tasse Tee und sagte, ohne hochzublicken:
– Keine falsche Bescheidenheit. Greifen Sie zu.

Der letzte Ausweg des Kommunismus wird der Nationalismus sein, der Buchhändler hatte Milovan Đilas zitiert, und Sima wollte wissen, warum. Er folgte seiner Empfehlung und begann, Đilas' Texte zu lesen. Sima entdeckte die Geschichte des Partisanenhelden, der 1945 die Grenze zwischen Serbien und Kroatien festgelegt hatte, aber nur acht Jahre später dem Kommunismus enttäuscht den Rücken kehrte. Đilas, der ein Freund und Vertrauter Titos war, wurde später sein Gegner und der bekannteste jugoslawische Dissident. Đilas, der sich selbst als romantischen Kommunisten bezeichnet, an die Schaffung einer neuen klassenlosen Gesellschaft geglaubt hatte und daran, dass Grenzen einmal an Bedeutung verlieren würden. *Der letzte Ausweg des Kommunismus wird der Nationalismus sein.* Bestätigte sich diese Diagnose, jetzt, fünf Jahre nach Đilas' Tod? Sima wollte nach wie vor an ein geeintes Jugoslawien glauben. Es musste einen Weg geben. Vielleicht war Krieg notwendig, um die Wahrheit zutage zu bringen und mit ihr eine neue Ordnung. Und die Massaker, das Morden, die Gewalt an Menschen, von denen jede und jeder jemandes Tochter, Sohn, Mutter, Vater, Schwester, Bruder oder

Nachbar war? Sima hatte heute Mittag geschwiegen zu den Kommentaren der Belegschaft, die Zähne zusammengebissen und Zuflucht gesucht in der Stille der Umkleideräume, aber auch dorthin begleiteten ihn seine Gedanken und Zweifel. Das waren immer noch seine Leute. Dem war doch nicht zu entkommen. Die Jahreszahl 2000, würde sie neue Anfänge mit sich bringen oder eine Auslöschung, eine Art *Jahr null*? Gab es einen Zufluchtsort für Erinnerungen, ein Recht auf Erinnerungen?

Auch Billy war auf der Suche nach einem Platz in dieser Welt, nach ihrer eigenen Wahrheit. Es gab Regeln zwischen Eltern und Kindern, die seine Tochter gebrochen hatte, es war an Billy zurückzukommen. Dennoch machte Sima weiter, wurde nicht müde, Informationen über das Leben seiner Tochter zu sammeln, zu datieren, abzulegen, obwohl er schon lange kein Teil mehr davon war, ebenso wie er die Nachrichtenmeldungen über Jugoslawien verschlang, obwohl er das Land vor Jahren verlassen hatte. Es war, als betrachte er die Welt, in der sich sein altes Leben abgespielt hatte, durch eine gläserne Wand. Der Schmerz, den er dabei empfand, entfernte ihn noch weiter vom wirklichen Leben. Sima hielt es für möglich, dass seine Tochter in vielen Dingen recht hatte, die sich ihm erst jetzt, in der Gegenwart, offenbarten, er dachte an einen Satz, den er sich angestrichen hatte, in einem ihrer Interviews: *Es gibt einen Raum, in dem niemand im Besitz der Wahrheit ist und jeder das Recht hat, verstanden zu werden.*

Simas Blick fiel auf den Streifen Licht unter Jonas Nevens Zimmertür, einen Augenblick war ihm, als hätte er gedöst, er wollte aufstehen, um endlich das Licht zu löschen. Azra murmelte etwas im Schlaf, ihre Augenlider flatterten, sie zog ihre Weste über der Brust zusammen, obwohl es nicht kalt war, aber sie wachte nicht auf. Sima nahm eine Decke vom Sofa und breitete sie über seiner Frau aus. Er erinnerte sich, sein Aufbruch war schon fest geplant gewesen, als er Azra in Beograd begegnete. Es begann mit einem Spiel, mit dem sich Jugoslav und er an regnerischen Sonntagen die Zeit vertrieben, am Kalemegdan, an der weitläufigen Parkanlage, die oberhalb der Mündung der Save in die Donau lag, der ehemaligen Festung von Beograd, mit Blick auf die Stadtteile Zemun und Novi Beograd. Wenn es regnete, zogen sie in verschiedene Richtungen los und boten den Mädchen Weggeleit unter dem Schutz ihres eigens dafür mitgebrachten Schirms an. Jugoslav hatte meist mehr Glück, er konnte besser reden, war charmant, er hatte das Talent, Menschen rasch für sich einzunehmen. Sima war verschlossener, fand selten die richtigen Worte, was ihm in diesen Momenten einfiel, kam ihm meist lächerlich vor. Es war seine Erscheinung, die Eindruck machte, obwohl er sehr groß und schlaksig war, bewegte er sich nicht ungelenk, seine Haltung war aufrecht, hinter den dunklen Locken verbarg sich ein fein geschnittenes Gesicht mit Grübchen in den Wangen, dunkle Augen, dazu der warme Ton seiner Stimme. Es war an einem dieser Sonntage, es regnete, die Freunde zogen ihre Runden im Park, als Sima und Azra einander begegneten.

Azra war von rauer Schönheit und scharfem Verstand, aber ebenso spröde. Weder sie noch ihre Freundin waren geschmeichelt oder beeindruckt, aber sie waren durchnässt und pleite, also stiegen sie auf das Spiel ein und kamen mit ins Café. Sima konzentrierte sich erst auf die Freundin, es schien ihm einfacher, mit der anderen zu sprechen, obwohl ihn Azra mehr anzog. Sie rauchte Kette und machte sich mit heiserer Stimme lustig darüber, dass die Freunde Parteibücher besaßen. Schirme am Sonntag und Parteibücher, ohne politisch zu sein, das passe gut zusammen. Dabei war auch sie nicht politisch, sie sagte, das könne sie sich nicht leisten. Im Café tropfte immer noch Regenwasser von Azras Haarspitzen, ihr Make-up war verlaufen, sie bemühte sich keinen Augenblick, das in Ordnung zu bringen oder zu gefallen, ihr Stolz machte sie umso schöner. Sima verliebte sich in ihr Lachen, ihre unbändige Energie, ihren Zorn. Es lag eine Leichtigkeit in ihrer Begegnung, es ging um nichts als diesen Abend.

Das Kreuzen ihrer Wege war für den Augenblick, eine Affäre, mehr sollte es nicht sein, mehr wollte keiner von ihnen. Sie bestachen den Vermieter, damit Azra mit aufs Zimmer kommen und über Nacht bleiben durfte, verbrachten den Großteil ihrer freien Tage und Stunden im Bett. Simas Zimmer war ihre Insel außerhalb der Regeln ihrer Zeit und der allgemeingültigen Zucht und Ordnung. Hier ließen sie ihre Körper aufeinander los, wurden ein loses Gefüge aus übereinandergleitenden Armen und Beinen, es war nicht genug Atem für alles, was sie einander sein, was sie einander tun wollten. Alles war Spiel, auch die dauernden Streitgespräche. Ihre Kräfte und Sehnsüchte arbeiteten unermüdlich gegeneinander, die Körper kämpften um einen gemeinsamen Rhythmus, fanden ihn und verloren ihn wieder. In jedem Wort, das sie wechselten, in jeder Geste, jeder Bewegung lagen die Verletzungen, die ihnen die Zeit zugefügt hatte, die Einsamkeit, die Wut auf die Umstände, unter denen sie ihr Leben führten. Sie waren süchtig nach dem Rausch ihrer gemeinsamen Stunden, dem Geruch, der Haut, der Umklammerung des anderen. Hier drinnen, in Simas Zimmer, stand die Zeit still, alles, was zählte, waren ihre eigenen Regeln, die Befehle, die sie einander zuriefen.

Beweg dich nicht.
Bleib so.
Warte.
Schau mich an.
Schau mich an.

Sima wusste nicht viel über Azra. Er kannte nur die Eckpunkte ihrer Welt, dass sie sich mehr schlecht als recht durch ihre Ausbildung als Sekretärin schlug, nachts kellnerte und tagsüber, in der Berufsschule, regelmäßig vor Erschöpfung einschlief. Sie kam aus einfachen Verhältnissen, wie er selbst. Wenn Sima sie abends in der Kneipe besuchen kam, sah er sie lachen und flirten, wurde eifersüchtig und ging meist vor Ende ihrer Schicht wieder, ohne sich zu verabschieden. Sie hatten einander nichts versprochen, und er fragte nicht, aber war sich sicher, dass sie andere Affären hatte. Er sei so lächerlich, sagte Azra, wenn sie nach Feierabend zu ihm kam, ihr Kleid, Strümpfe und ihr dünnes Unterkleid sorgfältig über die Stuhllehne an seinem Schreibtisch legte, Höschen und Büstenhalter achtlos auf den Boden fallen ließ, immer das Höschen zuletzt. Er sei so lächerlich. Für Azra zählte das Hier und Jetzt, was für Sima galt, war das Kommende, die Möglichkeit. Sie sprachen wenig, schon gar nicht über die Zukunft, ihre Körper fanden eine Sprache für das Schweigen zwischen ihnen.

Je älter man wird, desto weniger Zeit hat man, sich zu erinnern. Man sollte es trotzdem tun. Es war weit nach Mitternacht. Die Nachrichten waren vorbeigezogen, auf dem Bildschirm lief ein Horror- oder Actionfilm, Sima konnte nicht sagen, wie lange schon. Jemand schrie gellend, die Musik steuerte auf einen Handlungshöhepunkt zu, vielleicht auf das erste Opfer, Sima drehte den Ton etwas leiser. Er spürte die Wärme von Azras Körper an seiner Seite, betrachtete die Linien auf ihrem Gesicht, das im Schlaf, in der Entspannung so viel jünger aussah, die harten Linien um Mund und Augen wurden weicher, lösten sich auf. Sima stand auf und hob Azra vom Sofa, sie protestierte leise, ohne aufzuwachen, die Decke fiel zu Boden. Er trug ihren tief atmenden Körper vorsichtig ins Schlafzimmer, ließ ihn aufs Bett gleiten, deckte sie erneut zu.

Auch er fühlte sich schwer und müde vom Tag, der Rotwein, den er bei Frau Martha getrunken hatte, tat sein Übriges, aber sein Geist war hellwach, seine Gedanken kreisten im Halbdunkel des Zimmers, ein vorbeifahrendes Auto warf ein Viereck Licht in den Raum, das suchend die Wände entlangstreifte und für Augenblicke ein Foto beleuchtete, eines, das Billy gemacht hatte. Eine zur Hälfte geschälte Orange auf einem karierten Küchentuch. Er hatte damals nicht verstanden, warum sie lieber Gegenstände als Menschen fotografierte. Rückblickend verstand er nicht mehr als damals, weder von der angeblichen Ordnung der Dinge noch von den Gesetzen des Zufalls, nach deren Takt sich ein Geschehnis ins nächste zu fügen schien, in eine Lebensgeschichte. Die Entfernung zwischen Vergangenheit und Gegenwart war der Schatten zwischen den Dingen im Licht, nicht greifbar und von scharfkantiger Klarheit. Er war sich sicher, Vergangenheit und Gegenwart ließen sich nicht miteinander versöhnen.

Azra rollte sich im Schlaf auf die Seite. Sima hatte bis zu diesem Tag nie versucht, sich vorzustellen, wo sie beide heute wären, wenn Azra das Kind damals nicht bekommen hätte.

Sie trennten sich im Streit. Sima wusste um ihre Schwangerschaft, als er Beograd verließ. Azras Worte waren deutlich und ohne Zögern, sie wollte das Kind behalten, und es war ihr gleich, was Sima wollte oder ob er blieb. Er verstand nicht. Warum dieses Kind? Nie war von einem Kind die Rede gewesen. Vor allem aber konnte er sich selbst nicht eingestehen, wie gekränkt er darüber war, dass sie ihre Entscheidung nicht von ihm abhängig machte.

– Dieses Kind ist ein Fehler.

Er bereute den Satz im nächsten Augenblick, aber er nahm ihn nicht zurück. Ohne Azra noch einmal aufzusuchen, folgte er seiner Entscheidung, Beograd hinter sich zu lassen. Jugoslav hatte ihm geschrieben, dass sie noch Leute brauchten in Bern, wo er für die Saison Arbeit gefunden hatte. Im Zug traf Sima auf Touristinnen, Schweizerinnen auf der Durchreise, sie waren zu den *Sanctuary Gardens* am Rtanj gereist, hatten einige Monate dort mit Yoga, Meditation und freier Liebe verbracht und waren auf dem Weg zurück in die Zürcher Kommune, in der sie lebten. Sie luden ihn ein mitzukommen. Nur eine Woche oder zwei hatte er bleiben wollen. Aber das Paralleluniversum der Kommune verschluckte ihn, und er ließ es geschehen, den Rest der Welt zu vergessen für Tage, Wochen, Monate.

Sima knipste die kleine Lampe auf dem Nachttisch an. Die Glühbirne zischte leise, flackerte, warf Licht auf ein gerahmtes Foto der Kinder. Billy und Jonas Neven waren vielleicht acht und drei Jahre alt, sie standen Hand in Hand vor dem ersten Familienauto. Wie stolz er auf diesen Wagen gewesen war. Billy lachte in die Kamera, der kleine Kopf umrahmt von wilden Locken, der blonde Schopf ihres Bruders in Bewegung, das Gesicht in leichter Unschärfe, er zog an Billys Hand, schien etwas entdeckt zu haben und im nächsten Mo-

ment aus dem Bild laufen zu wollen. Sima erinnerte sich an den vertrauensvollen Blick seiner Tochter, ihr Lachen hatte ihm gegolten.
Vielleicht hätte er besser achtgeben müssen und versuchen, all die Augenblicke und kleinen Ereignisse zu bemerken, die Veränderungen zu lesen, die sich ankündigten. Als Kind war Billy folgsam und ruhig gewesen, hatte Stunden mit ihren Büchern verbracht. Die Zeit und das Heranwachsen hatten sie verändert und die Entfernung zwischen ihnen unüberwindbar werden lassen. Oder machte er es sich zu einfach?
– Du brichst deiner Mutter das Herz.
Sein Vater hatte das zu ihm gesagt, es war eine Lüge gewesen. Trotzdem hatte er diese Floskel seines Vaters Jahre später seinen Kindern gegenüber wiederholt.

Wenn Sima den Anfang suchte, die Sollbruchstelle, begann alles 1989. Das Bild von Alois Mock, dem österreichischen Außenminister, und seinem ungarischen Amtskollegen Gyula Horn, die, mit klobigen Bolzenschneidern hantierend, den Grenzzaun zwischen ihren Ländern zerschnitten, umringt von einem Pulk aus Anzugträgern und Fotografen, in der prallen Junisonne, live und in Farbe, dieses Bild wurde über Fernsehkanäle weltweit übertragen, auch ins Wohnzimmer der Banadinovićs. Aber das war nur eine Ebene, auf der sich Europa veränderte. Tags darauf hielt Milošević, am Vidovdan, ebenfalls vor einem Millionenpublikum, seine glühende Rede auf dem Amselfeld. Sima sah darin einen Aufruf zur Verteidigung von Titos Erbe und Überwindung der Teilungen in Jugoslawien, der Zusammenhalt war Bedingung für den wirtschaftlichen und sozialen Wohlstand, Milošević sprach von der Eintracht Serbiens als Voraussetzung für das Wohl aller, ohne Rücksicht auf nationale und religiöse Zugehörigkeit. Die

Medien deuteten die Rede als nationalistischen Schlachtruf. Waren in den Opfern der Vergangenheit, die beschworen wurden, die in der Zukunft Ermordeten bereits eingeschlossen? Billy war dreizehn Jahre alt, die Bilder des Berliner Mauerfalls hatten sie elektrisiert, dieser Moment von Freiheit und Aufbruch, sie verstand nicht, warum ihre Eltern kein Verständnis für ihren Wunsch aufbrachten, dorthin zu reisen, für ein paar Tage nur, um alles live mitzuerleben. Sima beschäftigten andere Dinge, er sorgte sich: Es braute sich etwas zusammen. Der Kommunismus verließ ein Europa, das zusammenzuwachsen schien, dabei wurde Jugoslawien, das immer mehr zu zerfallen drohte, zu einem europäischen Problem, für das sich weder Lösungen noch Strategien fanden. Die Prioritäten der westlichen Welt lagen anderswo. Drei Tage nach dem Mauerfall, den Billy so sehnsüchtig verfolgt hatte, wurde Slobodan Milošević als erster serbischer Präsident in freien Wahlen im Amt bestätigt.

Die neunziger Jahre brachten noch mehr Unruhe. Die Auseinandersetzungen in Jugoslawien eskalierten immer weiter, auf die Unabhängigkeitserklärung Sloweniens folgten zehn Tage Krieg, und als sich auch die Kroaten für unabhängig erklärten, begann der *Domovinski rat*, der sogenannte *Heimatkrieg*, in Kroatien. *Heimat* war das Reizwort am Familientisch der Banadinovićs, die Diskussionen wurden Tag für Tag erbitterter ausgefochten. Sima war überzeugt, dass Billy von den antiserbischen Nachrichtenmeldungen verblendet war, er sprach seiner Tochter ab, verstehen zu können, was vor sich ging, ein vorlautes altkluges Kind, das sich anmaßte, alles besser zu wissen als seine Eltern. Gleichzeitig fragte er sich, ob es ihre Schuld war, dass seine Tochter sich nicht als Serbin verstehen wollte. Dass die Medienberichte die Wahrheit entstellten und

versuchten, die Welt in die Irre zu führen, wollte sie ebenso wenig einsehen. Billy hielt dagegen, behauptete, dass er nicht zwischen Propaganda und Fakten, Märchen und Geschichte unterscheiden konnte. Jonas Neven saß zwischen den Parteien und wartete darauf, dass wieder Ruhe einkehrte. Billy war die Ältere, die Heldin ihres Bruders, der sie in allem nachahmte, was Sima und Azra umso mehr alarmierte, sie in die Schranken zu weisen. Die Fronten in der Familie verhärteten sich, auf Streit folgte Schweigen. Wahrscheinlich war der Moment, als er Billy seine Kamera geschenkt hatte, eine der letzten freundlichen Gesten zwischen ihnen. Dass sie begann, sich mit der Kamera zu beschäftigen, hielt er für ein gutes Zeichen. Stolz rahmte er ihre Bilder, hängte sie prominent ins Wohnzimmer.
Sima starrte immer noch auf das Foto der Kinder, Billy und Jonas Neven Hand in Hand, vor dem ersten Familienauto. Kurz bevor das Foto entstanden war, hatte er den Wagen noch peinlich genau gereinigt, den Lack poliert. Sein Stolz kam ihm in diesem Augenblick lächerlich vor.

Billy musste sechzehn gewesen sein, als sie begann, immer wieder über Nacht zu verschwinden. Sima sah Azra und sich in der Küche sitzen, die Zeiger der Uhr rückten vorwärts, während sie miteinander schwiegen und stritten, einer von ihnen musste Schuld haben, einer von ihnen musste es wiedergutmachen können. Einer von ihnen. Azra erschrak, als sie Jonas Neven entdeckte, der ganz ruhig im Eingang zur Küche stand. Dabei musste er lange dort gestanden haben, ehe sie ihn bemerkten, ihm endlich Aufmerksamkeit schenkten. Jonas Neven wusste, warum sie Kriegsrat hielten, aber er stellte keine Fragen, sondern bat seine Mutter um ein Glas Milch. Azra reichte es ihm. Das Glas zerbrach auf dem Boden. Eine

Milchpfütze breitete sich um Jonas Nevens nackte Füße aus, verästelte sich weiter in den Vertiefungen zwischen den Fliesen. Jonas Neven machte einen Schritt vorwärts in die Scherben, ohne eine Miene zu verziehen, es knirschte, Azra schrie auf, die Milch färbte sich rot.

Waren es Wochen oder Monate, Drohungen und Strafen später, die Billy ignorierte? Sie hatte ein paar Sachen mitgenommen, nicht viele, nichts, was ihr nicht zustand, und war seither nicht mehr nach Hause gekommen. Sima wusste, dass sie nach wie vor zur Schule ging, manchmal wartete er auf sie, folgte ihr auf ihren Wegen durch die Stadt an Orte, die er nicht kannte, bis zu ihrem neuen Zuhause. Er fragte sich, ob sie wusste, dass er da war. Bei einer Gelegenheit blieb sie lange vor einem Schaufenster stehen, er vermaß den Abstand zwischen ihnen, betrachtete ihr Gesicht im Profil, wartete, aber sie drehte sich nicht zu ihm um.

Es brauchte Wochen, bis er sich dazu durchringen konnte, sie abzupassen. Der Unterricht war noch nicht zu Ende, er war zu früh, die Minuten zogen sich, und Sima lief so lange unruhig auf dem Schulhof auf und ab, bis er gewahr wurde, dass ihn der Schulwart argwöhnisch beobachtete. Das erlösende Klingeln der Schulglocke setzte ein. Die Ersten kamen die Treppen hinuntergelaufen, und endlich sah er seine Tochter, ihr Gesicht, das in der Unschärfe der Menge aus Halbwüchsigen auftauchte, zwischen namenlosen Gesichtern und Körpern. Erst in diesem Moment wurde ihm bewusst, dass er keine einzige Mitschülerin von Billy beim Namen kannte, nicht wusste, wer ihre Freunde waren, ob Billy in dieser Schule überhaupt Freunde hatte. Azra und er waren so beschäftigt mit ihrer Arbeit, ihrem Alltag, sie wussten im Grunde nichts über die eigene Tochter. Billy kam direkt auf ihn zu, versuchte keinen Augenblick auszuweichen, und er sah die junge Azra vor sich, die gleiche ungezähmte Energie, die gleiche Wut, das gleiche Lachen. Mit diesem Lachen war Azra immer im Recht gewesen, es hatte Freiheit bedeutet und dass nichts festgelegt war, aber alles möglich.

Die Entfernung zwischen ihnen hätte nicht größer sein können, als sie einander kurz darauf in einem Gasthaus gegenübersaßen. Die Kaffeetassen, die Wassergläser, der Aschenbecher, die Kuchenstücke waren Zeugen der Sprachlosigkeit, Figuren auf einem Spielfeld, auf dem keiner von ihnen verlieren wollte. In einer Geste der Ernüchterung griff Sima in die Innentasche seiner Jacke, zog ein Kuvert heraus, schob es über den Tisch auf Billy zu, sie schüttelte den Kopf. Sie komme zurecht. Seine Unterstützung wolle sie nicht. Es sei immer nur ums Geld gegangen. Das eigentliche Problem sei, dass Mutter und er keine Ahnung hätten vom echten Leben. Es gab nichts zu besprechen. Sie würde nicht mit nach Hause kommen. Es gab nichts, was sie tun oder sagen könnten. Nur zu, ihretwegen könnten sie gern die Polizei rufen, aber sogar dafür seien sie zu feige, weil sie sich immer und für jeden Scheißdreck schämen würden, weil ihnen einzig wichtig sei, das Gesicht, den Schein zu wahren, immer gehe es nur darum, zu funktionieren, sich zu ducken, wichtig war nicht das eigene Leben, sondern einzig, was alle anderen darüber denken oder sagen könnten, und wenn es nach ihr ginge, könnten sie ersaufen in ihrer Scheißunterwürfigkeit, ihrer Kleingeistigkeit, ihrer beschissenen Scham.

Alles im Raum schien still zu stehen. Sima stand wortlos auf. Das Kuvert ließ er liegen. Mit schnellen Schritten entfernte er sich, verließ das Gasthaus, überquerte die Straße. Als er seine Tochter nach ihm rufen hörte, einmal, zweimal, drehte er sich um. Und da stand sie, vor dem Eingang, erst verstand er nicht, was sie da tat, im nächsten Moment konnte er nicht fassen, was er sah. Die Farben verblassten, die Geräusche rückten von ihm weg. Was sie ihm über die Straße hinweg zurief, klang wie aus weiter Ferne.

– Verstehst du jetzt?

Verstehst du jetzt endlich?

Das Kuvert fiel zu Boden und brannte weiter.

Azra und er hatten beschlossen alle Bilder, auf denen Billy zu sehen war, wegzupacken, aber es niemals in die Tat umgesetzt. *Ein Bild hat die Kraft, die eigenen Vorstellungen zu überschreiben. Ein Bild hat die Kraft, die eigenen Erinnerungen zu überschreiben.* Das Gesicht der Tochter sah sie weiterhin an, begleitete ihren Alltag, begegnete ihnen in allen Ecken und Winkeln der Wohnung. An einer Stelle ihrer Geschichte hatte sich ihr Blick füreinander verändert.

Er sah den eigenen Vater vor sich, der nach der Stallarbeit in der Stube saß und trank, mit rot angelaufenem Schädel, pulsierenden Adern an den Schläfen, immer außer sich über irgendetwas, das er gesehen oder gehört hatte, immer zornig auf irgendjemanden, die Hände über dem Kopf zusammenschlagend, er sah den Vater bei Sonnenaufgang im Hof, wie er Insekten mit der bloßen Hand fing und ihm, seinem Sohn, die Faust ganz nah am Ohr schüttelte, die väterliche Faust ein Instrument, in dem es verzweifelt summte.

Sima sah sich zerstreut um, als hätte er vergessen, wo er war und warum. Der Schatten eines Nachtfalters zeichnete sich unter der Haut des Lampenschirms ab, er taumelte gegen die Glühbirne, das nervöse Flattern der Insektenflügel, ein leises Zischen, einmal, zweimal, er schlug gegen den Lampenschirm, landete zappelnd auf dem Nachttisch, flatterte wieder hoch und verlor sich im Dunkel des Schlafzimmers, aus dem

plötzlich der bittere Geruch des väterlichen Bauernhauses auf Sima zuströmte, dieser so selbstverständliche Geruch des Hauses, in dem er aufgewachsen war, der Azra damals, bei ihrem ersten Besuch bei seinen Eltern, welcher der einzige bleiben sollte, Übelkeit verursachte. Hier war er wieder, dieser vertraute süßliche Geruch.
Es rieche nach Tod, hatte Azra ihm damals zugeflüstert, das Haus seiner Eltern rieche aus jedem Winkel nach Tod.

Die Nachricht erreichte Sima in der Werkshalle der Fabrik, in der er die ersten Jahre in Wien arbeitete. Sima erinnerte sich an das dümmliche Gesicht, das der Vorarbeiter machte, der ihn in sein Büro und ans Telefon holte, wahrscheinlich sollte es Anteilnahme ausdrücken. Sima war vorgewarnt, es gehe um seinen Vater. Eine seiner Schwestern war am Apparat, Sanja oder Ruža, er hatte ihre Stimmen noch nie auseinanderhalten können, ein Kratzen in der Leitung legte sich über ihre weinerliche Stimme, er wusste Bescheid, bevor sie es aussprach, wollte sie fragen, warum sie überhaupt um Vater weinte, und fragte es doch nicht. Währenddessen schenkte der Vorarbeiter erst Sima und anschließend sich selbst ein Glas Cognac ein, machte dabei eine schwammige Geste, sagte: *zur Beruhigung*. Dann kippte er sein Glas hinunter, zündete sich eine Zigarette an und trat vor die Tür, in den gleichförmigen Lärm der Werkshalle, in der das Rauchen selbstverständlich verboten war. Sima musste sich nicht beruhigen. Was er empfand, war eine tiefe Erleichterung, fast schon Genugtuung, und gleich darauf ein diffuses Unbehagen ob dieses Gefühls. Sanja oder Ruža, wollte Sima fragen, aber eigentlich war es egal. Aber warum weinte seine zweiköpfige Schwester, hatten sie den Alten nicht alle gleichermaßen gehasst? Draußen, hinter der schallgedämpften Tür, dröhnten die Maschinen weiter,

der Geruch von Öl und Metall lag auch hier im Büro noch merklich in der Luft. Vor dem Fenster, auf der anderen Straßenseite, hatte jemand einen Hund vor dem Supermarkt angebunden, der an seiner Leine zerrte, verzweifelt gegen alles und jeden anbellte. Sima dachte an das Dorf, in jedem Hof ein Kettenhund, er dachte an das unberechenbare Gemüt des Vaters, seine Stimmung, die jeden Moment wieder umschlagen konnte.
– Brich deiner Mutter nicht das Herz.
Die Schwester bat ihn, zur Beisetzung zu kommen, im Namen der Mutter, die noch nie gern telefoniert hatte und gerade jetzt ohnehin nicht sprechen könne, das verstehe er doch sicher. Die Mutter war jetzt frei, aber würde sie etwas anzufangen wissen mit dieser Freiheit, was war von ihr übrig, nach all den Jahren mit dem Alten? Die Schwester berichtete, dass der Vater sich kurz vor seinem Tod eine große moderne Tiefkühltruhe gekauft und mit dem Fleisch der letzten Schlachtung vollgestopft hatte. Aber weil ihn das Brummen der Truhe in der Bauernstube um den Schlaf brachte oder vielleicht um Strom zu sparen, musste er sie nach seinem Gutdünken in den Nächten vor seinem Tod aus- und eingeschaltet haben. Die Mutter, die sich selbst seit Jahren fast nur von weichgekochtem Gemüse und Kartoffeln ernährte, weil sie kaum noch brauchbare Zähne im Mund hatte, bereitete ihm täglich sein Essen zu. Auch das Fleisch, das Vater so liebte. Die Schwester fuhr den Alten mit schlimmen Magenschmerzen und Übelkeit ins Krankenhaus, wo er kurz darauf starb. Vielleicht hatte Sima, hatten sie alle seine Mutter unterschätzt. Sima würde sich Urlaub nehmen müssen für den alten Scheißkerl. Verreckt war er in jedem Fall an seinem eigenen Wahnsinn. Er habe die Hände seines Vaters, hatte die Mutter so oft zu ihm gesagt, und Sima betrachtete

diese Hände, die den Telefonhörer zurück auf die Gabel legten, drehte sie hin und her, betrachtete die Handflächen, die Linien darauf, jeden einzelnen Finger. Der Hund vor dem Supermarkt kläffte jetzt aus Leibeskräften gegen ein paar Tauben an, die wenige Meter vor ihm auf dem Asphalt herumstolzierten. Sima hob das Glas an seine Lippen, um den Rest Cognac darin zu leeren, prostete Richtung Hund, auf den alten Scheißkerl, dann packte ihn das Lachen, schüttelte ihn durch, er verschluckte sich, spuckte den Alkohol zurück ins Glas, lachte, bis ihm Tränen über die Wangen liefen.

Der Vorarbeiter, der in diesem Augenblick in sein Büro zurückgekommen war, reichte Sima hastig und sichtlich überfordert eine der quadratischen Servietten, weiß mit braunem Rand, auf die er seine kleinen Cognacs zu stellen pflegte, und schenkte sich selbst sofort einen großen Schluck nach.

– Mein herzliches Beileid, Banadinović.

Azras Stimme holte Sima zurück ins Hier und Jetzt. Sie sagte etwas in seine Richtung, einen Moment dachte er, sie sei aufgewacht, aber sie schlief weiter, drehte sich zur Seite, legte eine Hand über ihre Augen. Er schloss leise die Vorhänge, wartete, ob sie noch etwas sagen würde, dann zog er die Schlafzimmertür hinter sich zu.

Im Wohnzimmer lief der Fernseher ohne Ton. Ein Kratzen und Schaben am Schloss der Eingangstür, ein Schlüsselbund, der zu Boden fiel, einmal, zweimal. Ein leises Fluchen. Sima ließ sich Zeit, hatte keine Eile, die Tür zu öffnen, er wartete im Halbdunkel des Vorzimmers, hörte zu, wie jemand erneut im Schloss stocherte, abrutschte, dann zog er die Tür mit einem Ruck auf. Jonas Neven stolperte Kopf voran in seine Arme, er roch nach Gras und Fusel. Der Schlüssel fiel erneut

scheppernd zu Boden, das Licht im Hausflur ging aus, sein Sohn legte den Finger an die Lippen, flüsterte:
– Mama nicht wecken.

Im Treppenhaus hallte es, und als sie den Hof überquerten, klang es einen Augenblick so, als würden sie im Gleichschritt gehen. Ihr Weg führte sie hinaus auf die Straße, vorbei am *Video & Delikatessen*-Laden, der noch nie Delikatessen verkauft hatte, sondern vor allem billigen Alkohol, Snacks und ein wechselndes Sortiment an Kleinkram. Die Rollläden waren zu drei Viertel geschlossen, zwei Männer saßen auf Plastikstühlen vor dem Laden und tranken Bier, einer von ihnen war Vladi, der Besitzer, er nickte ihnen zu. In Wien hatten alle Geschäfte spätestens um acht Uhr abends geschlossen. Der Laden von Vladi war eine seltene Ausnahme. Üblicherweise hätte ihr kleiner Ausflug hier ein Ende gefunden, vielleicht hätten sie einen Film ausgesucht und noch ein paar Snacks und Getränke mitgenommen. So wie früher. Vor Jahren, kurz bevor das letzte Kino im Viertel geschlossen wurde, hatte Sima den VHS-Rekorder mit nach Hause gebracht, damals verfiel die ganze Familie in einen regelrechten Filmrausch, der eine ganze Weile anhielt, das Ausleihen der Videos als Höhepunkt jedes Wochenendes, mittlerweile hatte das Gerät seine Macken, und auch für *Video & Delikatessen* war es längst an der Zeit, das Sortiment auf DVDs umzustellen. Aber diesmal kehrten sie nicht bei *Video & Delikatessen* ein. Jonas Neven wurde langsamer, schien zu zögern, er mühte sich offensichtlich, mit Sima Schritt zu halten, vielleicht fragte sein Sohn sich, ob sie nicht doch lieber umkehren sollten. Mama nicht wecken. Sima stellte sich vor, dass Azra plötzlich aufwachte, wie aus einem bösen Traum, und ihre Namen suchend in die verlassene Wohnung schickte.

An jedem anderen Tag hätte er seinen Sohn unter die Dusche oder einfach wortlos auf sein Zimmer geschickt. In dieser Nacht schienen alle gewohnten Regeln zwischen Vater und Sohn ausgesetzt. Sima hatte spontan beschlossen, einen Spaziergang zu machen und Jonas Neven mitzunehmen. Spaziergänge waren keine für die Familie typische Freizeitbeschäftigung. Sima war seit seiner Jugend nicht mehr wandern gegangen. Als die Kinder klein waren, hatten Azra und er sich manchmal Ausflüge überlegt. Das Schloss Schönbrunn war eines der Ziele gewesen, das bei diesen Bemühungen herauskam. Es gab Aufnahmen vom gemeinsamen Posieren vor Blumenbeeten und Brunnen, Jonas Neven schien immer etwas entdeckt zu haben, versuchte, aus dem Bild zu entkommen, während Billy ihn festhielt. Natürlich besuchten sie auch den Tiergarten, den man nicht Zoo nennen durfte, die Wiener waren da eigen und wehrten sich gegen das international verständliche Wort. Sima drückte Fremden seine Leica in die Hand, damit alle gemeinsam auf dem Bild sein konnten, und sie lächelten in die Kamera, während ihnen Füße und Köpfe abgeschnitten wurden. Sie posierten im Affenhaus, vor den Raubtierkäfigen und Elefantengehegen, vor Tieren, die den ganzen Tag hinter ihren Gitterstäben auf und ab liefen oder abwesend ins Leere starrten. Sima trug Billy gern auf seinen Schultern, auch als sie schon zu groß und schwer dafür war. Jonas Neven war kaum zu halten, lief immer voraus, verschwand in der Menge der Besucher und tauchte wieder auf, kurz bevor alle in Panik ausbrachen, von Ohr zu Ohr grinsend, als wäre nichts gewesen. Jonas Neven lachte auch, nachdem er beinahe an einer Erdnuss erstickt war, Sima erinnerte sich an den Geruch von ausgekotzter Zuckerwatte. An den Beton überall. Ein Tiergarten, dessen Ausstattung nicht artengerecht war und der bestimmt nicht wie ein Garten aussah, Sima wusste, dass der Unmut der Tierschützer den Betreibern zu schaffen machte. Alles, absolut alles schien damals aus Beton gegossen zu sein. Den Kindern schien es nichts auszumachen.

Sie liefen schweigend, ließen das Viertel bald hinter sich. Im Park gegenüber hatte Sima seinen Sohn schon das eine oder andere Mal aufgelesen, früh am Morgen oder spätnachts, wenn Jonas Neven auf der Anhöhe vor dem Spielplatz döste, um noch etwas auszunüchtern, bevor er nach Hause ging. Vielleicht hatte er auch heute dort gelegen. Sima betrachtete seinen Sohn von der Seite, Jonas Neven räusperte sich, schluckte, bemüht, die Geräusche zu unterdrücken, die aus seiner Kehle kamen, er hatte Schluckauf bekommen. Über ihnen flackerte eine Straßenlaterne, die Schaukeln auf dem Spielplatz warfen lange Schatten.
Sima sah Billy vor sich, wie sie mit jedem Schwung höher flog, Locken und Kleid im Wind flatterten. Ein heller Sonntag, ein Spielplatz voller Kinder, Azra hatte mit Käse gefüllte Pogača in den Park mitgebracht, fein säuberlich in ein Küchentuch gewickelt, sie lagen noch unangetastet im Korb neben ihnen. Billy pendelte etwas aus, öffnete ihre Hände und sprang ab, landete fest auf beiden Füßen, und plötzlich klaffte eine Leerstelle, Sima fehlte ein Wort. Das serbische Wort für Schaukel, es wollte ihm nicht einfallen. Billy klopfte sich den Staub von den Kleidern und eilte zum Kinderwagen, wo ihr kleiner Bruder leise zu jammern begonnen hatte, beugte sich darüber und hob ihn unter dem wachsamen Blick ihrer Mutter vorsichtig heraus. Die verlassene Schaukel schwang nach, das Wort fehlte immer noch. Sima hatte sich damals gefragt, in welcher Sprache seine Tochter einmal mit ihren Kindern sprechen würde.

Wien war menschenleer, wie immer um diese Zeit, der nächtliche Himmel sternenklar, es versprach ein sonniger Tag zu werden, die Straßenzüge strotzten vor Sauberkeit, die Bürgersteige sahen aus wie frisch gefegt, Mistkübel standen zur Ordnung mahnend an jeder Ecke. Schriller Vogelgesang kam von irgendwoher, aber Sima konnte nur ein paar Tauben ausmachen, sie staksten mit nervös zuckenden Kopfbewegungen um einen Gegenstand auf dem Boden, den einzigen Makel weit und breit, eine rosafarbene Pappschachtel mit Kuchenresten, die im Rinnstein lag. Ab und zu flatterte eine Taube auf, pickte in den Karton, eine andere schrie empört und stürzte sich auf die Beute der Rivalin. Die Stadt war wie immer, zurückhaltend, aus der Zeit gefallen, in zärtlicher Nachlässigkeit verstaubt. Wien habe *diesen Ostblockcharme*, eine von Simas Kundinnen aus den Vorstadthäusern hatte das gesagt, sie meine diese Schwere, eine Traurigkeit, die immer über der Stadt zu hängen schien, und er hatte erst nicht verstanden, was sie meinte, und später gelacht über diesen Begriff: *Ostblockcharme*. Zu dieser Stunde, im Übergang zwischen Nacht und Tag, kam es Sima so vor, als wäre Wien nur Pappkulisse, und direkt dahinter begann der Schutt, der Müll, das Chaos von Beograd, atmete die jugoslawische Seele, lag der Geruch von Unglück. Wobei Seele, daran glaubte er nicht. Der Tod war das Ende, danach gab es nichts, das auf einen wartete, keine Auferstehung oder sonstige Überraschungen, ganz bestimmt keine Erfüllung von Heilsversprechen. Sima hatte nicht damit gerechnet, dass seine Reise in Wien ein frühes Ende finden würde, Jugoslav und er hatten beim Militär von den USA oder Kanada geträumt. Und doch war das hier sein Zuhause geworden. Wien war Langsamkeit und Stillstand, nichts schien sich verändern zu wollen, die Gegenstände, die Erinnerungen lebten, überlebten länger als andernorts. Auch die Altlasten und die Schuld. Ihm war, als müsse er nur seine Hand ausstrecken, und die Wiener Fassade, die ihn umgab, würde in sich zusammenfallen und endlich den Blick freigeben auf die andere, die jugoslawische Seite des Frühlings, der in diesem Jahr, wie überall in Europa, am 21. März begonnen hatte. Nur drei Tage später meldeten die Agenturen der Bundesrepublik Jugoslawien, dass die feindlichen Aggressoren, die NATO-Luftstreitkräfte, gegen 20 Uhr erste Raketenangriffe ausgeführt hatten.

Guten Abend, meine Damen und Herren. In einer ersten Welle der Aggression gegen unser Land hat die Luftwaffe heute Abend Ziele in Priština, Kuršumlija, Užice, Danilovgrad, Novi Sad, Pančevo und Podgorica beschossen.

Wie viele Häuser, Straßenzüge, Gebäude, Menschen, Hoffnungen kostete dieses Frühlingserwachen? Gegen alle Tatsachen und in diesen Tatsachen weiter zu existieren war trotzdem möglich. Sima dachte an seine Mutter, den verlassenen Hof seiner Eltern. Er dachte an seine Schwester Ruža, die sich zu seiner Überraschung hatte scheiden lassen und erst vor ein paar Jahren mit den Kindern in die Vorstadt von Beograd gezogen war, zwei Zimmer im Erdgeschoss mit Gartenanteil, in denen auch die Mutter nach dem Tod des Vaters untergekommen war. Er fragte sich, ob sie Schlaf finden würden heute Nacht.

Favoriten. Sima erinnerte sich, die Kinder hatten es ungeheuer komisch gefunden, dass sie in diesen Bezirk zogen. Die Fassaden der Häuserblocks waren übersät mit Satellitenschüsseln, sie hingen an nahezu jedem Balkon, jeder Wohnung. Früher hatten sie morgens Comics, grellen Turbofolk und Schlager auf PINK-TV laufen lassen, jetzt war das manische Vergleichen der Nachrichtenmeldungen der internationalen Sender

ein fester Bestandteil seines Morgenrituals, wie das Zähneputzen und der Kaffee, der Tag konnte unmöglich anders beginnen, und mit den Spätnachrichten endete jeder Abend. Seine Schwester Ruža war es, die ihn ermahnt hatte, dass er hitziger und unversöhnlicher von den Geschehnissen sprach als die Verwandten und Nachbarn in Serbien. Simas Hirn, Herz und Körper schienen nie am gleichen Ort zu sein.
Jonas Neven lief neben ihm, zu seiner Rechten, der dunkelblonde Schopf und seine Kleidung in gewohnter Unordnung. Sima war für einen Augenblick überrascht, ihn zu sehen, als hätte er unterwegs vergessen, dass sie zusammen losgegangen waren. Jonas Neven quälte immer noch der Schluckauf, alle paar Sekunden gluckste er leise und kicherte darüber wie das Kind, das er nicht mehr war. Dass sie sich die Kinder aufgeteilt hätten, dass das Mädchen dem Vater, der Junge der Mutter ähnelte, alle Welt hatte das gesagt. Sima betrachtete Jonas Neven, seine Hände, sein Gesicht, seine Bewegungen, Gestik und Mimik. Er wusste nicht, wonach er suchte. Er fragte sich, ob es stimmte, was die Leute sagten: Die Söhne tun, was die Väter taten. Er fragte sich, ob dem zu entkommen war, ob irgendetwas zu entkommen war.

Sima und sein Sohn wussten ziemlich genau, was sie voneinander erwarten konnten. Emotionale Ausbrüche in die eine oder andere Richtung hatte es zwischen ihnen nie gegeben.
Musst du wissen.
Das war die Antwort Simas auf alle Fragen, Entscheidungen und Verfehlungen seines Sohnes gewesen. Musst du wissen. War er zu schwach gewesen, eine Richtung vorzugeben, hatte er gezögert zu handeln, um nicht so unnachgiebig und hart zu sein wie der eigene Vater? Den Sohn großzuziehen bedeutete, andere Regeln durchzusetzen als bei seiner Tochter.

Musst du wissen.
Das unvollkommene Schicksal, von dem seine Mutter immer gesprochen hatte, daran wollte er nicht glauben. Sima war erwachsen geworden und dabei der geblieben, der er immer gewesen war, höchstens ein Stück älter, verletzter und verzweifelter.
Wie du willst.
Das war Azras Standardsatz. Mehr Feststellung als Versprechen, das selbstverständlich nicht eingehalten werden konnte, ein Satz, an den Sima sich gewöhnt hatte, obwohl er nicht bedeutete, was er sagte.
Azra und er waren die ersten Menschen, denen die Kinder auf dieser Welt nah gewesen waren. Jetzt wussten sie nichts mehr voneinander. Sima war es leichter gefallen, den Kindern seine Zuneigung zu zeigen, als sie klein waren. Babys waren für alle Welt entzückend in ihrer Hilflosigkeit, wie Kätzchen oder Welpen. Jeder Mensch mochte ein ruhiges und braves Kind, wie Billy es gewesen war.
Warum liebt man jemanden, den man nicht mehr kennt?
Warum hatte sein Vater ihm nichts beigebracht?
Ein einfacher Arbeiter, ein Ausländer, der seine Sätze zusammenstückeln musste, seinen Akzent nicht loswurde, einer, der nichts war und nichts verstand. So sah ihn die Welt, in der er lebte, die Mehrzahl der Menschen, mit denen er Tag für Tag zu tun hatte. Er hatte diese Dinge lange von sich ferngehalten. Bis er es nicht mehr konnte. All die Dinge, für die Sima sich schämte. Sie waren passiert, weil er sich selbst, sein Wesen, seine Herkunft auf die eine oder andere Art verleugnet hatte und es wieder tun würde.
Spielte irgendetwas davon eine Rolle?
Was spielte eine Rolle?

Sie liefen weiter nebeneinanderher, schweigend, als wären sie Protagonisten einer exjugoslawischen Komödie mit tragischen Verwicklungen. Wer zuerst spricht, verliert. Hat nichts zu verlieren. Und am Ende geht es gut aus, am Ende gibt es eine Erklärung, eine Pointe.
Langsam begann es hell zu werden. Der neue Tag war nur die Schablone eines vergangenen, wie die Welt die Schablone einer anderen. Die Bücher und Theorien halfen Sima nicht weiter, Erinnerung und Gegenwart zerfielen in Bruchstücke. Ein Schwein, das kopfüber im Hof seiner Eltern ausblutete, das Gesicht seines Vaters, zu einer Grimasse verzerrt, wenn er getrunken hatte, Geldscheine, die Milliarden Dinar und zugleich nichts mehr wert waren, die harten Hände seiner Mutter, die Sommer in Kroatien mit den Kindern, der Versuch, Azra das Schwimmen beizubringen, Leerstellen in der Sprache, die seine Kinder Muttersprache nennen sollten, Erinnerungen, zu denen immer Billy gehörte, als wäre alles, was nach ihrem Verschwinden geschehen war, nicht der Erinnerung wert. Jugoslawien war ein Märchen, dieses Land hatte nie existiert.
Hinter Simas Schläfen pochte es, ein Klopfen, das aus dem unnachgiebigen Schmerzgedächtnis der Fragen zu kommen schien, er stellte sich vor, wie sie einfach immer so weiter gehen würden, Jonas Neven und er, schweigend, unermüdlich, bis ans Ende des 20. Jahrhunderts und über den Rand ihrer Vorstellungskraft hinaus.

Jonas Neven bemerkte den Hund zuerst. Ein Rüde mit schwarz glänzendem Fell, Bauch und Brust dagegen hell, er bewegte sich beinahe lautlos, hielt Schritt, ging bei Fuß, ohne dass sie ihn dazu aufgefordert hätten. Der Hund hinkte.
– Papa.

Der Hund bewegte sich wie selbstverständlich mit ihnen. Erst lief er an Jonas Nevens Seite, dann ließ er sich etwas zurückfallen, um auf Simas Seite zu wechseln. Dann lief er zwischen ihnen.

– Papa?

Sima verstand nicht, er brauchte einen Moment, um zurückzufinden, bevor er das Tier wahrnahm.

– Kennst du den?

Sie blieben stehen, und auch der Hund stand still, hielt den Schädel gesenkt, hob nur vorsichtig den Blick, ließ ihn zwischen Sima und Jonas Neven hin und her wandern. Den lahmen Hinterlauf hatte er im Stehen leicht herangezogen.

Sima schob sein Knie gegen die Flanke des Tiers.

– Los, hau ab.

Der Hund gab nach, tänzelte ein paar Schritte zur Seite, drehte sich einmal um die eigene Achse und kam zurück an seinen Ausgangspunkt.

Jonas Neven lachte auf. Seine Augen waren gerötet, ihr Ausdruck war trotzdem klar, sein Blick direkt.

– Und jetzt?

Sima zuckte die Achseln. Sie setzten sich wieder in Bewegung und mit ihnen der Hund.

– Ist er verletzt?

– Keine Ahnung.

Jonas Neven hielt dem Tier seinen Handrücken hin. Es schnupperte, rieb die feuchte Schnauze an seiner Hand. Sima sah sich um, aber da war niemand außer ihnen, keine Stimme, die suchend rief. Der Hund sah gepflegt aus, sein Halsband ließ darauf schließen, dass er zu jemandem gehörte. Und überhaupt, in Wien gab es keine Hunde, die allein auf der Straße unterwegs waren. Jonas Neven kniete sich hin, etwas wackelig, strich dem Hund über Kopf, Ohren und Flanken, er ließ es sich gefallen. Die Kinder hatten sich immer einen Hund gewünscht, nie war Platz dafür gewesen, aber vielleicht hätte Sima ihnen den Wunsch trotzdem erfüllt, wenn Azra nicht dagegen gewesen wäre. Sie glaubte nicht daran, dass die Kinder Verantwortung übernehmen und sich um ein Tier kümmern würden, und sie wollte es nicht tun müssen. Jonas Neven kicherte, rutschte vom Knien zum Sitzen, der Hund rollte sich seitlich auf den Boden, präsentierte Hals und Bauch. Beide blickten hoch zu Sima.

– Setz dich zu uns.

Sima zögerte, sah sich um. Obwohl er betrunken war, schien es ihm peinlich, sich mitten in der Stadt auf den Gehsteig zu setzen. Ein paar Stockwerke über ihnen schloss jemand ein Fenster. Sima schob die Hände tief in seine Jackentaschen.

– Er hat uns ausgesucht.

– Ich weiß nicht.

– Hast du etwas zu essen dabei?

– Er sieht nicht hungrig aus.

– Fressen Hunde nicht immer, wenn sie etwas kriegen?

Sima suchte seine Taschen ab, fand ein paar Münzen und ein Bonbon, schüttelte den Kopf.

– Wohin gehen wir eigentlich?

Nach österreichischer Zeitrechnung war es zu spät für ein Gasthaus, und an ein Frühstückscafé war noch nicht zu denken. Die Sorte Bars, die noch offen hatten, wollte Sima nicht mit seinem Sohn besuchen. Was zur Auswahl blieb, waren die Räume, die scheinbar immer geöffnet waren, die üblichen Sammelbecken für mehr oder weniger Gestrandete, Sima ging in Gedanken die Möglichkeiten durch: Tankstelle, Bahnhofsbeisl, Würstelstand. Die Stadt war von überschaubaren Dimensionen, nahezu jede Strecke war mit moderatem Kraftaufwand zu Fuß zu bewältigen. Wenn man trödelte, waren

es von zu Hause bis in die Innenstadt anderthalb Stunden zu Fuß. Sie könnten sich weiter betrinken oder ausnüchtern, sie könnten sprechen oder schweigen, sie könnten essen. Zu Simas Füßen balgte Jonas Neven mit dem Hund, war wieder das Kind, das übers ganze Gesicht lachte, ganz egal, was zuvor passiert war oder noch geschehen würde, dieses Lachen bot der Welt die Stirn.
– Hast du Hunger?

Sie bestellten Frankfurter mit Senf und Brot und aßen an einem der Stehtische aus Metall unter einem verblichenen Coca-Cola-Sonnenschirm, niemand hatte sich die Mühe gemacht, ihn über Nacht zu schließen. Der Mann, der ihnen eben noch, mit erkennbarem Missmut, das Essen auf Papptellern serviert hatte, lümmelte schon wieder hinter der Plastikscheibe in seinem kleinen Verschlag und starrte mit leerem Blick auf einen kleinen Fernsehschirm, in dem anscheinend die Aufzeichnung einer Livetalkshow lief. Sima tippte auf *Wetten, dass.. ?*. Sie waren die einzigen Gäste. Jonas Neven hatte darauf bestanden, auch für den Hund zu bestellen, er brach die Wurst in Stücke und hielt sie hoch, aber das Tier war zu träge oder zu alt, danach zu schnappen. Er machte keine Anstalten, sich zu rühren, wartete leise winselnd, bis Jonas Neven sich zu ihm bückte, und fraß ihm schließlich gierig aus der Hand.

– Alles o. k., Papa?
– Weißt du, dass ich nicht beim Begräbnis deines Großvaters war?
– Ich dachte, der war ein alter Scheißkerl.
– Hab ich das so gesagt?
– Wahrscheinlich.

– Wenn ich sterbe. Würdest du kommen? Zusammen mit Billy?
– Wie kommst du darauf? Bist du krank oder so was?

Sima sah seinem Sohn dabei zu, wie er den Hund fütterte. Er dachte an die schlafende Azra, die sich vielleicht in diesem Moment auf die andere Seite drehte, das Flattern ihrer Augenlider und ein Blick Richtung Uhr, die in Halbschlafziffern verschwamm, noch ehe sie die Zeit ablesen konnte, er dachte an seinen Vater und dessen Lesart der Welt, die nur aus Missgunst und Verrat zu bestehen schien, sah seine Mutter vor sich, mit dem erstaunten Ausdruck einer Überlebenden, sah die Fotos der Kinder an den Wänden der Wohnung, durchquerte alle Zimmer, Räume und Orte, die Azra und er hinter sich gelassen hatten, er sah Billys Gesicht und das der jungen Azra, die sich übereinanderlegten wie Folien, zu einem Wesen wurden, das ungläubig sein Haar schüttelte, ihn auslachte.
Wovon träumst du? Und mit welchem Recht?
Das Meer sehen, das erste eigene Geld verdienen, ein Auto kaufen, eine Wohnung, ein Haus mit Garten, ein Kind zur Welt bringen, vielleicht ein zweites, versuchen, diese Kinder zu anständigen Menschen zu erziehen, und dabei nicht wissen, was anständig bedeuten soll, neue Fähigkeiten erlernen, alles Gelernte vergessen, jegliche Unschuld verlieren, von vorne anfangen, die Stadt verlassen, das Land, den Kontinent, den Planeten. Beruf, Familienstand, Besitz, danach wird gefragt, danach wird man eingeordnet, als wäre das Leben eine verdammte Einkaufsliste. Einen Namen haben. Ein Mensch sein, kein Niemand. Simas gesamte Wirklichkeit stand auf dem Prüfstand, kippte in Nachrichtenbilder und deren nüchtern moderierten Wahnsinn, unterbrochen von Werbeein-

schaltungen, die das Image ihrer Produkte ins Licht rückten, Sehnsucht schürten: *No pictures, no news*, dafür reichte auch sein Englisch. Sima hatte gelesen, dass die verschiedenen Kriegsparteien mit professionellen PR-Agenturen zusammenarbeiten würden, Partnern aus den USA, um ihr Image aufzupolieren und gleichzeitig das Bild der anderen Seite zu verzerren, aber das wollte er nicht glauben, eine Seite musste doch die richtige sein, alles andere wäre nicht zu ertragen, einer von ihnen musste doch auf der richtigen Seite der Geschichte stehen.

Er roch Erde und Rotwein, dachte an den Garten von Martha Kalik, für die er ein Mensch war, kein Niemand, dachte an das *Sie*, an dem sie trotz allem festhielten, wie an einer liebgewonnenen Gewohnheit, die nicht abzuschütteln war.

Wovon träumst du? Und mit welchem Recht?

Alle Bilder würden verschwinden, ein ganzes Land würde verschwinden, alle Gerüche, Geschmäcker, Erinnerungen, Weltanschauungen, die damit verknüpft waren, die Utopie eines Jugoslawien, das es nie gegeben hatte, Sima war sich sicher, alles würde in Vergessenheit geraten, auch die Gewalt, der Hass, die Propaganda, und dann würde es einen neuen Krieg brauchen, einen ganz neuen Krieg.

Die Sonne ging auf, tauchte den Platz in unwirkliche Farben und Licht. Jonas Neven schien nicht mehr auf eine Antwort zu warten. Er hatte seine Sonnenbrille aufgesetzt, blinzelte schläfrig, der Hund hatte sich zu seinen Füßen langgemacht, den Kopf auf die Pfoten gelegt. Auch der Mann hinter der Plexiglaswand war eingenickt, die Grillplatte rauchte, das Fleisch darauf wurde langsam schwarz. Aus dem Fernseher tönte anschwellender Applaus, der überging in den Sendungsjingle. Der Hund schreckte plötzlich hoch, kreiste ein paarmal nervös tänzelnd um den Tisch, zögerte, lauschte in verschiedene Richtungen. Dann lief er los. Jonas Neven pfiff leise durch die Zähne, aber der Hund lief weiter, die Bewegung war durch den lahmen Hinterlauf mehr ein asymmetrisches Hopsen. Jonas Neven hatte nach einer Wunde gesucht, aber nichts gefunden, die Verletzung musste lange her sein. Der Hund ließ den Platz hinter sich und entfernte sich weiter, die Straße hinunter. Er schien zu wissen, wohin.

IV. BILLY, JANUAR 2018

The past is a foreign country:
they do things differently there.

Die Bilder waren zu mir zurückgekommen. Die Aufzeichnungen. Jonas Nevens verlassene Reisetasche war auf dem Bahnhof einer serbischen Kleinstadt namens Aranđelovac aufgetaucht. Im Jahr 2005 – nach dem Verstreichen des üblichen Aufbewahrungszeitraums von einem Jahr – wurde sie vom städtischen Fundbüro zusammen mit unzähligen anderen vergessenen und verlorenen Gegenständen, vor allem Koffern und Taschen in allen erdenklichen Farben und Größen, aber auch diversen Kleidungsstücken, Kinderjacken mit Rotzkrusten an den Ärmeln, Schals und Kopftüchern, vorwiegend in den Farben Schwarz und Rot, drei Partisanenmützen sowie einer beeindruckenden Anzahl Regenschirme auf dem jährlich stattfindenden Benefizflohmarkt versteigert. Die Meistbietende war die Rentnerin Gordana Ilić Marković. Der Inhalt der Tasche, die sie ersteigerte, enthielt keinen Hinweis auf seinen Besitzer, dafür: ein mittelgroßes Herrennecessaire, nachtblau. Ein paar verwaschene T-Shirts und Pullover in Schwarz und Weiß. Zwei Paar Markenjeans, bei denen das Label am Bund herausgetrennt war. Eine Regenjacke von Adidas. Eine grüne Sporthose der gleichen Marke. Eine rote Wollmütze. Ein paar Shorts von Calvin Klein. Unterwäsche und Socken, großteils ungetragen. Ein Wörterbuch aus den Achtzigern, Deutsch–Serbokroatisch und Serbokroatisch–Deutsch, auf das mit Filzstift die Initialen JN gekritzelt waren. Kopfhörer von Sony. Ein unbeschriebenes, kaffeefleckiges Notizbuch. Ein weißer Rosenkranz. Einige Kugelschreiber, einer davon war auf dem Boden der Tasche ausgelaufen, hatte einen tintenblauen Fleck in das Beige des Futters geblutet. Gordana Ilić Marković war seit ihrer Pensionierung jedes Jahr zu den Versteigerungen im Bahnhof gegangen, das Sammeln der Taschen war ihre heimliche Leidenschaft geworden, sie datierte jedes ersteigerte Gepäckstück und verstaute es anschließend in ihrem Keller. Zwölf Jahre später, nach ihrem Tod, machte ihre Tochter, Olivera Marković, die Erbin des Hauses, sich daran, den übervollen Keller auszuräumen. Sie muss die Sammlung der Mutter akribisch und geduldig durchforstet haben, die üblichen staubigen Kisten und Schachteln sowie eine eindeutig übertriebene Anzahl mittlerweile kellerfeucht muffig riechender Koffer und Taschen, an denen immer noch die altrosafarbenen Kartonmarken mit der Auktionsnummer der Versteigerung baumelten. Es gab keinen Hinweis darauf, warum die Mutter all diese Taschen ersteigert und gehortet hatte. Die Tochter fand im Durchsuchen der obskuren Sammlung Trost, ein Ventil für ihre Trauerarbeit. Unter all diesen Koffern und Taschen war auch jene von Jonas Neven, ein Fund, der erst interessant für Olivera Marković wurde, als sie das Innenfach entdeckte, das eigentlich zur diebstahlsicheren Aufbewahrung von Wertgegenständen gedacht war. Dort hatte Jonas Neven den schlanken schwarzen Schuber mit den Abzügen der Fotos

aufbewahrt, die ich vor meiner Abreise aus Wien bei Ira für ihn hinterlassen hatte. Die Rückseite jedes einzelnen Fotos war mit Notizen vollgekritzelt, die Linien und Schleifen der Buchstaben hatten sich auf die Vorderseite durchgedrückt, schimmerten durch die Haut der Porträts wie eine Landkarte. Von meiner kurzen Abschiedsnotiz, die ich dem Schuber damals beigelegt hatte, war nur eine Zeile übrig, ein Imperativ, ausgeschnitten und auf den Deckel der Innenseite geklebt:
Schreib alles auf.

Es sei einfach gewesen, mich zu finden, über die Adresse der Galerie auf der Rückseite der Aufnahmen. Der Ausdruck auf den Bildern, die Gesichter von Jonas Neven und vor allem das gemeinsame Foto von ihm und mir hätten sie nicht losgelassen. All das erzählte Olivera Marković mir während unseres Skype-Gesprächs, Wort und Bild immer wieder zerhackt von Signalstörungen, Pixelfehlern, das Netz sei nicht besonders stark, es tue ihr leid, sagte sie, während ihr Blick sich vom Kameraauge ihres Rechners abwandte und sich dabei immer wieder über den Bildschirmrand hinaus in einer unbestimmten Ferne zu verlieren schien. Olivera Marković würde mir die Mappe jederzeit zukommen lassen, das sei kein Problem, nur eine Frage habe sie noch. Es ging um eine der Aufnahmen, die ihr besonders gut gefalle. Ob sie diese eine behalten dürfe, als Finderlohn. Sie hielt das Bild hoch und etwas näher an das Kameraauge, es zeigte Jonas Neven und mich, wir lachten, es war das einzige Bild, das er auf der Vorderseite beschrieben hatte, da stand ein einziger Satz, ich beugte mich weiter vor, Richtung Bildschirm, und las:

Wie schön wir sind, wunderschöne Idioten.

—

Billy Banana,
eine, die noch daran glaubt, dass auch ich ein Talent habe. Also schreibe ich alles auf, für dich.

Ich habe noch nie einen Liebesbrief geschrieben. Ich hätte nicht gewusst, an wen. Und warum. Unterwegs wird man einsam, auch wenn dauernd Leute um einen sind. Du hättest mich vorwarnen können. Aber du magst das. Allein sein, das kannst du besser als ich, wie so vieles. Es scheint, dass du niemanden brauchst. Wer auch immer das hier liest, soll wissen: Ich liebe dich, Billy. Ich liebe Mama und Papa. Das klingt nach Kitsch, aber ist ganz in Ordnung so.

Ich bin losgefahren, um etwas zu erleben. Das dachte ich zumindest. Jetzt will ich verstehen. Aber ich verstehe das Land nicht. Weder das eine, in dem wir beide aufgewachsen sind, noch dieses andere. Ich weiß nicht, welches ich Heimat nennen soll. Und warum überhaupt dieses Wort, Heimat. Wozu ist es gut? Ich erlebe freundliche und gleichgültige Menschen, Touristen-Smalltalk, echte Gespräche, sogar Beichten, mir werden Schlafplätze angeboten, Kaffee und Kuchen, frische Tomaten, Kajmak und Selbstgebrannter (du weißt, von beidem wird mir schlecht), dazwischen endloses Händeschütteln und auf Stirn und Wangen gedrückte Küsse (dabei immer der gleiche Fehler, ich muss es mir merken, hier gibt man drei Küsse, mindestens, niemals nur einen oder zwei), gute Wünsche für die Weiterreise, ein Rosenkranz, den mir eine krumme Alte (eine Klischeefigur wie aus einem Kusturica-Film) vor einer Kirche in die Hand drückt (ich behalte ihn), eine Partisanenmütze, die mir ein Händler am Flohmarkt schenkt, weil ich zu lange feilsche (ich verliere sie kurz darauf), Tipps für Sehenswürdigkeiten (die mir egal sind), all das, und doch bleibt das Gefühl von Distanz und Fremde. In vielen Gesprächen fällt der Name Tito, die guten Zeiten unter Tito. All die enttäuschten, gebrochenen Alten, die mir begegnen. Und die Jungen, die Pläne schmieden wegzugehen, ins Ausland. Die Enttäuschung ist lang gewachsen und wuchert weiter. Auf dem Markt in Požarevac hat eine Frau zu mir gesagt: Wir Serben müssen der Welt jetzt und für alle Zeit beweisen, dass wir Menschen sind, ganz normale Menschen, und keine Monster.

Du warst es, die damals ans Telefon gegangen ist, wenn die Irren bei uns zu Hause angerufen und ins Telefon gebrüllt haben:
Seid ihr Serben oder Kroaten?
Und erst jetzt denke ich ernsthaft darüber nach, was damals passiert ist. Mit unserer Familie, mit diesem Land. Der Krieg in Worten und Köpfen, die Gräben zwischen der Wahrheit der einen und der Wahrheit der anderen sind allgegenwärtig. Geschichte wird zum Schauermärchen, das von den Helden der einen und den Verbrechen der anderen erzählt. Ich denke über Grenzen nach. Grenzen, die man in der sogenannten anständigen Gesellschaft nicht übertreten darf. Ich sitze im Internetcafé, google das Wort Heimat und finde folgenden Satz:
Der Heimatbegriff befindet sich in ständiger Diskussion.
Gut, oder?

Die Geschichten, die mir erzählt werden, gehen in verschiedenste Richtungen auseinander, die Menschen hier

haben die Bilder verändert, damit sie zu ihrer Erinnerung passen. Das haben Mama und Papa auch so gemacht, nicht?
Ich denke oft an uns als Kinder. Die Geheimnisse, die wir geteilt haben. All die Dinge, die du mir gezeigt hast, deine Musik, deine Bücher, niemand in meinem Alter hörte solche Musik oder las diese Bücher, aus denen du mir Gutenachtgeschichten vorgelesen hast. Sie waren ein geheimes Wissen, das ich allen anderen voraushatte, ein besonderes Wissen über die Welt, meine ganz persönliche Superkraft: Ich wusste Bescheid. Vor allen anderen. Oder ich dachte zumindest, dass ich Bescheid wusste. Hier und jetzt erinnere mich an alles, besser als jemals zuvor. An das Gefühl der Ohnmacht, dich und mit dir diese Superkraft zu verlieren. Ich erinnere mich an die Nachrichtenbilder vom Krieg, die in jedem Krieg die gleichen zu sein scheinen. Wir haben die Welt dauernd vor Augen, und doch geht sie uns scheinbar nichts an. Die Bilder erreichen uns, aber wir wissen, es sind nur Bilder. Und die gehen uns erst dann etwas an, wenn die Menschen die Bilder verlassen und plötzlich vor uns stehen. Wenn wir nicht mehr wegklicken können.

Menschen können keine Antworten sein, Menschen sind vielmehr Fragen. Das hast du gesagt, Billy. Bei unserem Treffen in Berlin. Ich weiß, du hasst Überraschungen, und trotzdem bin ich einfach aufgetaucht. Damit du mich nicht mehr vertrösten konntest. So hab ich dir, nein uns, drei Tage gestohlen, einfach so. Drei Tage, in denen doch Platz für alles war. Schock und Freude des Wiedersehens, den Gedanken, deinen nutzlosen kleinen Bruder vielleicht für wer weiß wie lange als Anhängsel mitschleppen zu müssen, ich hab es dir angesehen. Und du hattest ja recht, wie du immer recht haben wirst. Ich hätte dich so gern überredet, mit mir zu reisen! Was für eine lässige Zeit hätten wir zusammen haben können – viel besser als das hier, allein. Eine durchgemachte Nacht und ein halb verschlafener Tag. Berlin hat mich umgehauen, aber vielleicht war es gar nicht Berlin. Rückblickend scheinen die Dinge vielleicht immer besser, als sie waren. Für mich waren diese Tage perfekt. Du hast mich immer schon beeindruckt, mit allem, was du tust, so sehr, dass ich mich manchmal dafür geschämt habe.

Du hast gesagt, wir leben alle in unserer eigenen Version der Wahrheit. Und dass du gelernt hast, mit den Lebenslügen der anderen vorsichtiger umzugehen. Dass in Beziehungen leben Verletzbarkeit und Abhängigkeit erzeugt. Dass wir am Ende alle zu Geschichten werden, die jemand anderer erzählt. Du hast so vieles gesagt, und jedes Wort habe ich in Gedanken wiederholt, jedes Wort habe ich verinnerlicht. Aber auch du kannst unmöglich immer recht haben, auch das wird mir langsam klar.
Mama hat sich so gefürchtet, in ihren Augen bin ich an den Rand der Welt gereist, wo alles in sich zusammenstürzt und verschwindet. Die Tage muss ich sie anrufen, ich habe es versprochen, ich schiebe es schon lange vor mir her, ich weiß, es ist nicht o. k., aber ich will nicht hören, dass ich zurückkommen soll. Noch nicht. Ich will meine eigene Wahrheit finden.
Ich denke viel über Mama nach. Sie hat sich einen Schoßhund zugelegt, kurz nachdem ich ausgezogen bin. Ich bin mir sicher, dass du lachen wirst, wenn du das liest.

Gestern habe ich einen Satz gefunden, der dir gefallen wird:
The past is a foreign country: they do things differently there.

Dein Lachen wird immer das Lachen in dem kleinen Kinosaal sein, du und ich als Kinder, zwischen den staubigen Sitzreihen, dein Lachen immer ein bisschen zu laut, unpassend, in einer Szene, in der niemand sonst lacht. Ich sollte mal wieder ins Kino gehen. Hier laufen die meisten Filme im Originalton, kein Geld für Synchro. »Das Reich der Sonne«, du erinnerst dich, Billy? Unser Film. Die Szene, in der Jim seiner Mutter erzählt, er habe von Gott geträumt. Und die Mutter fragt ihn, was Gott zu ihm gesagt hat, in diesem Traum. Nichts hat er gesagt, antwortet Jim und lächelt, Gott hat Tennis gespielt.

Ich bin rastlos in diesen Tagen. Ich frage mich, woher eigentlich der Drang nach dauernder Bewegung kommt, nach Erleben. Kann es sein, dass, wenn wir aufhören, etwas zu tun, unsere Angst stärker wird? Was werden wir sehen, wenn wir aufhören, uns in eine bestimmte oder unbestimmte Richtung zu bewegen? Was werde ich sehen? Ich denke an mindestens sechs Dinge gleichzeitig. Und dann gar nichts mehr. Ich weiß, ich kann nicht gut allein sein. Das will ich lernen. Struktur finden, Ordnung in meinem Hirn machen. Ich hab keine Ahnung, wie. Stelle mir nur immer noch mehr Fragen, die ich nicht beantworten kann.

Ich denke oft an die Tage in Berlin, wahrscheinlich war ich ein bisschen melodramatisch in der letzten Nacht. Wir

hatten wieder durchgemacht, und du hast mich morgens in ein Taxi gesetzt, damit ich meinen Flug nicht versäume. Das, was ich gesagt habe, glaube ich nach wie vor: Alles, was wir machen, absolut alles, machen wir nur, um glücklicher zu werden. Auch wer sich umbringt, macht es, weil er glaubt, im Tod glücklicher zu sein.
Aber komm mir nicht auf Gedanken, wenn du das liest, meine Billy Banana. Jetzt, in diesem Augenblick, bin ich grundlos und lächerlich glücklich.

—

Die Aufzeichnungen enden an dieser Stelle, aber in meinem Kopf spricht Jonas Nevens Stimme immer weiter, verbinden sich seine hingeworfenen Bilder und Gedanken zu neuen Geschichten, in den Erzählpausen höre ich ihn kichern, eine Melodie summen, sehe ihn aufspringen, im Handstand durch den Raum laufen. Auch wenn alle Fragen offenbleiben, wie in den Träumen, aus denen wir plötzlich erwachen. Ich wache auf und sehe ein weißes Blatt Papier.

Ich bin zum Begräbnis meines Vaters angereist, für ein paar Tage nur, um doch mehr als ein Jahr zu bleiben. Dass er eine Wohnung hier in Belgrad hatte, haben Mutter und ich erst kurz vor der Beerdigung erfahren, als uns der Notar die Schlüssel übergab. Zwei Zimmer, Küche, ein Balkon unweit der Innenstadt gelegen. Eine kleine Ferienwohnung, zweckmäßig eingerichtet, die er jedoch nie vermietet hat. Der Mietvertrag war 2005 ausgestellt worden, der Name am Klingelschild in seiner Handschrift geschrieben, nach links geneigte Buchstaben, kaum entzifferbar. Es war Jahre her, dass ich diese Schrift gesehen hatte, auf meinem Geburtstagskuvert. Wir können nicht wissen, womit er seine Tage hier verbracht hat, der einzige Hinweis war eine Kamera, die er ausschließlich hier benutzt haben muss, und Kartons voll billiger Prints, auf der Rückseite Adresse und Logo des Copyshops an der Ecke. Die Aufnahmen zeigen nichts Besonderes, Schnappschüsse von Belgrad, Passanten, Gebäude, Straßenzüge, den Himmel über der Stadt. Seit Mutter und er allein lebten, war Vater in unregelmäßigen Abständen wieder alleine zum Wandern in die Berge gefahren, meist nur für eine knappe Woche. In dieser Zeit war er für niemanden erreichbar, auch für Mutter nicht, so war es ausgemacht. Nach dem Verschwinden von Jonas Neven, vielleicht schon davor, muss Vater stattdessen nach Belgrad gefahren sein. Wahrscheinlich war hier sein Rückzugsort, sein Sehnsuchtsort.

Es waren zwei Wochen, die Mutter und ich hier gemeinsam verbracht haben. Sie bat mich darum, und diesmal konnte ich ihre Bitte nicht abschlagen, ich wollte es zumindest versuchen. Ich schlief auf dem Sofa im Wohnzimmer, sie im Schlafzimmer, zu ihren Füßen ihr kleiner Hund, den sie überallhin mitnahm, ein Terrier-Dackel-Beagle-Mischling mit krummen Beinen und für sein hohes Alter erstaunlicher Energie. Das Tier würde mich immer an den letzten Versuch erinnern, den wir unternommen hatten, als Familie zusammenzufinden, damals, nach Jonas Nevens Verschwinden. Der Hund war unter dem Küchentisch hervorgeschossen, hatte mir die Hände und schließlich auch das Gesicht abgeleckt. Ich weiß nicht mehr, was ich erwartet hatte. Wir scheiterten aneinander, wie beim ersten Mal.

Meine Mutter und ich bewegten uns in Belgrad wie gewöhnliche Touristinnen, und wahrscheinlich waren wir das auch. Wir unternahmen Spaziergänge kreuz und quer durch die

Stadt, gingen ins Kino, in die Cafés der Umgebung, manchmal kochte sie für uns, ab und zu aßen wir auswärts. Unser Waffenstillstand war zerbrechlich. Wir vertrugen uns nicht besser, aber stritten anders als früher, die Fragen und kleinen Fallen, die wir einander stellten, waren direkter, der tägliche Kampf fand auf Augenhöhe statt. Ich konnte den einen oder anderen Moment stehlen, in dem sie sich mir zeigte und ich eine Ahnung davon bekam, wer meine Mutter gewesen war, bevor sie meinen Vater kennengelernt hatte, vor meiner Geburt. Sie interessierte sich für ein Buch, das ich in diesen Tagen zu lesen begonnen hatte, die Autobiographie einer in Belgrad gebürtigen Künstlerin. Mutter war neugierig, also zeigte ich ihr zwei Arbeiten, die ich auf YouTube fand. *Balkan Baroque* zeigt die Künstlerin als junge Frau, wie sie einen Berg blutiger Rinderknochen von Fleischresten reinigt, sie sauber schrubbt, unermüdlich, jugoslawische Volkslieder singend, im Hintergrund ein Video-Triptychon, in der Mitte die Künstlerin selbst, abwechselnd als Wissenschaftlerin im weißen Kittel und als Volkstanzende im schwarzen Kleid mit rotem Tuch, flankiert von Bildschirmen mit statischen Brustbildaufnahmen ihrer Eltern. Die andere Arbeit zeigt die Künstlerin als alte Frau, wie sie Audienz hält, unzählige Menschen stehen vor dem Museum Schlange, warten stundenlang, tagelang, um ihr gegenüber Platz nehmen, ihr in die Augen sehen zu dürfen, ein paar Minuten lang. Dabei spricht die Künstlerin die ganze Zeit kein einziges Wort, sie sitzt einfach da, in ihrem langen roten Kleid, konzentriert, ohne Unterbrechung, jeden Tag aufs Neue.

Die Videos zeigten Zusammenschnitte beider Performances, und ich betrachtete das Gesicht meiner Mutter, während die Bilder auf sie wirkten. Sie verzog keine Miene.

– Das beeindruckt dich also, deswegen liest du ihr Buch?

– Vielleicht. Warum nicht?

– Ich weiß nicht. Ja, warum nicht.
– Würdest du ihr gegenüber Platz nehmen?
– Nein, antwortete sie, ein wenig zu schnell.
Und nach einer Pause sagte sie:
– Aber ich könnte ihr zeigen, wie sie die Knochen schneller sauber bekommt.

Am Abend vor ihrer Abreise gingen wir in eine Bar, tranken zu viel Wein, amüsierten uns sogar, bevor wir wegen einer Nichtigkeit aneinandergerieten. War es die Höhe des Trinkgelds, das ich gegeben hatte, oder mein Flirt mit der Kellnerin, etwas schien Mutter unangebracht, wir beendeten den Abend schweigend und Türen schlagend. Bei Sonnenaufgang wachte ich auf, Mutter saß im Nachthemd auf dem Balkon und rauchte, ihre Haare standen wüst in alle Richtungen, ihr früher stets ordentlicher Kurzhaarschnitt war herausgewachsen, sie hatte mir erzählt, dass sie ihr Haar wieder wachsen lassen und lang tragen wollte. Wie früher, aber anders. Der Hund lag auf ihrem Schoß und döste. Sie drehte sich nicht zu mir um.
– Was haben sich diese Menschen davon erwartet?
– Was meinst du?
– Dieser Frau gegenüberzusitzen, in diesem Museum, was haben sie sich davon erwartet?
– Ich nehme an, jeder Mensch etwas anderes.
Mutter nickte vor sich hin.
Wir schwiegen eine Weile, ich wusste nicht, ob ich näher kommen sollte oder nicht. Ohne sich zu mir umzudrehen, sagte Mutter:
– Es tut mir leid.
Es war das erste Mal, seit ich denken konnte, und ich log nicht, als ich antwortete, dass es mir ebenso leidtat.

Dass wir versöhnt auseinandergegangen sind, wäre eine Lüge, aber wir sind anders auseinandergegangen. Mutter stellte keine Forderungen mehr an mich, sie fragte nicht, wann und wo wir uns wiedersehen würden, und bestand darauf, allein zum Flughafen zu fahren. Was sie mir sagte, war, dass sie und Vater ihr gemeinsames Leben in einer besseren Zeit abgelegt hatten, die an einem unbestimmten Punkt in der Zukunft lag, und dass dieser Punkt immer wieder etwas näher gerückt sei, um sich dann wieder zu entfernen. Sie sagte, dass es an uns sei, weiterzumachen, dass sie sich entschieden habe, loszulassen. Auch Jonas Neven.

Ich bin in Belgrad in dieser Wohnung geblieben, länger, als ich in den letzten Jahren irgendwo geblieben bin. Die Aufnahmen meines Vaters, seine Passanten, Gebäude, Straßenzüge, habe ich als Ausgangspunkt für eine neue Arbeit genommen, ich habe mir eine Kamera gekauft, zum ersten Mal arbeite ich mit Video, führe Gespräche mit Einwohnern der Stadt, Geschichten vom Krieg verbinden sich mit Momentaufnahmen der Gegenwart, die Stadt als Echoraum. Es gibt keinen Krieg mehr, aber es gibt ständig Spannungen, eingefrorene Konflikte. Ich schlafe wenig in diesen Tagen, auf einem Triptychon aus Monitoren arrangiere ich das Material täglich neu. Wie immer, wenn ich intensiv arbeite, träume ich von meinem Projekt, letzte Nacht, im Traum, wiederholt sich die Einstellung, in der eine Stimme aus dem Off flüstert:
Good News from the Balkans: Yugoslavia Is Dead.
Einen Großteil der Aufnahmen habe ich während der Massendemonstrationen im Frühjahr gemacht, nach dem Wahlsieg von Aleksandar Vučić, der von den Demonstrierenden *Betrug* genannt wurde. Korruption ist allgegenwärtig. Es gibt kaum Arbeit. Die Menschen erzählen mir, dass, wer einen Job will,

nicht zum Arbeitsamt geht, sondern zu Vučićs Serbischer Fortschrittspartei, einer Abspaltung der ultranationalistischen Radikalen, die früher vom Kriegsverbrecher Vojislav Šešelj angeführt wurden, der auf sein endgültiges Urteil aus Den Haag wartet. Jeden Tag werden Skandale geschürt, als würde Vučić einen endlosen Wahlkampf führen, statt zu regieren. Die Proteste haben eine Energie freigesetzt, die ungenutzt zu bleiben scheint und nach und nach wieder verschwindet, wie Luft, die aus einem Ballon entweicht, beinahe lautlos. Die Jungen träumen von Europa, manche über Europa hinaus, aber nicht alle werden fortgehen, und nicht alle, die fortwollen, werden es schaffen.

Wenn ich die Nächte durcharbeite, schreibe ich Ira, vor ihrem Namen ist immer ein leuchtender grüner Punkt. Ihr Kind hält sie wach. Ein weiteres Projekt, das sie lange geplant und zu einem erfolgreichen Abschluss gebracht hat. Das Kind ist erst wenige Monate alt. Ira wird es allein großziehen. Manchmal antwortet sie im Halbschlaf, aber wenn sie zu sprechen beginnt, wirkt sie im nächsten Augenblick klar. Wenn wir skypen, höre ich das Kind im Hintergrund, sie hält es vom Bildschirm fern, verrät das Geschlecht nicht, sie will, dass ich es im wirklichen Leben zum ersten Mal sehe, analog. Ich habe noch nicht entschieden, wann ich zu ihnen kommen werde. Mein Bewusstsein, mein Denken ist an vielen Orten zugleich. Kürzlich hat Ira ein Foto in unseren Chat geschickt, es zeigt nur den Nabel des Kindes, die Haut hat sich so glatt geschlossen, dass er kaum als solcher erkennbar ist.

Wenn Iras Bild von meinem Monitor verschwindet, wird es langsam hell draußen, die Stadt ist noch nicht wach. Im Bad tropft der Wasserhahn, im Holz der Dielen arbeitet es, die Böden knarzen, auch wenn niemand einen Fuß daraufsetzt.

Das Echo meiner Schuld ist allgegenwärtig im Raum, den ich für mich allein gefordert habe. Für den ich die Entfernung zwischen meinem Bruder und mir in Kauf genommen habe. Olivera Marković hatte mich erst einige Monate nach der Abreise meiner Mutter kontaktiert, und ich weiß noch nicht, wann und ob ich ihr von dieser neuen und alten, vielleicht letzten Spur von Jonas Neven erzählen werde. Ob ich überhaupt soll, jetzt, nachdem sie ihren Frieden gemacht hat mit den Leerstellen der Gegenwart.

Die Gedanken in seinen Aufzeichnungen hallen in mir nach. Über die Wahrheit der einen und der anderen. Wahrheit als Versuch zu verstehen, was genau geschehen ist. Ich surfe schlaflos durch alte und neue Nachrichtenmeldungen und finde die Wahrheit des Generals, der kein Kriegsverbrecher sein will, der in der Sekunde nach seiner Urteilsverkündung verlautbart: *Slobodan Praljak is not a war criminal. I reject your judgement with contempt*, und im nächsten Augenblick vor dem UN-Tribunal, vor laufenden Kameras Gift schluckt, wie in einer Shakespeare-Tragödie. Ich sehe mir das Video auf YouTube immer wieder an. Diese Erscheinung, die eher Mitleid als Empörung hervorruft. Die Bestrafung dieser alten, gebrechlichen Männer scheint einmal mehr ihre Wirkung zu verfehlen, dabei war keiner von ihnen zum Zeitpunkt ihrer Verbrechen bemitleidenswert, und nichts davon ist hinfällig. Der Wahnsinn und die Fragen wiederholen sich, bis das letzte Urteil gesprochen sein wird. Und darüber hinaus. Wer hat angeordnet? Wer durchgeführt? Wer Befehle gegeben? Wird die Gleichgültigkeit größer mit jeder Stunde, jedem Tag, jedem Jahr, je weiter das Trauma in die Vergangenheit rückt? Zum Jahresende hat das UN-Kriegsverbrechertribunal seine Arbeit abgeschlossen. Ein Vierteljahrhundert danach, und immer noch findet sich keine Einigung auf eine Lesart der Vergangenheit, der Nachkrieg um Erinnerung und Bewältigung hält weiter an.

Es ist ein Tag mit gutem Licht. Die letzten Wochen und Tage habe ich damit verbracht, die Wohnung von Vater aufzulösen. Abzüge seiner Fotos habe ich auf Wunsch meiner Mutter nach Wien geschickt, an eine neue Adresse, die alte Wohnung hat sie bereits verkauft. Alles ist wie früher, aber anders. Ich reise weiter, wie ich immer gereist bin, mit leichtem Gepäck, ohne Erwartung, ohne Eile. Jonas Neven reist mit mir. Zwischen den Farben und dem Lärm des Draußen habe ich die Vergangenheit vorsichtig begraben. Das Festnetztelefon ist der letzte Gegenstand im Raum. Ich habe vergessen, es an die Telefongesellschaft zurückzuschicken.

VERWENDETE ZITATE

S. 7: »Das Leben, das Überleben. Vom Ethos des Denkens und von der Chance des europäischen Erbes. Jacques Derrida im Gespräch mit Jean Birnbaum«, *Lettre International 66*, Herbst 2004.

S. 13: Heiner Müller, *Die Hamletmaschine*, 1977.

S. 77: Es handelt sich um die Variation eines Zitats aus: Kurt Vonnegut, »Introduction«, in: *Mother Night*, Fawcett Publications / Gold Medal Books 1962.

S. 223 und 230: L. P. Hartley, *The Go-Between*, Hamish Hamilton 1953.